Ann Brandon

Hals über Kopf verliebt

D1932520

Schneider Buch

Die Deutsche Bibliothek – CIP-Einheitsaufnahme

Brandon, Ann:
Hals über Kopf verliebt / Ann Brandon. –
München : Egmont Schneider, 2000

ISBN 3-505-11435-9

Dieses Buch wurde auf chlorfreies,
umweltfreundlich hergestelltes
Papier gedruckt. Es entspricht den
neuen Rechtschreibregeln.

Der Schneider Verlag im Internet:
http://www.schneiderbuch.de

Dieser Sammelband enthält folgende Titel:
Ferien in London, 1994
Zeit für Gefühle, 1994
Ein Fall von Liebe, 1994
Titelfoto: © of Digital Vision
Umschlaggestaltung: ART-DESIGN Wolfrath, München
Herstellung: Gabi Lamprecht
Satz: FIBO Lichtsatz GmbH, Unterhaching, 11˙ Garamond
Druck: Presse-Druck, Augsburg
Bindung: Conzella Urban Meister, München-Dornach
ISBN 3-505-11435-9

00 01 / 9 8 7 6 5 4 3 2 1

Inhalt

Ferien in London 9

Zeit für Gefühle 111

Ein Fall von Liebe 215

Ferien in London

1

Tanja klappte das Taschenbuch zu. Es hatte einfach keinen Sinn, sie konnte sich nicht auf den Roman konzentrieren. Dabei war es das neueste Buch ihrer Lieblingsautorin, die meistens sehr spannende Liebesgeschichten schrieb. Tanja hatte sich das Buch eigens für die lange Fahrt auf der Fähre nach England gekauft.

Dass sie sich nicht auf ihre Lektüre konzentrieren konnte, lag bestimmt nicht an dem sanften Schaukeln der Fähre. So schnell wurde sie nicht seekrank, das hatte sie schon vor zwei Jahren während einer stürmischen Überfahrt nach Helgoland festgestellt. Es lag auch nicht an dem Gelächter und dem Stimmengewirr in dem großen Aufenthaltsraum, in dem sich zahlreiche Schüler auf ihre Sommerferien lautstark einstimmten.

Nein, ihre Unkonzentriertheit lag einzig und allein an dieser Claudia und deren Freund, den Tanja noch nie gesehen hatte. Claudia dagegen hatte sie während der Busfahrt kennen gelernt. Sie war mit Sicherheit ein Jahr älter als sie, und für eine Siebzehnjährige benahm sie sich überaus selbstsicher.

Die beiden saßen ihr schräg gegenüber und schmusten. Und wie sie schmusten! Dass andere sie dabei beobachten konnten, schien sie nicht im Geringsten zu stören. Dazu waren sie viel zu sehr mit sich selbst und dem Austausch von Zärtlichkeiten beschäftigt.

„Möchtest du ein paar Weintrauben?“, drang die Stimme des blonden Jungen zu Tanja herüber.

„Logo!“

„Dann musst du sie dir schon selbst holen ... und zwar einzeln“, sagte der Junge, nahm eine große Traube zwischen die Lippen und beugte sich über das Mädchen.

„Oh, ein Weintraubenkuss!“, lachte Claudia fröhlich.

Tanja ertappte sich dabei, wie sie die beiden heimlich beobachtete, und schämte sich ein wenig. Aber trotzdem konnte sie nicht anders.

Sie sah, wie Claudia den Jungen küsste und ihm dabei die Weintraube aus den Lippen nahm. Dieses Spiel wiederholte sich mehrmals.

Verstohlen sah Tanja zu, wie sie sich umarmten und küssten. Claudia fuhr dem Jungen zärtlich durch das blonde Haar. Sie trug ein sehr sommerliches Top mit dünnen Spagettiträgern.

Tanja war zwar bewusst, dass es nicht taktvoll war, zu den beiden hinüberzustarren. Doch sie konnte ihren Blick einfach nicht abwenden.

Langsam wanderte die Hand des Jungen über Claudias Arm und streifte den linken Träger von der Schulter. Dabei lehnte er sich vor, als wollte er die Freundin vor neugierigen Blicken schützen.

Claudia schloss die Augen. Doch gleich darauf öffnete sie sie wieder, als spürte sie, dass sie beobachtet wurden. Sie schaute über die Schulter des Jungen hinweg, und die Blicke der beiden Mädchen begegneten sich.

Doch Claudia schien sich nicht im Geringsten ertappt zu fühlen. Stattdessen lächelte sie nur und flüsterte dem Jungen etwas ins Ohr. Daraufhin lachte er leise, und Claudia stimmte in das Lachen ein.

Tanja merkte, wie ihr das Blut ins Gesicht schoss.

Sie hielt es plötzlich nicht länger in dem verräucherten Aufenthaltsraum aus. Sie musste raus an die frische Luft.

Sie bückte sich, zog ihre Segeltuchschuhe unter dem Sitz hervor und sprang auf. Hastig lief sie durch den Mittelgang zur Tür, die hinaus aufs Deck führte.

Als sie die breite Schiebetür erreichte, sah sie im Glas ihr Spiegelbild: ein schlankes, dunkelblondes Mädchen in Jeans und einer bunt karierten Bluse. Unwillkürlich blickte sie auf ihren Busen, obwohl sie wusste, dass sie sich deswegen ganz bestimmt keine Gedanken zu machen brauchte. Alexander hatte einmal gesagt, dass sie eine Superfigur hätte.

Alexander! Tanja spürte einen Stich in der Herzgegend. In letzter Zeit war so vieles in ihrem Leben schief gelaufen. Und nun war auch die lange Freundschaft mit Alexander in die Brüche gegangen.

Sie schob die schwere Tür auf und betrat das Deck. Eine herrlich frische, salzige Brise umfing sie. Mit wehendem Haar lehnte sie sich an die Reling und sah hinaus in die Nacht. In der Ferne blinkten Lichter anderer Schiffe.

„Hallo!“, ertönte plötzlich eine Stimme hinter ihr.

Tanja zuckte zusammen und drehte sich um. Ein schlaksiger Junge stand vor ihr und lächelte sie ein wenig verlegen an. „Was willst du?“, fragte sie gereizt, obwohl sie ihn nett fand.

Er zuckte die Achseln. „Du bist die ganze Zeit so allein dagesessen und hast irgendwie traurig ausgesehen. Ich dachte, wir könnten ein wenig miteinander plaudern.“

Ich hab auch allen Grund, traurig zu sein, dachte Tanja, sagte jedoch: „Na und? Was geht dich das an?"

„Eigentlich nichts. Aber vielleicht würde dir ein bisschen Gesellschaft gut tun?"

„Danke, ich brauche kein Kindermädchen!", erwiderte sie barsch. Doch als sie sein enttäuschtes Gesicht sah, bereute sie sofort ihre schroffe Abfuhr.

Er murmelte etwas und ließ sie stehen.

Tanja biss sich auf die Lippen und kämpfte mit den Tränen. Wie konnte sie nur so abweisend sein? Vielleicht war der Junge genauso einsam wie sie?

Wieder musste sie an Alexander denken. Vielleicht hatte sie auch ihm Unrecht getan. Ihre Gedanken wanderten zurück zu dem Tag, der alles veränderte. Es war genau eine Woche her.

2 Es war früher Nachmittag, als Tania vom Sportplatz nach Hause kam. Während sie die Treppe in den dritten Stock hochlief, suchte sie in den Taschen ihres neuen, rosafarbenen Jogginganzuges nach dem Wohnungsschlüssel.

Das Training war ausgefallen, und sie überlegte, was sie stattdessen machen sollte. Ihre Freundinnen waren schon am letzten Schultag in die Ferien gefahren.

Ich werde mal bei Alexander anrufen, nahm sie sich vor. Vielleicht ist er schon zu Hause. Sie wollte die Wohnungstür schon hinter sich ins Schloss fallen lassen, als sie die Stimmen ihrer Eltern hörte. Sie stritten wieder einmal. Das ging schon seit einem Jahr so.

Dass ihr Vater, der in einer Großbank arbeitete, jetzt schon zu Hause war, überraschte sie. Sie überlegte, ob sie sich heimlich in ihr Zimmer schleichen sollte. Sie wollte nicht schon wieder Zeuge eines Ehekrachs werden.

In dem Moment hörte sie ihren Vater sagen: „Ausgesprochen lächerlich ist das! Früher oder später werden wir es Tanja doch sagen müssen, dass wir die Scheidung eingereicht haben!"

Tanja stand wie gelähmt da. Die Scheidung eingereicht?

„Aber das muss nicht gerade jetzt sein!", erwiderte ihre Mutter mit schriller Stimme. „Wir dürfen ihr nicht die Sommerferien verpatzen. Wir sagen es ihr erst in der letzten Woche."

„Ich habe keine Lust, ihr den ganzen Sommer was vorzumachen und so zu tun, als wäre alles in Ordnung!"

„Das ist mal wieder typisch für dich! Egoistisch und nicht ein bisschen Rücksichtnahme! Mein Gott, was bin ich froh, wenn wir endlich geschieden sind!"

Tanja konnte diese gegenseitigen Beschimpfungen ihrer Eltern nicht länger mit anhören. Sie huschte hinaus in den Hausflur und zog die Tür sacht ins Schloss. Dann stürmte sie die Treppen hinunter. Sie musste unbedingt mit Alexander reden. Er war der Einzige, der sie jetzt trösten konnte.

„Sekunde!", rief Alexander Ahrend, als es an der Tür seines Fotolabors im Keller klopfte. „Muss nur das Fotopapier weglegen!"

„Keine Angst, ich lauf schon nicht weg."

„Mensch, Tanja!", rief Alexander erfreut und schloss einen Augenblick später die Tür auf. Tanja fiel ihm um den Hals.

Sie küssten sich, und seine Hände glitten über den weichen Stoff ihres Anzuges. Er löste sich von ihr und sah sie lächelnd an. „Toll siehst du in dem Jogginganzug aus", meinte er.

„Ja? Findest du?"

Alexander nickte lebhaft. „Aber sag mal, wie bist du überhaupt reingekommen? Meine Eltern sind doch gar nicht da."

„Dein kleiner Bruder hat mich reingelassen. Er wollte sich gerade auf sein Fahrrad schwingen, richtig eilig hatte er es."

Alexander lachte und zog sie in sein geräumiges Fotolabor, in dem eine alte, ausrangierte Wohnzimmercouch stand. „Die Pfadfindertreffen sind für Peter das Höchste. Sie kommen noch vor Comics und Gummibärchen."

Als Tanja nicht lachte, sah er sie verdutzt an. „Sag mal, ist irgendwas?"

Sie ließ sich auf die Couch fallen. „Meine Eltern ... sie haben die Scheidung eingereicht!"

„Mist!" Alexander fuhr sich mit der gespreizten Hand durch das braune Haar, setzte sich zu ihr und legte einen Arm um ihre Schultern. „Das tut mir ehrlich Leid. Aber hast du denn nicht damit gerechnet? Ich meine, bei euch zu Hause gab's doch ständig Stunk."

„Ja, gestritten haben sie fast täglich, aber Scheidung ... das ist so ... so endgültig", brachte Tanja nur mühsam hervor und konnte die Tränen nicht länger zurückhalten.

Alexander zog sie sanft an sich und küsste ihr die Tränen vom Gesicht. „Sag mir, was ich für dich tun kann."

„Halt mich nur fest und hab mich lieb."

„Nichts tue ich lieber", flüsterte Alexander ihr ins Ohr und küsste sie auf den Mund.

Tanja schmiegte sich an ihn und wünschte, sie könnte die ganzen Ferien mit Alexander verbringen.

Doch leider war das unmöglich. Alexander sparte schon für einen Gebrauchtwagen, den er sich zu seinem achtzehnten Geburtstag kaufen wollte. Deshalb hatte er einen Ferienjob an der Tankstelle seines Onkels angenommen. Und sie selbst musste sich bis spätestens morgen entschieden haben, ob sie die Einladung ihrer englischen Brieffreundin annehmen wollte oder nicht. Vier Wochen London reizten sie sehr, doch gleichzeitig hatte sie auch ein wenig Angst davor. Alexander konnte nicht mitkommen. Sein Ferienjob ging vor, und irgendwie verletzte sie das. Gerade jetzt, da sie ihn so dringend brauchte, hatte er kaum Zeit für sie.

„Ich ... möchte dich ganz nah bei mir spüren“, sagte sie, als sich ihre Lippen nach einem langen, leidenschaftlichen Kuss lösten.

„Du fühlst dich so warm und weich an“, hauchte Alexander ihr ins Ohr. „Richtig samtweich ...“ Er zog langsam den Reißverschluss ihres Jogginganzuges auf.

„Aber wenn jemand kommt“, sagte Tanja verwirrt.

„Wir sind ganz allein ... nur wir beide. Hab keine Angst“, versuchte er sie zu beruhigen und beugte sich über sie.

Tanja lag regungslos und verkrampft auf der Couch. Ihre Kehle war wie zugeschnürt und ihr Herz klopfte bis zum Hals. Es war nicht das erste Mal, dass sie und Alexander miteinander schmusten. Aber diesmal war es anders ...

Alexander hatte sich über sie gebeugt. Unwillkürlich zuckte sie zusammen, als er sie küsste.

„Alexander, bitte ...“, flüsterte sie beschwörend. „Jetzt gehst du zu weit ...“

„Liebst du mich denn nicht?“

„Wie kannst du so etwas fragen?“ Tanja empfand seine Frage wie eine Ohrfeige. Merkte er denn nicht, dass sie einfach mehr Zeit brauchte?

Auf einmal kam sie sich schäbig vor, dass sie hier mit Alexander lag. Dabei war sie zu ihm gekommen, weil sie sich wegen der bevorstehenden Scheidung ihrer Eltern so verzweifelt gefühlt hatte. Und weil sie mit ihm über alles hatte reden wollen. Sie hatte bei ihm Zärtlichkeit und Trost gesucht, mehr nicht. Aber wie sollte sie ihm das erklären, ohne ihn zu verletzen?

„Ich möchte nur lieb zu dir sein", flüsterte Alexander ihr ins Ohr und verschloss ihren Mund mit seinen Lippen.

Tanja gab einen schwachen Protest von sich, als sie seinen Körper auf sich spürte. Sie wollte nicht mit ihm schlafen – und sie würde es auch unter keinen Umständen tun. Nicht jetzt, und hier in diesem Kellerraum schon gar nicht. „Nicht! ... Lass uns aufhören!", bat sie.

Tanja fühlte eine merkwürdige Mischung aus Enttäuschung und innerer Leere. Mit zitternden Händen griff sie nach ihrem Jogginganzug. „Aber du hast ja nie richtig Zeit für mich ..."

„He, was soll denn das heißen? Okay, mir ist die Sicherung durchgebrannt", räumte er zerknirscht ein, „aber es ist doch nichts passiert."

„Das habe ich auch nicht gemeint", erwiderte Tanja, während sie sich wieder anzog. „Ich hatte gehofft, mit dir über alles reden zu können. Und ich hatte mich so darauf gefreut, die Sommerferien mit dir zu verbringen. Aber der Job an der Tankstelle und das Auto, das du dir kaufen willst, sind dir wichtiger".

„Das stimmt nicht!", protestierte Alexander. „Glaubst du, ich schufte aus Vergnügen täglich zehn Stunden? Wenn hier einer egoistisch ist, dann bist du es."

„Okay, ich werde darüber nachdenken ... in England!"

3 Das war das letzte Mal, dass Alexander sie in den Armen gehalten hatte, dachte Tanja traurig und blickte über das dunkle Meer, durch das das Fährschiff pflügte. Noch am selben Tag hatte sie ihrer Brieffreundin Christine ein Telegramm geschickt, dass sie ihre Einladung gerne annahm und für vier Wochen zu ihr nach London kommen würde.

Mit Alexander hatte sie sich danach noch ein paar Mal getroffen. Beide hatten ihre letzte Auseinandersetzung nicht mehr erwähnt, sie vertrugen sich wieder. Aber Tanja wollte Abstand gewinnen, um sich klar darüber zu werden, was sie nun wirklich für Alexander empfand. Und so war es bei unverbindlichen Treffs geblieben, die letztlich nicht viel gebracht hatten. Irgendetwas stand zwischen ihnen. Und das bedrückte Tanja fast genauso wie die kaputte Ehe ihrer Eltern.

„Störe ich?", fragte plötzlich eine Mädchenstimme hinter ihrem Rücken.

Tanja wurde jäh aus ihren Gedanken gerissen und blickte sich um. Vor ihr stand Claudia, das Mädchen, das vorhin im Aufenthaltsraum so ungeniert mit ihrem Freund geschmust hatte.

„Nein."

Claudia stellte sich neben sie an die Reling. „War es sehr schlimm?", fragte sie nach einer Weile.

„Was?"

Claudia lachte leise. „Du weißt schon, was ich meine ... unsere Knutscherei."

Tanja war froh, dass sie nicht im Licht der Außenleuchten stand, sodass Claudia nicht ihr Gesicht sehen konnte, denn diese direkte Frage hatte sie verlegen gemacht. „Ihr könnt doch tun und lassen, was ihr wollt", antwortete sie ausweichend, fügte aber dennoch hinzu: „Obwohl ich in aller Öffentlichkeit so nicht ... schmusen würde!"

Claudia lachte erneut. „Das habe ich dir angesehen!", sagte sie, und es klang überhaupt nicht vorwurfsvoll. „Kann sein, dass wir 'n bisschen zu weit gegangen sind. Aber eigentlich ist das total verrückt."

„Was ist verrückt?", hakte Tanja nach.

Claudia fuchtelte mit der Hand durch die Luft, als suchte sie nach den passenden Worten. „Dass Zärtlichkeiten wie Schmusen und Streicheln in der Öffentlichkeit als anstößig empfunden werden."

Tanja nickte zustimmend.

„Aber dass wir tagtäglich in den Zeitungen, Illustrierten und im Fernsehen mit Bildern der Gewalt konfrontiert werden, darüber regt sich keiner auf", fuhr Claudia fort. „Man zeigt in aller Deutlichkeit, wie sich die Leute im Fußballstadion gegenseitig die Schädel einschlagen und im Krieg umgebracht werden. Gewalt und Grausamkeit zu zeigen, das ist ganz okay. Aber wehe, man zeigt Zärtlichkeit und Liebe! Das ist unanständig, das schickt sich nicht für ein anständiges Mädchen. Und das finde ich verrückt."

„Da hast du Recht", stimmte Tanja ihr nachdenklich zu.

Sie plauderten noch lange miteinander, und als die weißen Felsen von Dover aus dem Meer aufragten, hatte Tanja das Gefühl, in Claudia eine Freundin gefunden zu haben.

„Vielleicht können wir uns mal in London treffen und gemeinsam was unternehmen", schlug Claudia vor, als sie wieder im Bus saßen und von der Fähre rollten. „Ich besuche zwar eine Sprachenschule, aber wir haben nur von neun bis zwölf Unterricht. Dann bin ich frei. Was meinst du? Hast du Lust?"

„Klar", sagte Tanja begeistert, und dann tauschten sie die Adressen ihrer Gastfamilien aus.

„Seht mal, da drüben!", rief ein Junge aufgeregt, als sich der Bus der Innenstadt näherte. „*Big Ben* und *Westminster*!"

Auch Tanja presste das Gesicht gegen die Fensterscheibe, als der Bus im dichten Verkehr die *Westminster Bridge* überquerte. Sie war genauso aufgeregt wie alle anderen. Zwar war dies nicht ihr erster Auslandsaufenthalt, doch es war das erste Mal, dass sie ohne ihre Eltern verreiste. Gasteltern waren nun mal keine richtigen Eltern. Und in ihre Freude mischte sich eine Spur Unsicherheit.

Es war ein sonniger, fast wolkenloser Sommertag.

Der Bus hielt am Vorplatz der *Victoria Station* an. Die Gastfamilien warteten bereits vor dem Bahnhofsgebäude mit ihren Autos.

„Ruf mich an!", rief Claudia, als alles aus dem Bus drängte.

„Ganz bestimmt!", versicherte Tanja, holte ihren Koffer und hielt Ausschau nach Christine, die sie nur von Fotos kannte. Doch sie konnte ihre Brieffreundin nirgends entdecken.

„Bist du Tanja?“, sprach sie auf einmal ein älterer Mann in einem dunklen Anzug an. Er hielt ein Bild von ihr in der Hand. „Tanja Wiemer?“

„Ja.“

„Willkommen. Ich bin Charles Stanwick, Christines Vater.“ Er winkte eine Frau und einen jungen, braun gebrannten Mann heran, der sportlich-lässig gekleidet war. „Tanja, das ist meine Frau Emily ... und das ist unser Sohn Montgomery ...“

Emily Stanwick, eine gut aussehende und schick gekleidete Frau, umarmte Tanja so herzlich, als würden sie sich schon lange kennen. Ihr Sohn dagegen, den Tanja auf siebzehn schätzte, begnügte sich mit einem knappen Händedruck und blickte gelangweilt drein.

„Schön, dass du da bist!“, sagte Mrs Stanwick sichtlich erfreut. „Hoffentlich gefällt es dir bei uns! Ist es dein erster Aufenthalt in London? ... Na komm, Monty, nimm ihr schon den Koffer ab, und trag ihn zum Wagen!“

„Konnte Christine nicht kommen?“, fragte Tanja, als sie alle im Wagen saßen und Richtung Barnet fuhren, einem Londoner Vorort, wo die Stanwicks wohnten.

„Christine liegt seit vorgestern im Krankenhaus!“, erklärte Mrs Stanwick mit einem Seufzer des Bedauerns und fügte schnell hinzu: „Nein, nichts Schlimmes. Es war der Blinddarm. Sie ist gestern operiert worden. Und es ist alles gut verlaufen.“

Tanja machte ein trauriges Gesicht. Christine würde sicher acht bis zehn Tage im Krankenhaus sein. Was sollte sie in dieser Zeit allein nur tun?

Als hätte Mrs Stanwick ihre Gedanken erraten, sagte

sie: „Mach dir keine Sorgen. Es wird dir ganz bestimmt nicht langweilig werden. Monty wird sich um dich kümmern und dich mit vielen Freunden bekannt machen, nicht wahr?"

„Sicher, Ma", sagte Monty, der neben Tanja saß. Es klang nicht unfreundlich, aber auch nicht gerade begeistert. Tanja wusste zwar, dass Christine einen Bruder hatte, doch dass er so gut aussah, hatte ihr die Freundin verschwiegen. Im Gegenteil, sie hob eigentlich nur seine negativen Seiten hervor.

„Sag mal, wo hast du so gut Englisch gelernt?", wollte Mrs Stanwick wissen.

„Ich bin drei Jahre lang auf eine internationale Schule gegangen", erklärte Tanja stolz. „In Kairo. Mein Vater hatte sich dorthin versetzen lassen und uns mitgenommen. Und auf der Schule wurde in Englisch unterrichtet."

„Und Monty dachte schon, er müsste dir alles zehnmal erklären und ständig mit einem Wörterbuch herumlaufen", sagte Mrs Stanwick lachend.

„Du übertreibst mal wieder maßlos", meinte Monty gelassen. Er blickte Tanja an, und ein kaum merkliches Lächeln umspielte seine Mundwinkel. „Ich muss jedoch zugeben, dass mir deine Sprachkenntnisse nicht ganz ungelegen kommen."

4

Tanja schreckte aus dem Schlaf hoch. Im ersten Moment war sie noch viel zu benommen, um zu wissen, weshalb sie aufgewacht war. Es dauerte eine Weile, bis sie sich zurechtfand. Das Bett, in dem sie die erste Nacht in London verbracht hatte, war ein altmodisches Himmelbett, dessen Baldachin und Vorhänge mit einem Rosenmuster bedruckt waren.

Ferien! Vier Wochen in London!

Tanja räkelte sich im Bett, und ein frischer Lufthauch strich über ihren Körper. Sie gab einen wohligen Seufzer von sich, als sie plötzlich das Gefühl hatte nicht allein im Zimmer zu sein.

In diesem Moment sagte eine Stimme leicht belustigt: „Einen wunderschönen guten Morgen!“

Tanja erschrak und stieß einen leisen Schrei aus, sie lag fast nackt auf dem Bett. Im Schlaf hatte sie sich von der Decke freigestrampelt und lag nun nur mit einem Slip bekleidet da. Im Sommer hatte sie nur selten ein Nachthemd an.

Hastig zog sie die Decke über sich. „Ist das die feine englische Art?“, fragte sie ärgerlich und verlegen zugleich.

Monty stand vor ihrem Bett. Er hatte einen Bademantel mit Schottenmuster an und grinste über das ganze Gesicht. „Warum so schreckhaft, Tanja? Ich habe angeklopft und gedacht, du hättest mich gehört ...“

„Überhaupt nichts habe ich gehört!“, fiel Tanja ihm ins Wort und blickte auf die Armbanduhr. „Mein

Gott, es ist ja erst sechs! Was willst du so früh überhaupt?“

„Tut mir Leid, wenn ich dich erschreckt habe“, entschuldigte sich Monty. „Du kannst auch gleich wieder weiterschlafen. Ich habe dir nur deinen *early morning tea* gebracht.“ Er deutete auf das kleine Tablett mit der Tasse Tee und zwei Keksen, das auf dem Nachttisch stand. „Das ist nämlich bei uns so Sitte. Hinterher schläft es sich nämlich noch mal so gut. Ich hoffe, du magst mein Teegebräu. Habe mir alle Mühe gegeben.“

„Oh!“, sagte Tanja überrascht.

„Na, dann verschwinde ich mal besser wieder“, sagte Monty und ging zur Tür. „Richtiges Frühstück gibt es um neun, wenn es dir recht ist.“

„Ja, sicher ... tut mir Leid, dass ich gerade so unfreundlich gewesen bin.“ Sie fühlte sich geschmeichelt, dass Monty extra so früh aufgestanden war, um ihr eine Tasse Tee und Kekse ans Bett zu bringen. Das war eine richtig liebevolle Geste. Und sie bedauerte, dass sie ihn so schroff behandelt hatte.

„Darling, ich muss ins Büro“, sagte Mr Stanwick und erhob sich vom Frühstückstisch, der auf der kleinen Terrasse unter einem gelben Sonnenschirm stand. „Wartet bitte heute Abend nicht auf mich. Es wird wohl spät werden.“

Tanja beobachtete gerührt, wie er sich zu seiner Frau hinunterbeugte und ihr einen Kuss auf die Wange gab. Und mit Bitterkeit dachte sie daran, wie ihre Eltern miteinander umgingen. Ständig Krach und von Zuneigung keine Spur. Wann hatten sich ihre Eltern das letzte Mal einen Kuss gegeben oder eine liebevolle Geste ausgetauscht? Wie lange war es her, dass sie alle drei gemütlich zusammengesessen und gemeinsam gefrühstückt hatten? Sie konnte sich nicht daran erinnern, so weit musste das also schon zurückliegen. Und nun war sogar von Scheidung die Rede.

Tanja fuhr aus ihren Gedanken auf. Mrs Stanwick hatte zu ihr gesprochen. „Entschuldigung, ich war mit den Gedanken woanders."

„Ich sagte, du kannst jederzeit das Telefon benutzen", wiederholte Mrs Stanwick freundlich. „Du willst doch bestimmt deine Eltern benachrichtigen, dass du gut angekommen bist. Du hättest schon gestern anrufen sollen. Sie machen sich bestimmt schon Sorgen."

Das bezweifle ich, dachte Tanja, sagte aber: „Danke, das ist lieb von Ihnen. Ich rufe gleich an."

„Und habt ihr beide euch schon überlegt, was ihr heute unternehmen wollt?", fragte Mrs Stanwick mit einem Blick zu ihrem Sohn.

„Das wollte ich gerade tun, Ma. Heute Abend ist ja das große Sommerfest bei Peter und Alice. Tanja ist herzlich eingeladen. Und vorher kann ich mit ihr ja in die City reinfahren. Ich zeige ihr den *Piccadilly Circus* und den *Trafalgar Square*", erklärte Monty.

„Du brauchst mich nicht herumzuführen, Monty", wehrte Tanja ab. Als er ihr am Morgen den Tee ans Bett gebracht hatte, hatte sie den leisen Verdacht, er mochte sie. Doch nun klang er wieder so gelangweilt wie bei ihrer ersten Begegnung. „Ich komme auch gut allein zurecht", fügte sie rasch hinzu.

„Trotzdem wirst du dich mit meiner Gegenwart begnügen müssen", sagte Monty gelassen und biss in eine Scheibe Toast, als sei das Thema damit abgeschlossen.

„Auf jeden Fall möchte ich als Erstes Christine im Krankenhaus besuchen, wenn das möglich ist", sagte Tanja.

„Aber sicher doch", meinte Mrs Stanwick. „Christine hat die Operation gut überstanden. Sie hat gestern schon nach dir gefragt und ist ganz traurig, dass sie gerade jetzt im Krankenhaus liegt."

„Gut, dann rufe ich jetzt mal zu Hause an", sagte Tanja und stand auf.

5 „Ja, ich passe auf mich auf, Mutti“, rief Tanja in den Hörer. „Ja ... grüß auch du alle!“ Sie war erleichtert, als ihre Mutter endlich auflegte. Und erst jetzt merkte sie, wie sie innerlich verkrampft war, während sie mit ihrer Mutter sprach.

Ihr Vater war angeblich auf einer mehrwöchigen Auslandsreise. Geschäftlich. Aber das war natürlich eine Lüge. Der Vater war vermutlich ausgezogen.

Sie dachte an Alexander und wünschte sich, bei ihm zu sein, sie hatte ihm noch so vieles zu sagen.

„Darf ich noch einen Anruf machen?“, rief sie zu Monty hinüber, der im Wohnzimmer auf einem schwarz glänzenden Flügel herumklimperte. „Ich bezahle auch ...“

„Mein Gott, meine Mutter quasselt mit Gott und der Welt ... und zwar stundenlang. Ruf nur an!“

Tanja holte ihr Notizbuch und suchte die Telefonnummer der Tankstelle, wo Alexander in den Sommerferien als Aushilfskraft arbeitete. Sie ging zum Telefon zurück und wählte die Nummer.

„Tankstelle Kronenberg!“, meldete sich eine forsche Stimme am anderen Ende der Leitung.

Es war Alexander.

Tanja presste den Hörer ans Ohr, brachte jedoch keinen Ton heraus. Ihr Herz hämmerte, und schnell legte sie die Hand über die Sprechmuschel. Warum hatte sie überhaupt angerufen?

„Hallo?“, rief Alexander.

Es bringt doch nichts, schoss es Tanja durch den Kopf. Telefonieren ist so unpersönlich! Was kann man sich da schon sagen? Sie legte schnell auf.

Sie wollte nicht länger darüber grübeln. „Monty, können wir zu Christine ins Krankenhaus fahren?“, fragte sie deshalb.

„Stehe mit meinem Roller ganz zu Ihren Diensten, Madam“, erwiderte Monty mit leichtem Spott und erhob sich vom Klavierhocker. Als er zu Tanja in die Diele kam, ertappte diese sich zum wiederholten Male bei dem Gedanken, wie gut er doch aussah.

Christine war vor Freude ganz aus dem Häuschen, als ihr Bruder plötzlich mit Tanja vor ihrem Krankenbett stand. Die beiden Mädchen, die schon seit fast zwei Jahren in regem Briefwechsel standen, mochten sich auf Anhieb.

„Schätze, ich bin hier fehl am Platz“, sagte Monty gelangweilt, nachdem er zwanzig Minuten ausgeharrt hatte, ohne sich viel an dem Gespräch zu beteiligen. „Wenn ihr euch ausgequasselt habt – findest du mich drüben im Plattenladen, Tanja. Du kannst ihn gar nicht verfehlen. Er liegt genau auf der anderen Straßenseite. Bis dann, Schwesterherz!“

„Tschüss, du Ekel!“, rief Christine ihm fröhlich nach. Und als sie mit Tanja allein war, meinte sie augenzwinkernd: „Na, du scheinst auf Monty ja ganz schön Eindruck gemacht zu haben!“

Tanja sah sie verblüfft an. „Ich? Davon habe ich nichts gemerkt.“

„Und ob!“

Tanja schüttelte ungläubig den Kopf. „Ich habe eher

das Gefühl, dass ich ihm lästig bin. Das kann ich auch verstehen. Du liegst im Krankenhaus, und er muss sich nun um mich kümmern. Im Stillen wünscht er mich bestimmt dorthin, wo der Pfeffer wächst."

Christine lachte. „Bestimmt nicht. Monty mag dich. Ich hab doch gesehen, wie er dich angeschaut hat."

„Dann siehst du aber mehr als ich."

„Na klar!", erklärte Christine. „Ich kenne doch meinen Bruder. Erzähl mal. Wie ist er denn so zu dir?"

Tanja zuckte die Achseln. „Wie er zu mir ist? Manchmal ist er richtig ... lieb. Aber meistens habe ich das Gefühl, als wäre ich Luft für ihn. Er ist zwar nicht unfreundlich, aber irgendwie gelangweilt ... Ach, ich weiß auch nicht. Vermutlich bin ich ihm nichts weiter als ein Klotz am Bein."

„Irrtum!", widersprach Christine lachend. „Du kennst eben Monty noch nicht. Normalerweise ist er nämlich richtig aufgedreht. Aber wenn er ein Mädchen besonders nett findet, dann tut er ganz gelangweilt. Pass bloß auf! Ich gehe jede Wette ein, dass er in dich verknallt ist."

Sie unterhielten sich noch eine halbe Stunde, dann verließ Tanja das Krankenhaus und ging in den Plattenladen.

Monty hörte sich gerade die neue LP von Elton John an. Als er Tanja erblickte, nahm er die Kopfhörer ab, sagte etwas zum Verkäufer und wandte sich ihr zu: „Okay, dann wollen wir mal was für deine Bildung tun, Tanja. Gurken wir also in die Stadt und sehen uns ein paar von den typischen London-Klamotten an wie den *Buckingham Palace*, den *Tower* und den guten alten

Admiral Nelson.“ Es klang, als müsste er sich zu dieser Tour richtig durchringen.

Tanja sah ihn von der Seite an und dachte an Christines Worte.

6

„He! Kannst du denn nicht aufpassen!“, rief der dickbäuchige Autofahrer ärgerlich, als das Benzin aus dem vollen Tank schwappte.

Alexander Ahrend fluchte. Er war einfach nicht bei der Sache. Statt ordentlich aufzutanken, Ölwechsel zu machen und Scheiben zu putzen, dachte er an Tanja. Besonders seit dem merkwürdigen Telefonanruf an diesem Vormittag. Er hätte schwören können, dass sie es war, die angerufen hatte. Immer wieder musste er an sie denken. Es war nicht richtig, wie das mit ihnen gelaufen war. Und es war zum großen Teil auch seine Schuld.

Alexander versuchte einen klaren Kopf zu bekommen und eine Entscheidung zu treffen.

Fünf Minuten später wusste er, was er tun würde. Er rief seinen Freund Andreas an.

„Du hast doch mal gesagt, du hättest gern den Job an der Tankstelle gehabt, nicht wahr?“

„Logo! Aber du hast ja den Job ...“, erwiderte Andreas.

Alexander fiel ihm ins Wort. „Hättest du Lust, mich für zwei Wochen zu vertreten?“

„Na klar. Vorausgesetzt, dein Onkel hat nichts dagegen.“

„Das klappt sicher. Aber du musst mir dafür einen großen Gefallen tun.“

„Alles, was du willst!“, rief Andreas begeistert.

„Kannst du den VW-Pritschenwagen von deinem Alten für einen Tag bekommen?“

„Logo. Aber wozu brauchst du den?"

„Du musst mich und mein Moped nach Ostende zur Fähre bringen. Den Sprit zahl ich dir natürlich. Von Dover bis nach London sind es dann nur noch ein paar Stunden. Das schaffe ich locker mit dem Moped."

„Mensch, das ist ja irre!", sagte Tania begeistert zu Monty.

Monty war mit ihr in den Westen Londons zur *Portobello Road* gefahren, wo an jedem Samstag ein einzigartiger Trödelmarkt stattfand. Ein Verkaufsstand reihte sich an den anderen. Was man sich nur vorstellen konnte, wurde hier verkauft: vom billigen Ramsch bis hin zu teuren Antiquitäten.

„Komm bloß nicht auf den Gedanken, hier etwas zu kaufen", warnte Monty sie. „Die Typen verlangen Fantasiepreise. Woanders kannst du billiger zu einem netten Souvenir kommen."

„Und warum hast du mich dann hierher gebracht?", fragte Tanja, die zum ersten Mal das Gefühl hatte, dass Monty ihr gegenüber ein wenig auftaute.

Er grinste. „Weil man diesen Zirkus einfach einmal gesehen haben muss."

Er hatte Recht. Das bunte Leben und Treiben in den Gassen war tatsächlich sehenswert. Menschen aus aller Welt tummelten sich auf dem riesigen Markt. Freaks trugen total ausgeflippte Klamotten zur Schau, Straßenkünstler und solche, die sich dafür hielten, vervollständigten das kunterbunte Durcheinander.

Tanja hätte Stunden hier verbringen können. Doch Monty nahm seine Aufgabe als Fremdenführer ernst. Er wollte ihr noch andere Sehenswürdigkeiten zeigen, und so kehrten sie zu seinem Motorroller zurück, um in die Innenstadt zu fahren.

„Du musst dich schon richtig an mir festhalten“, ermahnte er sie, als sie wieder auf dem Rücksitz saß. Er drehte sich zu ihr um und blickte sie spöttisch an. „Vorhin hast du kaum gewagt, mich zu berühren. Hast du Angst, ich könnte dich beißen?“

Tanja errötete. Auf dem Weg hierher hatte sie sich nicht getraut, sich an ihm festzuhalten. „Ich dachte, es wäre dir lieber so“, schwindelte sie.

Er musterte sie mit hochgezogenen Augenbrauen. „Es geht nicht darum, was mir lieber ist, sondern es geht um unsere Sicherheit, Baby.“

„Ich heiße Tanja.“

Monty lächelte. „Ganz wie du meinst. Und nun leg die Arme um mich, Baby.“

Tanja legte ihre Hände auf seine Hüfte. Doch Monty schüttelte den Kopf, ergriff ihre Hände und zog sie vor, sodass sie mit ihrer Brust seinen Rücken berührte. „Richtig festhalten!“, rief er und scherte aus der Parklücke aus.

Tanja war sich nicht im Klaren darüber, was sie von seinem wechselhaften Benehmen halten sollte. Voller Unbehagen saß sie an ihn gepresst hinter ihm, die Arme um seinen schlanken, muskulösen Körper geschlungen. Bei jedem Bremsmanöver wurde sie noch fester gegen ihn gedrückt.

Doch die innere Verspannung löste sich schnell und machte einem Gefühl der Wärme Platz. Sie achtete kaum noch auf die Gebäude und Plätze, auf die Monty sie hinwies, sondern gab sich ganz dem wohligen Gefühl hin, das seine Nähe in ihr hervorrief. Ja, sie fühlte sich richtig geborgen.

Unwillkürlich musste sie an Alexander denken, und sie fragte sich, was sie noch für ihn empfand und ob er überhaupt noch an sie dachte ...

„Noch fünfzig Kilometer bis Ostende!“, sagte Andreas und überholte ein Wohnmobil auf der Autobahn. „In einer halben Stunde sind wir da.“

Hinten auf der Ladefläche des Kleintransporters lag sein Moped. „ Du brauchst nicht wie ein Irrer auf den Pinsel zu drücken, Andreas. Ich sage dir, wir haben Zeit genug.“

Andreas warf seinem Freund einen spöttischen Blick zu. „Dir konnte es doch erst gar nicht schnell genug gehen, zu deiner Tanja nach London zu kommen.“

„Schon“, räumte Alexander zögernd ein. „Vielleicht hätte ich sie vorher anrufen sollen.“

„Du hast mir noch gar nicht erzählt, warum ihr euch zerstritten habt. Oder ist das ’n Staatsgeheimnis?“

„Was heißt zerstritten.“ Alexander machte eine vage Handbewegung. „Ich bin vielleicht ’n bisschen stürmisch gewesen, als wir das letzte Mal allein waren und herumschmusten.“

„Sag bloß, du und Tanja ...“

„Nein, wir haben nicht miteinander geschlafen!“, fiel Alexander ihm schnell ins Wort. „Es war nur ... na ja, ganz schön temperamentvoll. Und Tanja wollte eigentlich nur ein bisschen schmusen. Aber dann geriet ich eben ... na ja, du weißt schon ...“

„Klar“, sagte Andreas mit einem Augenzwinkern. „Ist mir auch schon passiert. Man ist fest entschlossen, es beim Knutschen zu belassen, doch dann glaubt man, jeden Moment den Verstand zu verlieren.“

„Manchmal glaube ich, dass die Mädchen gar nicht wissen, was wir in solchen Situationen empfinden.“

Andreas seufzte. „Liebe und Sex sind verdammt nah beieinander. Ich glaube, dass Mädchen das besser voneinander trennen können.“ Damit sprach Andreas seinem Freund aus der Seele.

„Tu mir einen Gefallen“, sagte Alexander. „Ruf doch auf meine Kosten bei Tanjas Gasteltern in London an, und sag ihr, dass ich unterwegs bin. Vielleicht ist es besser, wenn sie weiß, dass ich komme. Ich gebe dir ihre Adresse. Die Nummer kannst du dir ja von der Auslandsauskunft geben lassen.“

„Okay. Und lass dir drüben auf der Insel ruhig Zeit. Je länger du bleibst, desto länger kann ich bei deinem Onkel an der Tankstelle arbeiten. Also sieh zu, dass du dich mit Tanja wieder versöhnst. Und wenn nicht, schau dich um, was da drüben abgeht. Swinging London soll jetzt ja wieder schwer in sein.“

Der Verkehr brauste um den *Piccadilly Circus*, den Mittelpunkt der Millionenstadt, von dem fünf breite Hauptstraßen sternförmig abgehen. Ein großer Brunnen, der vom Liebesgott Eros gekrönt wird, erhebt sich mitten auf der kreisrunden Verkehrsinsel. Dutzende von jungen Leuten, manche mit Rucksäcken bepackt, hockten am Brunnenrand.

Tanja hatte sich ebenfalls auf den Brunnenrand gesetzt und blickte zu Monty hinüber, der durch ihre Kamera schaute.

„Noch ein bisschen mehr nach rechts!“, rief er ihr zu. „Sonst kommt die Statue nicht mit aufs Bild!“

Tanja rückte noch mehr nach rechts.

Plötzlich trat ein Japaner an Monty heran. „Sie mir geben Kamera, Mister!“, sagte er freundlich und in gebrochenem Englisch. „Ich machen ein Bild von Ihnen und Ihrer Freundin. Schönes Erinnerungsfoto!“

Monty lehnte dankend ab und versuchte dem Mann klarzumachen, dass Tanja gar nicht seine Freundin war. Doch der Japaner bestand darauf, sie beide unter dem Liebesgott zu fotografieren.

„Näher zusammen!“, rief er ihnen zu. „Mister legen Arm um Freundin! Schönes Foto!“

„Der hat sie doch nicht mehr alle!“, knurrte Monty.

„Na, mach schon“, sagte Tanja lachend und revanchierte sich nun mit seinen eigenen Worten, indem sie fragte: „Oder hast du Angst, ich könnte dich beißen?“

Monty erwiderte nichts darauf, legte aber seinen Arm um ihre Schultern. Und er lächelte sogar in die Kamera, als der Japaner ihn aufforderte, nicht so grimmig dreinzuschauen.

Er rückte jedoch schnell wieder von Tanja ab, als der Japaner sie geknipst hatte. „Komm, ich will dir noch *Harrods* zeigen“, drängte er zum Aufbruch. „Das ist eines der größten Kaufhäuser der Welt. Da kann man vom Elefanten bis zur goldenen Sicherheitsnadel einfach alles kaufen ... Elefanten haben sie zwar nicht auf Lager, aber man kann sie bestellen.“

Das Kaufhaus war einen ganzen Häuserblock lang und viele Stockwerke hoch.

Tanja war überwältigt. Besonders von der Lebensmittelabteilung, in der es Delikatessen aus aller Welt gab, von denen sie noch nie zuvor gehört hatte.

„Fantastisch“, rief sie immer wieder, als sie durch die einzelnen Abteilungen schlenderten. „Aber leider nichts für meinen Geldbeutel.“

Ob Monty sie mit Absicht dorthin geführt hatte oder ob es Zufall war, konnte Tanja nicht herausfinden. Doch auf einmal standen sie in der Abteilung für Damenunterwäsche.

„Wie wär's mit einem netten Nachthemd als Souvenir für dich?“, fragte Monty grinsend, als sie an einem langen Stand mit Negligés und Nachthemden vorbeikamen. „Dann brauchst du dich nicht erschrocken unter der Bettdecke zu verstecken, falls ich mal wieder unverhofft den Tee ins Zimmer bringe.“

Tanja wusste nicht, was sie vor Verlegenheit sagen sollte. Dass sie im Sommer immer nackt schlief, kam ihr schon gar nicht über die Lippen.

„Schau mal hier!“ Monty schien ihre Verlegenheit überhaupt nicht zu bemerken, obwohl ihr das Gesicht brannte. Er ging zu einem Ständer mit hauchdünnen Nachthemden. Er nahm ein türkisfarbenes vom Haken und hielt es ihr hin. „Das müsste dir doch wunderbar stehen ... zu deinen blauen Augen. Mit deiner Figur kannst du dir so ein durchsichtiges Ding ohne weiteres leisten. Gefällt es dir?“

Es war wunderschön, doch Tanja brachte nur ein mühsames „Du spinnst!“ hervor.

Monty lächelte. „War ja nur ein Vorschlag."

„Bitte, lass uns gehen!", bat sie ihn mit hochrotem Gesicht, als eine Verkäuferin auf sie zukam.

„Genug Sightseeing für heute?", fragte Monty spöttisch. „Okay, düsen wir zurück nach Hause. Heute Abend ist ja die große Fete bei Peter und Alice. Da müssen wir fit sein." Er hängte das Nachthemd wieder zurück. „Schade, es hätte dir irre gut gestanden."

7 Heiß brannte die Sonne vom Himmel. Dieser Sommer war so, wie ein Sommer sein sollte, fand Tanja, die im Garten der Stanwicks auf einer Liege lag und sich bräunte. Sie hatte ein rotes T-Shirt über dem Bikini an, denn der BH war ziemlich knapp.

Sie hörte die Tür schlagen und blickte auf. Monty trat auf die Terrasse. Er trug ein Tablett mit zwei Glasschalen. Sie waren mit verschiedenen Eissorten und frischen Früchten gefüllt.

„Eis!“, rief Tanja begeistert und sprang auf, als Monty die Gläser auf dem Tisch abstellte. „Himmel, das ist ja eine richtige Eisbombe!“

„Eiscreme à la Karibik! Mit den besten Empfehlungen meiner Mutter!“, sagte Monty grinsend.

Tanja nahm sich eine Schale und stürzte sich auf die Eis-Frucht-Mischung. „Weißt du, dass du ganz wunderbare Eltern hast?“, fragte sie plötzlich ernst.

„So? Findest du?“

Sie nickte mit vollem Mund. „Sie sind so herzlich und aufmerksam. Auch zueinander. Man merkt richtig, dass sie sich ... lieben.“

„Was du nicht sagst.“ Montys Stimme hatte wieder den spöttischen Unterton.

„Du bist vielleicht blind dafür! Aber ich kann das gut beurteilen. Bei euch herrscht so eine wunderbare ... Harmonie. Ihr seid eine richtige Familie. Du brauchst gar nicht so zu grinsen! Es ist so!“ Fast wäre ihr herausgerutscht, dass ihre Eltern ständig stritten und nun die

Scheidung eingereicht hatten. Es lag ihr auf der Zunge, ihm zu sagen, wie sehr sie unter ihrem Elternhaus litt, wo sie sich nicht geborgen fühlte. Aber sie beherrschte sich noch rechtzeitig und sagte leise: „Du weißt gar nicht, wie gut du es hast.“

„Den Spruch habe ich schon mal gehört, Baby. Und jetzt iss dein Eis. Oder möchtest du, dass ich dir gleich einen Strohhalm bringe?“ Montys Stimme klang plötzlich ganz sanft und einfühlsam.

Ich werde aus ihm einfach nicht klug, dachte Tanja und löffelte schweigend ihr Eis.

Die heißen Wasserstrahlen prasselten auf Tanjas Körper herab.

Tanja brachte das Haarshampoo in ihrem langen Haar zum Schäumen und verteilte den Rest über Brüste und Arme, um das Sonnenöl abzuwaschen. Sie spürte noch immer die Wärme der Sonne. Alles in allem war es ein wunderbarer Tag gewesen. Sie hatte eine Menge gesehen, und eigentlich hatte sie Montys Begleitung genossen; auch wenn er manchmal spöttisch zu ihr war.

Himmel! Ich muss mich beeilen!, schoss es ihr plötzlich durch den Kopf, als ihr bewusst wurde, wie lange sie schon unter der Dusche stand. Um sieben wollte Monty los, und sie musste sich noch die Haare fönen und sich anziehen.

Schnell stellte sie die Dusche ab, warf ihr nasses Haar in den Nacken und schob die geriffelte Glastür zurück.

Nackt, wie sie war, trat sie aus der Dusche auf die weiche Fußmatte – und zuckte erschrocken zusammen.

Monty stand in der Badezimmertür. Ungläubig starrte sie ihn an. Er war keine drei Schritte von ihr entfernt, den Blick auf ihren nackten Körper gerichtet.

Tanjas Kopf war wie leer. Sie hörte nur das Tropfen der Dusche und spürte überdeutlich, wie das Wasser im Nacken aus ihrem nassen Haar rann und den Rücken hinunterlief.

Doch wenige Sekunden später hatte sie sich wieder gefasst. „Verschwinde!", stieß sie hervor und bedeckte ihre Brüste mit den Händen. Sie suchte nach einem Badehandtuch, das sie sich umwerfen konnte. Doch der Handtuchhalter war leer. Und ihre Sachen lagen auf der Ablage neben der Tür – und dort stand Monty.

„Entschuldige, dass ich so reingeplatzt bin ...", sagte Monty.

„Das hast du mit Absicht getan!"

„Ich dachte, du stehst noch unter der Dusche, und da wollte ich dir nur schnell frische Badetücher hinlegen. Meine Mutter hat es nämlich vergessen."

Erst jetzt sah Tanja, dass er ein großes, zusammengefaltetes Badetuch in der Hand hielt. Er warf es ihr zu.

Sie fing es auf und presste es schützend vor ihren Körper. „Du hättest es vor die Tür legen können, statt einfach hereinzuplatzen!", rief sie erregt. „Warum musst du mich immer so in Verlegenheit bringen? Oder glaubst du, du hättest das Recht dazu, mich ständig in solchen ... Situationen zu überraschen?"

Monty grinste unsicher. „Auch wenn du es nicht glaubst, aber ich habe diese Überraschung wirklich nicht geplant. Es war eine Gedankenlosigkeit. Außerdem bin ich mit einer Schwester aufgewachsen."

„Ich weiß nicht, was das damit zu tun hat!“, fuhr sie ihn an.

„Sehr viel“, erwiderte Monty, der seine Gelassenheit wieder gefunden hatte. Er lehnte sich gegen den Türrahmen und verschränkte die Arme vor der Brust. „Meine Eltern haben uns sehr freizügig erzogen. Falsche Prüderie gab es bei uns nicht. Und wenn einer mal nackt über den Flur läuft, ist das bei uns kein Grund, gleich hysterisch zu werden.“

„Das ist unter Geschwistern etwas anderes!“

Er zuckte die Achseln. „Mag sein, aber ich wollte dir damit ja nur erklären, dass ich längst weiß, wie ein Mädchen ... wie eine Frau nackt aussieht.“ Er lächelte sie an. „Nur muss ich eingestehen, dass du besonders hübsch aussiehst – so, wie die Natur dich geschaffen hat. Also, warum schämst du dich für die natürlichste Sache der Welt?“

Tanja hatte das Gefühl, ihr Gesicht stünde in Flammen. „Du hast wohl auf alles eine Antwort, was?“

„Das sollte ein ehrlich gemeintes Kompliment sein“, erwiderte er und blickte auf seine Uhr. „In einer halben Stunde wollte ich eigentlich los. Was meinst du, bist du bis dahin fertig?“

„Wenn du endlich aus dem Bad verschwindest, sicher!“

Als Monty gegangen war, setzte sich Tanja auf den Badewannenrand. Sie war völlig durcheinander, und ihr war, als könnte sie die Blicke des Jungen noch immer auf ihrer nackten Haut spüren. Doch merkwürdigerweise war ihr Zorn schon verraucht, und sie lächelte versonnen vor sich hin.

8

Monty hatte von einer Sommerfete gesprochen, die seine Freunde Peter und Alice Wilton veranstalteten. Er hatte jedoch nicht erwähnt, dass die Wiltons steinreich waren und eine große Villa mit Park bewohnten, die noch aus der viktorianischen Zeit stammte.

„Ich werd verrückt!“, entfuhr es Tanja unwillkürlich, als sie mit Monty aus dem Taxi stieg und über den frisch geharkten Kiesweg auf das Haus zuging. „Das ist ja ein richtiges Herrschaftshaus!“

Monty schmunzelte. „Der Vater von Peter und Alice ist schon nicht gerade arm zur Welt gekommen und hat dann auch noch Glück an der Börse gehabt. Auf jeden Fall brauchen sich die beiden nicht allzu viel Sorgen zu machen, wovon sie mal leben sollen. Daddy hat gut für sie vorgesorgt.“ Er lachte. „Mal sehen, wo die beiden stecken.“

Die Party fand hinter dem Haus im Park statt, in dem ein kleiner See lag. In den Büschen hingen bunte Lampions. Auf den weißen Gartentischen rund um den See standen Windlichter. Am unteren Ende des Sees hatte man eine kleine fahrbare Theke aufgestellt und ein üppiges Büfett aufgebaut, das von einem Sonnensegel geschützt war. Vom See führte eine Marmortreppe zu einer Terrasse hoch, die als Tanzfläche diente. Rockmusik drang aus den Lautsprecherboxen, die in den Bäumen nahe des Hauses angebracht waren.

Tanja kam aus dem Staunen nicht heraus. Es waren

mindestens sechzig, siebzig Leute da, alle zwischen siebzehn und neunzehn Jahre alt.

„Was ist?“, fragte Monty, als sie unwillkürlich stehen geblieben war.

„Ich weiß nicht“, sagte sie verunsichert. „Vielleicht wäre ich besser zu Hause geblieben. Ich kenne doch keinen ...“

„Das lässt sich schnell ändern.“

„Außerdem bin ich hier wohl die Jüngste.“

Monty sah sie an. „Es kommt nicht immer auf das Alter an, Baby. Manche sind mit zwanzig noch kindischer, als du es wohl mit zwölf warst. Außerdem siehst du gut zwei Jahre älter aus, als du bist – sowohl angezogen als auch im Evakostüm.“

„Musst du mich unbedingt daran erinnern“, sagte sie vorwurfsvoll.

„Da drüben ist Alice, die Schwester meines Freundes!“, wechselte Monty das Thema. „Komm, ich mache euch bekannt. Ihr werdet euch bestimmt gut verstehen.“ Er wies auf ein hübsches, schwarzhaariges Mädchen, das an der Theke stand. Sie trug einen weißen, eng anliegenden Hosenanzug, der ihre gute Figur betonte.

Alice war unkompliziert und herzlich. „Schön, dass Monty dich mitgebracht hat!“, begrüßte sie Tanja freundlich. „Diesmal hat er ausnahmsweise guten Geschmack bewiesen ...“

„He, nun mal langsam!“, protestierte Monty.

„Wie man sieht, findet manchmal auch ein blindes Huhn ein Korn“, fuhr Alice unbeirrt fort und zwinkerte Tanja zu, die herzhaft lachen musste. „Wenn ich zu schnell für dich spreche, musst du es sagen.“

„Nein, ich verstehe dich gut“, sagte Tanja und erzählte ihr, dass sie mehrere Jahre auf der internationalen Schule in Kairo Englisch gelernt hatte.

„Ah, da ist ja unsere Kleine aus Deutschland!“, rief ein hoch gewachsener, schlaksiger Bursche in einem grauen Seidenhemd. Man sah sofort, dass er der Bruder von Alice war. Tanja war er auf Anhieb unsympathisch. Er wirkte arrogant und blasiert.

Alice nahm ihren Arm, nachdem sie sich ein paar Minuten mit den beiden Jungen unterhalten hatte. „Komm, ich führe dich ein bisschen herum und mache dich mit ein paar Typen bekannt, die es wert sind, dass man ihren Namen behält. Keine Angst, das dauert nicht lange, denn von der Sorte gibt es nur wenige.“

Tanja verlor schnell ihre Unsicherheit. Sie dachte daran, was Monty gesagt hatte: dass sie nämlich älter aussah, als sie in Wirklichkeit war. Das und die Herzlichkeit von Alice machten es ihr leicht, ihre Hemmungen zu überwinden. Und ehe sie sich versah, stand sie mit anderen jungen Leuten in einer Gruppe und unterhielt sich mit ihnen über ihre Eindrücke von London und vieles mehr.

„Wie ich sehe, unterhältst du dich blendend“, sagte Monty, als er ihr eine Cola brachte.

„Ja, das tue ich.“

„Wie schön für dich“, sagte er mit einem merkwürdigen Unterton und ging.

Tanja blickte ihm verwirrt hinterher.

Die Zeit verging wie im Fluge. Die Sonne ging allmählich unter, und die Lampions tauchten den Garten und den See in ein buntes, romantisches Licht.

Der würzige Duft von gegrillten Koteletts erfüllte die Luft. Fröhliches Gelächter mischte sich mit der Musik.

Tanja hatte sich gerade ein neues Glas Cola geholt, als Monty neben ihr auftauchte. „Na, gefällt es dir?"

„Ja, das ist die tollste Party, die ich je erlebt habe."

„Freut mich", sagte er knapp, zögerte kurz und fragte dann fast abrupt: „Was ist, willst du tanzen?"

„Mit dir?", fragte sie erstaunt zurück.

„Wenn es dich nicht allzu viel Überwindung kostet ..."

Sie lächelte ihn an. „Nein, nicht allzu viel."

„Dann komm!" Er nahm ihre Hand und führte sie auf die Terrasse, wo sie sich unter die Tanzenden mischten. Jemand legte gerade eine Kassette mit soften Songs auf.

Monty legte seine Hände auf Tanjas Hüften und zog sie ganz sanft an sich. „Sag mal, habe ich dir überhaupt schon gesagt, dass du heute besonders hübsch aussiehst?", fragte er leise.

„Nein", erwiderte sie ohne ihn anzusehen.

„Dann sage ich es jetzt: Du siehst umwerfend aus."

Tanja hoffte, Monty würde ihr Herzklopfen nicht spüren. Erst jetzt wurde ihr bewusst, dass sie die ganze Zeit darauf gewartet hatte, mit ihm zu tanzen.

Es war ein wunderbares Gefühl, ihm so nahe zu sein, das immer mehr von ihr Besitz ergriff und sie wie ein warmer, schützender Kokon umhüllte.

Beim zweiten langsamen Song hielt er sie noch fester, jedoch nur mit einer Hand. Mit der anderen streichelte er sanft über ihr langes Haar.

Zögernd schmiegte sie sich an ihn. Sie legte ihren

Kopf an seine Schulter und wünschte sich, die Musik würde nie ein Ende nehmen. Sie schloss die Augen. Es war wie ein schöner Traum ...

Als Monty dann mit seinen Fingerspitzen über ihren Nacken strich, durchlief Tanja ein wohliger Schauer, und eine Gänsehaut bildete sich auf ihren Armen.

„Ist dir kalt?“, flüsterte er ihr ins Ohr.

„Nein“, antwortete sie mit belegter Stimme. „Es sind nur deine Fingerspitzen ...“

„Möchtest du, dass ich damit aufhöre?“

Sie hob den Kopf und blickte ihn an. „Nein, ich wünschte, du würdest ewig so weitermachen.“

„Ich werde dich an diesen Wunsch erinnern!“

Sie atmete tief ein und schmiegte sich wieder an ihn. Monty strich ihr das Haar aus dem Gesicht. Seine Lippen berührten ihr Ohr.

Sie fand jetzt auch den Mut, seine Zärtlichkeit zu erwidern. Sie legte ihre Arme um ihn und hauchte ihm einen Kuss auf die Wange. Endlich spürte sie das, wonach sie sich so lange gesehnt hatte: Zärtlichkeit und Geborgenheit.

9 „Wir sind da", rief Monty, als das Taxi vor dem Haus der Stanwicks hielt.

Tanja, die sich auf der Heimfahrt an ihn gekuschelt hatte, gab einen Seufzer des Bedauerns von sich. Nur ungern stieg sie aus, während Monty den Fahrer bezahlte.

Sie war müde, doch zum ersten Mal seit Monaten fühlte sie sich glücklich. Es war eine wundervolle Party gewesen, und die letzten Stunden hatte sie ausschließlich mit Monty verbracht. Immer wieder hatten sie Zärtlichkeiten ausgetauscht. Doch dabei war es auch geblieben. Er hatte es nicht einmal gewagt, sie auf den Mund zu küssen. Tanja war froh darüber, dass er nicht der Draufgänger war, für den sie ihn anfangs gehalten hatte.

Sie gingen ins Haus. Auf der Kommode in der Diele lag eine Nachricht von Mrs Stanwick. Monty überflog die Zeilen mit gerunzelter Stirn und steckte den Zettel dann schnell weg.

„Ist irgendetwas?"

„Nein", sagte Monty schnell. „Wir sollen uns nur das Frühstück morgen selbst machen. Mein Vater ist in der Stadt aufgehalten worden und übernachtet im Club. Und meine Mutter ist überraschend für zwei Tage nach Brighton gefahren. Irgendetwas Dringendes." Er zuckte die Achseln.

Tanja hatte eine Sekunde lang das Gefühl, dass er ihr etwas verschwieg. Doch gleich darauf verwarf sie diesen

Gedanken. „Na, dann gute Nacht ... und vielen Dank, Monty", sagte sie leise. „Danke für alles. Es war wunderschön ..."

Er trat zu ihr, und sie dachte, jetzt würde er sie küssen. Doch dann nahm er nur ihre Hand, hielt sie einen Augenblick und sagte: „Ich glaube, von nun an wird nichts mehr so sein, wie es vor diesem Abend war." Er lächelte sie an und gab ihre Hand frei. „Gute Nacht ... und träum schön."

Als Tanja zwanzig Minuten später aus dem Bad kam und in ihr Zimmer zurückkehrte, lagen ein mit Glanzpapier umwickeltes Päckchen und drei rote Rosen auf ihrer Bettdecke. Zwischen den Blumen lag eine kleine Karte. Sie nahm sie und las: *„Jede Rose steht für ein Wort. Weißt du, welchen Satz diese drei Rosen bilden? Dein M."*

Tanja lächelte gerührt. O ja, sie wusste, was er meinte. *I love you.* Der Satz bestand auch im Deutschen aus drei Worten.

Sie hauchte einen Kuss auf die Karte und öffnete das Päckchen, in dem ein schmaler Karton mit der Aufschrift *Harrods* lag.

„Mein Gott, er hat doch nicht etwa ...", schoss es ihr durch den Kopf. Sie hob den Deckel – und vor ihr lag das zauberhafte, türkisfarbene Nachthemd, mit dem Monty sie im Kaufhaus geneckt hatte.

Tanja horchte plötzlich auf. Klavierklänge drangen durch das Haus. Eine langsame, verträumte Melodie.

Monty. Er saß am Klavier und spielte für sie. Sie fühlte es, dass er auf sie wartete. Fassungslos blickte sie auf das hauchzarte Nachthemd, das man auch im Sommer tragen konnte. Benommen schüttelte sie den Kopf. Ihr Blick wanderte zu den drei herrlichen Rosen, die Monty ihr zusammen mit dem Päckchen aufs Bett gelegt hatte, während sie im Bad gewesen war.

Noch immer drang die Klaviermusik durch das nächtliche Haus. Monty spielte gut – und er spielte für sie. Er wusste, dass sie sein Geschenk inzwischen gefunden hatte. Und ein merkwürdiger Zauber verband sie, obwohl sie einander nicht sehen konnten.

Vorsichtig drückte sie die Türklinke herunter und öffnete die Tür einen Spaltbreit. Sie zögerte einen Augenblick, dann zog sie ihren Bademantel aus und streifte das Nachthemd über. Der Stoff schien ihren Körper zu liebkosen, als sie auf den dunklen Flur des Obergeschosses hinaustrat.

Monty hatte alle Lichter ausgeschaltet. Als Tanja den obersten Treppenabsatz erreichte, sah sie den schwachen Schein einer Kerze aus dem Wohnzimmer in die Diele dringen.

Sie blieb stehen und überlegte, was sie tun sollte. Zweifellos wartete Monty auf sie oder hoffte zumindest, dass sie noch zu ihm hinunterkommen würde. Plötzlich bereute sie es, dass sie sein Geschenk angezogen hatte und so aufreizend bekleidet auf der Treppe stand. Sie spielte mit dem Feuer. Ein gefährliches Spiel, denn Monty konnte ihr Erscheinen in diesem Aufzug falsch auslegen.

Aber gerade das war es wohl: Sie wollte wissen, wie ernst es ihm mit seinen Gefühlen war. Wenn er wirklich etwas für sie empfand, würde er nicht zudringlich werden.

Langsam schritt sie die Treppe hinunter. Aus halber Höhe konnte sie dann schon durch den hohen, offenen Durchgang in das Wohnzimmer blicken. Monty spielte noch immer. Vor ihm brannte eine Kerze. Er drehte mit einem Mal den Kopf und sah sie auf der Treppe stehen. Ein Lächeln trat auf sein Gesicht, und er hörte auf zu spielen, blieb aber sitzen.

Tanja blieb unsicher stehen und überlegte. Doch ein Zurück gab es jetzt nicht mehr für sie. So zwang sie sich, ruhig und selbstsicher die letzten Stufen hinunterzugehen.

„Ich wusste, dass Türkis wunderbar zu deinen Augen passen würde“, sagte er, als sie auf ihn zukam. „Doch ich habe nicht geahnt, dass du darin so atemberaubend aussehen würdest.“

„Du hättest es trotzdem nicht kaufen sollen, Monty“, erwiderte sie mit zittriger Stimme und blieb zwei Schritte vor ihm stehen. Sie wusste, dass ihr Körper durch den dünnen Stoff schimmerte.

„Ich wollte es aber“, erwiderte er und stand auf. Er trat zu ihr. „Und ich wollte noch etwas anderes. Den ganzen Abend lang. Und das werde ich jetzt auch tun.“

„Und was ist das?“, hauchte sie.

Doch statt zu antworten, nahm er ihr Gesicht in beide Hände und küsste sie.

Tanja schlang die Arme um ihn. Ein Schauer durchlief sie, als sie seine Lippen spürte. Sein Kuss war erst sanft, doch dann voller Leidenschaft.

Monty löste sich langsam von ihr. „Ich ... möchte dich eigentlich gar nicht mehr loslassen, aber ich sollte es doch besser tun ... so verführerisch, wie du aussiehst!“

„Oh, Monty ...“

Er küsste sie noch einmal. „Bitte, geh jetzt besser wieder hoch ...“, sagte er mit belegter Stimme.

„Ich werde bestimmt von dir träumen“, flüsterte sie, drehte sich schnell um und lief die Treppe hoch.

Sie kuschelte sich in ihr Bett, konnte aber lange nicht einschlafen. Immer wieder musste sie an Monty denken. Aber dann fiel ihr plötzlich Alexander ein. Der Gedanke an ihn war wie ein jäher, schmerzhafter Stich. Mit einem Mal fühlte sie sich schuldig, als hätte sie ihn hintergangen.

10

Tanja und Monty saßen gerade auf der Terrasse und frühstückten, als Alice und Peter auftauchten.

„Was haltet ihr davon, wenn wir baden gehen?“, fragte Peter forsch, und Tanja fand ihren ersten Eindruck bestätigt: Sein Grinsen war arrogant und anzüglich. Peter war so ganz anders als seine Schwester Alice.

„Von mir aus gern“, sagte Monty und blickte Tanja an. „Hast du Lust?“

„Tolle Idee“, antwortete sie.

„Aber ich habe keinen Badeanzug dabei“, wandte Alice ein.

„Bestimmt passt dir einer von Christines Bikinis. Meine Schwester hat garantiert nichts dagegen, dass du dir was von ihr ausleihst“, sagte Monty. „Geh doch mal mit ihr hoch, Tanja.“

Tanja wäre eigentlich lieber mit Monty allein geblieben, aber sie ging mit Alice ins Haus.

„Na, wie war die Nacht?“, fragte Peter grinsend, als er mit Monty allein auf der Terrasse saß. „Hast du die Kleine schon rumgekriegt?“

„Spinnst du?“, fragte Monty zurück. „Wir kennen uns doch kaum.“

„Ah, du versuchst es auf die sanfte, romantische Tour, du alter Verführer?“

„Red keinen Quatsch, und hilf mir lieber den Kram abzuräumen!“

Monty kraulte neben Peter her, der ihn aber locker hinter sich ließ.

„Nicht so ganz in Form heute, was?“, spottete Peter, der im Gegensatz zu Monty noch ganz ruhig atmete. „Oder bist du zu sehr abgelenkt?“ Er blickte viel sagend zu Tanja hinüber. Sie trug nur ein kurzes, weißes Hemdchen, unter dem gelegentlich das knappe Bikinihöschen hervorblitzte.

„Du schwimmst wirklich nicht schlecht“, sagte Monty zu Tanja, als sie zum Ufer zurückkamen. Er legte einen Arm um sie. „Doch Peter hat nicht so ganz Unrecht: Neben dir fällt es mir schwer, mich zu konzentrieren.“ Er küsste sie.

„Bleiben wir noch lange hier?“, fragte sie leise. „Es macht mir ja Spaß ... aber lieber wäre ich mit dir allein.“

„Wir schwimmen noch mal zu der kleinen Insel – und dann setzen wir uns ab“, versprach Monty. „Sag mal, was hältst du von einem Picknick irgendwo im Grünen? Nur wir beide?“

„Ganz toll wäre das!“

„Also abgemacht!“

Alexander Ahrend fluchte unterdrückt, als er an der Kreuzung fast wieder auf die rechte Fahrbahn abgebogen wäre – und somit auf die falsche Seite. An den Linksverkehr musste er sich erst noch gewöhnen. Hinzu kam, dass ihm die Müdigkeit in den Knochen steckte. Auf der Fähre hatte er kein Auge zugetan. Und die Strecke von Dover nach London war auf dem Moped auch ziemlich anstrengend gewesen.

Er fuhr links ran, hielt an und zog noch mal den Stadtplan zurate, den er sich gekauft hatte. Bis in den Londoner Vorort Barnet hatte er sich nun schon durchgeschlagen. Jetzt musste er nur noch die Straße finden, wo Tanjas Gastfamilie wohnte.

Eine halbe Stunde später stellte er sein Moped vor dem Haus der Stanwicks ab. Ein kleiner Mini parkte in der Garageneinfahrt, in den gerade ein hübsches, schwarzhaariges Mädchen einstieg.

Das muss diese Christine sein, Tanjas Brieffreundin, schoss es Alexander durch den Kopf, und er lief auf den Wagen zu.

Doch es war nicht Christine, sondern Alice Wilton, wie er gleich erfahren sollte. Alice hatte nur einen Grill zurückgebracht. „Es ist leider niemand zu Hause", sagte sie, während sie ihn aufmerksam musterte. Er sah gut aus und gefiel ihr. „Du wolltest zu Tanja? Bist du ein Freund von ihr?"

Alexander zögerte. „Ja, wir kennen uns", sagte er ausweichend und hatte Mühe, seine Enttäuschung zu verbergen. „Ich dachte, ich besuche sie mal, wenn ich schon in London bin. Weißt du nicht, wo sie steckt?"

„Nein", log Alice. „Sie ist irgendwohin aufs Land gefahren."

„Tja, da kann man nichts machen", murmelte Alexander und stand unschlüssig da.

„Kann ich dich mitnehmen?"

„Danke, ich bin mit dem Moped hier und muss mir erst noch ein Quartier suchen."

„Da kann ich dir einen guten Tipp geben. Ein Bekannter von mir arbeitet in einem netten, kleinen Stadthotel. Er macht dir bestimmt einen Sonderpreis, wenn ich ihm sage, du bist ein Freund von mir."

Erstaunt sah er sie an. „Das wäre prima. Bin nämlich nicht gerade Rockefeller junior."

„Ich fahre vor! Ich heiße übrigens Alice ... Alice Wilton, und du?"

„Alexander Ahrend."

Alice gab ihm die Hand. Ihr Blick verunsicherte ihn ein wenig, während sie sagte: „Freut mich, dich kennen zu lernen, Alexander."

Das Hotel lag ein gutes Stück vom Haus der Stanwicks entfernt. Als Alexander die Eingangshalle sah, verzog er das Gesicht. „Himmel, hier kann ich mir ganz bestimmt kein Zimmer leisten", flüsterte er Alice zu. Er hatte sich etwas Einfacheres vorgestellt.

„Lass mich nur machen." Alice ging zur Rezeption und sprach mit einem hageren Mann in einem grauen Anzug. Der Mann nickte, nahm einen Schlüssel aus einem Fach hinter sich und lächelte ihr zu. Dann wandte er sich einem anderen Gast zu, der zahlen wollte.

Alice winkte Alexander heran. „Alles geritzt. Du kriegst das Zimmer – für umgerechnet dreißig D-Mark."

„Aber das kostet doch mindestens fünfmal so viel!"

„Keine Angst, er braucht die Differenz nicht aus eigener Tasche zu bezahlen", sagte Alice und verschwieg, dass das Hotel ihrem Vater gehörte. „Und nun füll die Anmeldung aus."

„Danke", sagte Alexander und wollte sich von ihr verabschieden, als er das Formular ausgefüllt hatte.

„Ich fürchte, du musst mich schon noch für eine

Stunde mit auf dein Zimmer nehmen“, sagte sie schmunzelnd, hakte sich bei ihm ein und führte ihn zum Lift. „Jason hält uns nämlich für ein ... Liebespaar. Du verstehst, ich kann jetzt nicht einfach verschwinden.“

Sprachlos blickte er sie an. Dann stieß er ungläubig hervor: „Du hast ihm gesagt, wir ...“

„Warum denn nicht? Du scheinst doch ein interessanter Typ zu sein. Unterhalten wir uns also eine Stunde oben auf deinem Zimmer – dann ist Jason zufrieden.“

„Machst du das immer so?“, fragte er verwirrt.

„Nur, wenn ich meine, dass sich der Aufwand lohnt!“

„Das ist ja ein Ding! Und du bist eine Stunde bei diesem Deutschen auf dem Zimmer gewesen?“, sagte Peter und kletterte aus dem Swimmingpool.

Alice nickte. Sie war eben nach Hause gekommen und hatte Peter von ihrer Begegnung erzählt. „Wir haben uns irre gut unterhalten. Weißt du, der Bursche könnte mir gefallen.“

„Aber er ist doch wegen Tanja gekommen?“

Alice zuckte die Achseln. „Keine Ahnung. Er hat mir nur erzählt, dass sie aus derselben Stadt sind und sich kennen. Angeblich will er ein paar Tage mit der Kamera durch London ziehen. Fotografieren ist nämlich sein Hobby.“

„Also, eines ist sicher: Wenn Tanja mal etwas mit deinem Alexander ...“

„Noch ist er nicht mein Alexander“, scherzte Alice.

„... gehabt hat, so ist das endgültig vorbei. Die ist bis

über beide Ohren in Monty verliebt. Du hättest die beiden sehen sollen, wie sie miteinander geschmust haben. Ich hoffe nur, dass Monty auch weiß, was er tut. Aber Monty ist schließlich kein Anfänger!"

„Eben!", sagte Alice. „Ich gehe aber jede Wette ein, dass Tanja das genaue Gegenteil ist. Und ich möchte nicht, dass sie eine bittere Enttäuschung erlebt."

„Komm, sie ist doch kein Kind mehr!" Peter runzelte die Stirn. „Sag mal, sollten wir Monty nicht warnen? Für den Fall, dass sich da was zusammenbraut?"

„Ich weiß nicht ..."

„Das dürfte auch in deinem Interesse sein. Denn wenn ich dich recht verstanden habe, hast du ein Auge auf diesen Alexander geworfen."

„Beide Augen!", korrigierte Alice den Bruder. „Du weißt genau, dass ich keine halben Sachen mache."

„Dann komm! Ich weiß nämlich, wo die beiden zum Schmuse-Picknick hingefahren sind. Eine Landschaft zum Schwachwerden!"

„Also gut, fahren wir los!", sagte Alice entschlossen.

11

Tanja fühlte sich wie verzaubert, als sie Hand in Hand mit Monty über die blühende Wiese schlenderte. Sie spürte das hohe Gras an den Beinen. Ihr war, als ginge sie auf Wolken. Vor ihnen lag ein kleiner See, umgeben von einem hohen Mischwald. Flach fielen die von hohem Schilf gesäumten Ufer ins klare Wasser ab. Und mitten aus dem idyllischen See ragte eine kleine Insel empor, die mit jungen Bäumen und Büschen bepflanzt war. Der See und das umliegende Land gehörten den Wiltons, und niemand würde sie hier stören.

Mit einem kleinen Ruderboot paddelten sie zur Insel hinüber und breiteten im hohen Gras ihre Decke aus.

„Woran denkst du, Liebling?“, fragte Monty.

„Dass es hier so wunderbar friedlich ist“, antwortete sie und blickte ihn zärtlich an. „Es ist schön, mit dir zusammen zu sein.“

„Ich bin so glücklich mit dir, Tanja.“

„Ach, Monty ...“

Er bedeckte ihr Gesicht mit Küssen und nahm sie in seine Arme. Wenn er sie so küsste und streichelte, vergaß sie alles, was sie im Innersten bedrückte. Sie spürte seine Hände über ihren Körper wandern, und sie machte keinen Versuch, sie abzuwehren.

Als sie sich schließlich aus der Umarmung lösten, spürte Tanja die Hitze des Sommertages stärker als zuvor. „Am liebsten würde ich jetzt ins Wasser springen und schwimmen!“

Monty richtete sich auf. „Warum nicht? Auf die Idee

hätte ich auch kommen können. Komm!“ Und schon begann er sich auszuziehen.

Tanja stieg die Hitze ins Gesicht. „Aber ... wir haben doch gar keine Badesachen dabei!“

Er lächelte sie an. „Dann baden wir eben nackt. Was ist schon dabei? Oder hast du vergessen, dass ich längst weiß, wie wunderschön du im Evakostüm aussiehst?“

„Ich weiß nicht ...“

„Wenn du willst, kannst du ja auch deinen Slip anbehalten. Bei der Sonne ist er gleich wieder trocken.“ Schnell zog er Hemd und Hose aus, wandte ihr dann den Rücken zu und streifte auch seine Unterhose ab. Dann sprang er mit einem Jauchzer ins Wasser.

Tanja zögerte einen Moment, erhob sich schließlich von der Decke und entkleidete sich rasch hinter einem Gebüsch. Bis auf ihren Slip. „Dreh dich um, und mach die Augen zu!“, rief sie. Schnell eilte sie über das warme Gras hinunter zum Wasser, tauchte hinein und schwamm zu ihm.

Sie tollten im Wasser, bespritzten sich gegenseitig und ließen sich allerlei Albernheiten einfallen.

Als Tanja derart lachen musste, dass sie Wasser verschluckte und hustete, stellte sie sich unwillkürlich im nur hüfttiefen Wasser auf. Als sie die Hände vor die Brüste legen wollte, rief Monty: „Tu es nicht, Tanja. Du siehst bezaubernd aus!“ Langsam kam er auf sie zu. Tanja schloss die Augen, als er die Arme nach ihr ausstreckte und sich ihre Körper im nächsten Augenblick berührten.

Monty verschloss ihren Mund mit seinen Lippen, schlang die Arme um sie und presste sie an sich. Tanja hätte sich am liebsten ihren Gefühlen überlassen und seine Zärtlichkeiten erwidert. Doch etwas sperrte sich in ihr dagegen. Vielleicht war es die Erinnerung an jenen Nachmittag mit Alexander.

Plötzlich hörten sie den schrillen Klang einer Autohupe. Sie fuhren auseinander und schauten zum anderen Seeufer.

„Da ist jemand!“, rief Tanja erschrocken.

Die Autohupe erklang erneut. Es war eine rhythmische Folge – wie ein Signal. Monty runzelte die Stirn. „Das muss Peter sein!“, stieß er verstimmt hervor. „Was will denn der bloß hier?“

Tanja lief aus dem Wasser und versteckte sich im Gebüsch. Ihr Slip klebte ihr wie eine zweite Haut am Körper.

„Ich schau mal nach. Bleib du hier!“, meinte Monty und trocknete sich mit seinem T-Shirt ab. Dann fuhr er rasch in Unterwäsche und Hose und sprang ins Boot. Zehn Minuten später stand er Peter und Alice gegenüber.

„Seid ihr noch zu retten?“, fauchte er sie an. „Wie könnt ihr hier einfach so aufkreuzen. Ich wollte doch mit Tanja ungestört sein!“

Peter grinste und meinte: „Warte ab, was wir dir zu erzählen haben ...“

Eine Viertelstunde später war Monty wieder bei Tanja auf der idyllischen Insel. Sie hatte sich inzwischen ihr Kleid angezogen.

„War es wirklich Peter?“

„Ja.“ Er verschwieg ihr, dass auch Alice mitgekommen war.

„Was wollte er? Spioniert er uns nach?“

Monty verzog das Gesicht. „Er hat uns eine Flasche Prickelwasser bringen wollen, dieser Schwachkopf“, log er. „Manchmal hat er wirklich eine Meise.“

Tanja fand es immer noch schön, mit Monty in der Sonne zu liegen und zu schmusen. Doch der magische Zauber von vorhin war verflogen. Und sie ertappte sich mehrmals dabei, wie ihre Gedanken abschweiften. Sie dachte an ihre Eltern, die sich scheiden ließen, und merkwürdigerweise immer wieder an Alexander.

„Lass uns nach Hause fahren“, bat Tanja schließlich. „Ich möchte noch deine Schwester im Krankenhaus besuchen. Christine wartet bestimmt schon auf mich.“

Im Stillen verfluchte Monty Peter. Dass Tanjas Bekannter oder Freund namens Alexander auf dem Weg nach London war, hatte er schon längst gewusst.

12 „Hallo, Alexander. Hier ist Alice ... Alice Wilton. Erinnerst du dich?“

„Was für eine Frage! Natürlich erinnere ich mich!“, kam es vom anderen Ende der Leitung. „Noch mal herzlichen Dank für die Zimmervermittlung und so.“

Peter, der neben seiner Schwester stand, flüsterte ihr zu: „Frag ihn doch mal, was er mit ‚und so‘ meint.“

Sie schob ihn von sich und sagte in den Hörer: „Ich rufe wegen Tanja, deiner Bekannten an. Ich habe gerade von meinem Bruder erfahren, dass sie und Monty von ihrem Picknick nach Hause zurückgekommen sind. Ich dachte, das würde dich interessieren.“

„Ja, sicher. Danke!“ Alexanders Stimme klang erfreut. „Aber wer ist dieser Monty?“

„Christines Bruder. Er kümmert sich um Tanja. Christine liegt doch im Krankenhaus.“

„So!“ Alexander klang nun gar nicht mehr fröhlich.

„Ich muss jetzt Schluss machen. Wäre schön, wenn wir uns noch mal sehen könnten“, verabschiedete sich Alice und legte auf. Gleich darauf wählte sie Montys Nummer. „Monty? Du, ich habe ihm Bescheid gesagt. Ja, wie abgesprochen.“

„Er soll bloß nicht vergessen, gleich den Telefonhörer von der Gabel zu nehmen“, flüsterte Peter. „Alexander wird bestimmt sofort versuchen, Tanja an den Apparat zu bekommen. Er soll sie aber nicht erreichen. Alexander muss zu ihnen kommen.“

Alice gab das an Monty weiter. Nachdem sie aufgelegt hatte, schüttelte sie den Kopf und murmelte: „Ehrlich gesagt, habe ich ein ungutes Gefühl. Was wir da tun, ist nicht richtig ... und fair schon gar nicht."

„Ach was!", ging Peter lässig darüber hinweg. „Alexander ist doch bei Tanja schon längst abgeschrieben. Die ist doch jetzt ganz scharf auf Monty. Wir sorgen also nur dafür, dass Alexander die Geschichte nicht noch komplizierter macht und guten Gewissens mit dir zusammen sein kann. Das ist es doch, was du dir erhoffst?"

„Ja, schon ..." Alice seufzte. „Du hast wirklich das unverschämte Talent, einem Schwarz für Weiß zu verkaufen."

„Wenn du Lust hast, können wir nachher noch in die Stadt fahren und durch ein paar Kneipen und Diskos ziehen", sagte Monty und drehte die Koteletts um, die auf dem Grill brutzelten.

„Ich glaube, dafür bin ich heute zu müde", erwiderte Tanja und deckte den Tisch auf der Terrasse. Sie waren nach dem etwas abrupten Ende ihres Picknicks noch zu Christine ins Krankenhaus gefahren. Irgendwie war es ein anstrengender Tag gewesen, und sie wollte früh zu Bett gehen. In dieser Nacht würde es bestimmt keine Überraschung geben, denn Montys Vater war zurückgekommen.

„Ganz wie du meinst."

Das Schrillen der Türklingel drang durch das Haus zu ihnen auf die Terrasse. Monty legte die Grillzange weg. „Mach doch mal auf", sagte er, „ich werfe indessen ein Auge auf die Koteletts!" Tanja ging zur Tür und öffnete. Sie dachte, sie träfe der Schlag. Alexander stand in der Tür. „Hallo, Tanja“, begrüßte er sie, und sein Lächeln war mehr eine Grimasse der Verlegenheit.

„Alexander!“, stieß sie ungläubig hervor. „Wie ... wie kommst du denn hierher?“

„Mit meiner alten Knatterkiste. Hat Andreas denn nicht hier angerufen und dir ausgerichtet, dass ich auf dem Weg zu dir bin?“, fragte er verwundert.

„Nein. Ich weiß von keinem Anruf.“

„Wir sind doch die letzten Tage immer unterwegs gewesen und meine Eltern waren auch ständig auf Achse“, sagte Monty.

„Ich war heute Nachmittag schon mal hier, aber du warst nicht da“, sagte Alexander zu Tanja.

„Da waren wir Schwimmen“, erklärte ihm Tanja. „Mensch, dass du nach London gekommen bist ...“ Sie war völlig durcheinander und fühlte sich hin und her gerissen. Sie freute sich, dass er ihretwegen seinen Job aufgegeben hatte. Doch andererseits warf sie sein Auftauchen völlig aus dem Gleichgewicht. Sie dachte an die Stunden mit Monty und an die Zärtlichkeiten, die sie genossen hatte.

„Ich hab versucht, dich anzurufen, aber es war ständig besetzt ...“

„Mein Vater vermutlich“, sagte Monty und lächelte Tanja an. „Ich schlage vor, wir legen noch ein Gedeck auf.“

„Nein“, wehrte Alexander hastig ab. „Ich wollte eigentlich ...“

Monty fiel ihm freundlich, aber bestimmt ins Wort. „Natürlich bleibst du. Wir haben mehr Koteletts auf dem Grill, als wir essen können. Nein, das kommt gar nicht in Frage. Was möchtest du trinken? Cola? Bier?"

Alexander warf Tanja einen beschwörenden Blick zu. Er fühlte sich in Montys Gegenwart sichtlich unbehaglich.

„Die Koteletts sind gleich fertig, Alexander", sagte Tanja und wollte ihm zu verstehen geben, dass sie doch jetzt nicht einfach mit ihm das Haus verlassen konnte.

„Bier, bitte", sagte Alexander. Er spürte ganz deutlich, dass zwischen Monty und Tanja etwas war. Doch noch mehr störte ihn, dass Monty ihn so freundlich behandelte und so tat, als interessierte er sich wirklich für seinen unverhofften Gast.

Er würgte mit Mühe ein Kotelett hinunter. Sein Magen krampfte sich zusammen, als er sah, wie zuvorkommend Monty zu Tanja war. Schon Kleinigkeiten, Gesten und Blicke brachten ihn innerlich auf hundertachtzig. Doch was ihn am meisten in Rage brachte, war, dass Tanja gar nicht zu merken schien, dass Montys Freundlichkeit ihm gegenüber nur gespielt war.

Er hielt es eine halbe Stunde aus, dann explodierte er. „Schluss mit dem Theater!", schrie er Monty an. „Mir machst du nichts vor. Spar dir deine Freundlichkeiten!"

„Ich verstehe nicht ...", sagte Monty gelassen.

„Alexander!", rief Tanja schockiert.

„Merkst du denn nicht, wie er sich über mich lustig macht!", rief Alexander erregt und sprang auf.

„Ich merke nur, dass du verdammt unhöflich bist!", sagte Tanja vorwurfsvoll. „Und zwar völlig ohne Grund. Wir können doch ..."

„Ich möchte mir dir sprechen! Allein!" Es klang wie

ein Befehl. „Ich bin extra wegen dir nach London gekommen, um mit dir zu reden."

„Ich verstehe gar nicht, warum du Tanja so anbrüllst", sagte Monty kühl.

„Halte du dich mal gefälligst heraus!", fauchte Alexander ihn an und wandte sich wieder Tanja zu. „Was ist? Kommst du mit oder nicht?"

Tanja schossen die Tränen in die Augen. „Nein! Oder glaubst du, ich lasse mich von dir herumkommandieren?"

„Was bin ich doch für ein verdammter Idiot gewesen!", stieß Alexander hervor und stürmte davon.

Tanja konnte die Tränen nicht länger zurückhalten und schlug die Hände vors Gesicht. Als Monty tröstend seinen Arm um sie legte, schüttelte sie den Kopf. „Bitte, lass mich. Ich möchte allein sein." Sie stand schnell auf und lief in ihr Zimmer hoch.

13

Alexander saß an der Theke der schummrigen Hotelbar, in der kaum Betrieb herrschte. Vor ihm stand ein Bier. Sein drittes. Er hatte das Verlangen, sich nach Strich und Faden zu betrinken. Guten Grund dafür hatte er ja, wenn er es sich recht überlegte.

„Hirnverbrannter Schwachsinn, ihr nach London nachzufahren!“, murmelte er in seiner Wut vor sich hin. Was hatte er sich bloß davon versprochen? Eine ganze Menge, wenn er ehrlich war. Doch Tanja hatte ihn schon abgeschrieben, interessierte sich nicht mehr dafür, was er für sie empfand. Sie hatte nur noch Augen für diesen geleckten Monty, der sie mit seinem Süßholzgeraspel um den kleinen Finger wickelte.

Alexander zuckte zusammen, als sich eine Hand sanft auf seine Schulter legte und eine Stimme fragte: „Hallo, Alexander! Was dagegen, wenn ich dir Gesellschaft leiste? Oder wartest du auf jemanden?“

Er drehte sich um. „Alice!“ Verdutzt starrte er sie an. Nicht nur, weil er mit ihrem Erscheinen nicht gerechnet hatte, sondern weil sie eine knallenge Hose aus rot glänzendem Satin und eine Bluse aus dünner Seide trug. Ihr Anblick war wirklich atemberaubend. Sein Gesicht hellte sich auf, und er dachte, dass der Abstecher nach London vielleicht doch noch ein Erfolg werden könnte, wenn auch ganz anders, als er erst gehofft hatte ...

Aus den Boxen der Diskothek *Forever* hämmerte rockiger Sound. Die Spotlights flackerten im Takt der Musik, warfen bunte Lichtkaskaden über die tanzenden Paare, die sich auf der schneeweißen, sich drehenden Plattform drängten.

Alice und Alexander kümmerte es nicht, dass der DJ in einem glitzernden Verschlag aus Acrylglas einen fetzigen Rock nach dem anderen über den Plattenteller schickte. Eng umschlungen tanzten sie ganz langsam, als würde nur Blues gespielt.

Alice schmiegte sich fest an den jungen Deutschen. Ihre Hände glitten über seinen Nacken und wühlten sich sanft in sein volles, leicht gewelltes Haar.

Alexander fühlte sich wie benommen. Wegen Tanja war er nach London gekommen, doch statt mit ihr zusammen zu sein, zog er nun schon seit einigen Stunden durch Londons Diskotheken. Alice kannte sich gut aus. Sie schien sich überhaupt in jeder Hinsicht gut auszukennen. Schon beim ersten Tanz hatte sie sich an ihn geschmiegt. Und wenig später hatte sie ihm gezeigt, dass sie den Zungenkuss perfekt draufhatte.

Alice löste sich plötzlich aus seinen Armen. „Komm“, sagte sie.

„Was ist?“, fragte Alexander verwirrt.

„Lass uns gehen. Ich hab für heute genug ... vom Tanzen.“

„Ja, und?“

Alice lächelte ihn an. „Hast du was dagegen, wenn ich noch mit auf dein Hotelzimmer komme?“

Alexander hatte plötzlich einen Kloß im Hals und schüttelte nur stumm den Kopf. Er kam sich wie ein kleiner Junge vor, als Alice seine Hand nahm und sich einen Weg durch die tanzende Menge bahnte.

Alexander schloss die Tür seines Hotelzimmers. Er zog schnell die Gardinen zu und knipste eine der Nachttischlampen an. Himmel, war er nervös. Alice dagegen war die Selbstsicherheit in Person. Vielleicht war er deshalb so verwirrt. Denn seine einzigen Erfahrungen mit Mädchen hatte er mit Tanja gemacht.

Alice gab ihm einen Kuss. „Du kannst dich schon mal ausziehen. Ich bin gleich wieder da“, sagte sie mit einem verführerischen Lächeln und verschwand im Badezimmer.

Alexander ging im Zimmer nervös auf und ab, dann zog er sich hastig bis auf den Slip aus. Er legte sich aufs Bett, zog die Decke über sich und wartete mit klopfendem Herzen.

Als Alice aus dem Bad trat, verschlug es ihm fast den Atem. Völlig unbekleidet beugte sie sich über ihn und schlang ihre Arme um seinen Hals.

„Warum versteckst du dich unter der Bettdecke?“, fragte sie spöttisch zwischen zwei Küssen und zog sie zurück. „Hast du etwas vor mir zu verbergen?“

Alexander hatte das Gefühl, vor innerer Hitze zu verbrennen. Alice war bereit, mit ihm zu schlafen, ja, sie konnte es offenbar kaum erwarten. Hatte er nicht all die Jahre seit Beginn der Pubertät von so einem Mädchen geträumt? Und jetzt konnte er es haben, ohne lange den Verführer spielen zu müssen.

Der Schweiß brach ihm aus.

Alice merkte schnell, dass mit ihm etwas nicht stimmte.

„Was ist? Bist du nervös? Ist es dein erstes Mal?“

„Ja, das auch“, murmelte Alexander verlegen.

„Na komm, entspann dich“, flüsterte sie. „Ich werde es dir zeigen ...“

Alexander hielt ihre Hände fest. „Bitte nicht, Alice. Es tut mir Leid, aber es geht nicht. Ich kann nicht.“

„Unsinn! Und ob du kannst.“

„Es ist nicht, was du meinst.“ Alexander wich ihrem Blick aus. „Ich kann einfach nicht mit dir ... so zusammen sein. Ich bring es nicht über mich. Wegen Tanja.“

„Wegen Tanja?“, wiederholte Alice ungläubig.

„Ja. Ich ... mag dich, Alice, und du bist wirklich in jeder Hinsicht ... na ja, was Besonderes. Aber Tanja liebe ich. Allein deshalb kann ich und will ich diese Situation nicht ausnutzen. Ich käme mir gemein vor.“

Alice sah ihn fassungslos an. Dann sprang sie wütend aus dem Bett. „Das ist ja wohl der Gipfel! Erst bringst du mich auf Touren, und dann kriegst du auf einmal Gewissensbisse. Das kann doch nicht wahr sein!“ Sie suchte ihre Sachen zusammen.

„Entschuldige, es war wirklich nicht fair dir gegenüber“, stammelte Alexander. „Aber bis eben wusste ich selbst nicht, was Tanja mir bedeutet.“

„Tanja! Tanja! Deine geliebte Tanja träumt doch schon längst von ihrem Glück mit Monty!“, fauchte Alice und riss die Tür auf. „Mein Gott, ausgerechnet ich muss mich in einen grünen Jungen verknallen!“

Bevor Alexander etwas sagen konnte, war sie aus dem Zimmer.

Alexander schloss die Augen, atmete tief durch und war unendlich erleichtert, dass Alice gegangen war. Und er wusste jetzt auch, was er zu tun hatte. Es war dumm von ihm gewesen, dass er sich von diesem Monty hatte provozieren lassen. Kein Wunder, dass Tanja so sauer auf ihn war.

Er sprang aus dem Bett, zog sich an und beschloss, Tanja einen Brief zu schreiben. Beim fünften Anlauf fand er endlich die richtigen Worte. Er schrieb einfach, was er empfand.

Gegen vier Uhr morgens verließ er das Hotel und fuhr zum Haus der Stanwicks, um den Brief einzuwerfen. Einen Augenblick schaute er sehnsüchtig zu den dunklen Fenstern des Obergeschosses hoch. Ob Tanja überhaupt noch etwas für ihn empfand? Vielleicht träumte sie längst von Monty?

Er wusste, dass er nach seiner Rückkehr ins Hotel kein Auge mehr zukriegen würde. Er würde nur auf Tanjas Anruf warten. Falls sie überhaupt anrief ...

14

Tanja kam die Treppe herunter, als Monty die Post aus dem Briefkasten holte. „Hallo, Sweety!“, begrüßte er sie ausgelassen und wollte sie auf den Mund küssen.

Doch Tanja wandte den Kopf ab, sodass seine Lippen nur ihre Wange berührten. „Morgen, Monty.“

„He, habe ich dir was getan?“

Sie schüttelte den Kopf. „Ich habe schlecht geschlafen und fühle mich wie gerädert“, sagte sie ausweichend. Seit Alexanders plötzlichem Auftauchen war sie völlig durcheinander und fühlte sich zwischen Monty und Alexander hin und her gerissen.

„Ist etwas für mich dabei?“, fragte sie, um das Thema zu wechseln.

Monty ging die Post durch und stutzte. „Ja, ein Brief.“ Widerstrebend zog er ihn aus dem Stoß heraus. „Komisch. Keine Briefmarke und kein Absender. Jemand muss ihn so eingeworfen haben.“ Er ahnte, wer der Briefschreiber war. Und plötzlich ärgerte er sich, nicht schon vorher die Post durchgesehen zu haben. Dann hätte er den Brief einfach verschwinden lassen. Dafür war es jetzt natürlich zu spät.

„Oh!“, sagte Tanja, als sie die Handschrift auf dem Umschlag erkannte. Ein Brief von Alexander. Plötzlich war sie ganz aufgeregt.

„Von Alexander, nicht wahr?“ Monty zwang sich zu einem Lächeln.

„Ja.“

„Wahrscheinlich entschuldigt er sich für sein gestriges Verhalten. Übrigens: Das Frühstück ist fertig. Meine Mutter hat uns schon alles hingestellt, bevor sie in die Stadt gefahren ist."

„Fein. Du, ich komme gleich", sagte Tanja und lief mit dem Brief auf ihr Zimmer. Sie wollte allein sein, wenn sie Alexanders Brief las.

Mit verkniffenem Gesicht blickte Monty ihr nach.

Alexander saß in seinem Hotelzimmer und kaute lustlos an einem Toast. Immer wieder blickte er auf die Uhr. Schon halb zehn, und noch immer kein Anruf von Tanja. Was, wenn sie seinen Brief ungeöffnet zerrissen hatte? Oder vielleicht hatte dieser Monty es gewagt, seinen Brief einfach zu unterschlagen?

Das Telefon schrillte. Alexander ließ den Toast fallen und riss den Hörer von der Gabel. „Alexander Ahrend, ja?", meldete er sich atemlos.

„Morgen, Alexander", sagte Tanja. „Ich habe deinen Brief bekommen", fuhr sie zögernd fort.

„Ja?", fragte Alexander unsicher und seine Hand umklammerte den Hörer krampfhaft.

„Ich hatte ganz vergessen, was für liebevolle Briefe du schreiben kannst ..."

Alexander atmete innerlich auf und entspannte sich etwas. „Ich ... ich musste mir das einfach mal von der Seele schreiben, Tanja. Es ... es tut mir wirklich irre Leid, dass ich gestern so aus der Rolle gefallen bin. Ich hab einfach rotgesehen."

„Kann man wohl sagen. Bist du wirklich nur meinetwegen nach London gekommen?"

„Ja. Mit uns ist in letzter Zeit so viel falsch gelaufen. Ich ... ich ... mein Gott, so am Telefon kann ich dir das nicht erklären. Können wir uns nicht treffen, Tanja? Nur wir beide? Damit wir mal in Ruhe über alles reden. Oder liegt dir nichts mehr daran?"

Tanja ließ sich mit ihrer Antwort Zeit. Dann sagte sie jedoch mit fester Stimme: „Doch, Alexander. Ich glaube auch, dass eine Aussprache dringend nötig ist."

„Wir können uns doch hier im Hotel treffen. Es ist ja nicht weit von dir", schlug Alexander vor. „Und keine Sorge, ich möchte dich nur sehen ... und mit dir reden."

„Also gut. Ich komme. Aber es kann zwölf werden, denn zuerst muss ich noch Christine im Krankenhaus besuchen. Ich hab ihr versprochen, um halb elf bei ihr zu sein."

Alexander seufzte. „Zwölf. Das ist ja eine Ewigkeit, aber ich werde warten ... Du, ich freue mich."

„Dann bis nachher", erwiderte Tanja zurückhaltend. Monty hatte von einem anderen Apparat Tanjas Gespräch mit angehört. Nachdenklich saß er im Arbeitszimmer seines Vaters. Seine Ahnung hatte ihn also nicht getrogen. Alexander wollte sich mit Tanja aussprechen und versöhnen.

Wütend trat er mit dem Fuß nach dem Papierkorb und ging schnell auf die Terrasse. Als Tanja erschien, saß er schon am Tisch und blätterte in der Tageszeitung. Er erwähnte den Brief mit keinem Wort, worüber Tanja sichtlich erleichtert war.

„Was machen wir heute?", fragte Monty betont fröhlich. „Eigentlich sollten wir das fantastische Wetter nützen und noch mal aufs Land fahren."

„Ich weiß nicht", sagte Tanja zögernd. „Heute Vormittag kann ich nicht. Ich habe Christine versprochen, sie nachher zu besuchen. Ich bleibe bestimmt bis Mittag. Kommst du mit?"

Monty schüttelte den Kopf. „Meine Schwester genießt mich zur Genüge. Ich werde inzwischen was anderes erledigen. Aber am Nachmittag können wir doch noch was unternehmen, oder?"

„Ja, mal sehen", sagte Tanja und brachte das Gespräch auf ein anderes, unverfänglicheres Thema. Eine halbe Stunde später verließ sie das Haus und fuhr zum Krankenhaus.

Kaum war Tanja gegangen, hängte sich Monty ans Telefon. Peter war noch im Bett.

„Na, Alter, wie stehen die Aktien mit dir und deinem blonden Engel?", frotzelte der Freund. „Die Bastion schon im Sturm erobert?"

„Red keinen Quatsch!"

Peter lachte schadenfroh. „Ihr deutscher Freund, dieser Alexander, offenbar auch nicht."

„Wie meinst du das?"

„Alice ist stocksauer. Sie und Alexander sind die halbe Nacht durch die Diskos gezogen und dann zu ihm aufs Zimmer gegangen", berichtete Peter. „Die beiden waren schon zusammen im Bett, aber gelaufen ist gar nichts. Alexander hat Alice abblitzen lassen. Er konnte nicht, sagte er. Angeblich, weil er Tanja liebt. Ist das nicht 'ne irre Story?"

Monty erzählte nun Peter von dem Brief, den Alexander Tanja geschrieben und nachts bei ihnen in den Briefkasten geworfen hatte, und von dem Telefongespräch zwischen den beiden, das er heimlich abgehört hatte.

„Monty, alter Knabe, ich sehe deine Felle davonschwimmen – und zwar rasant“, lautete Peters Kommentar. „Ich schätze, du wirst wohl die Waffen strecken müssen.“

„Da kennst du mich aber schlecht. So schnell lasse ich mich nicht ausbooten!“, erwiderte Monty entschlossen. „Noch ist nicht aller Tage Abend. Dieser Alexander muss von der Bildfläche verschwinden, dann wird Tanja ihn sicher schnell vergessen. Immerhin habe ich gute Chancen bei ihr. Ich muss nur meine Trümpfe ausspielen und Alexander aus dem Rennen bringen.“

„Aber wie willst du das denn anstellen? Wenn sich die beiden nachher im Hotel treffen und sich aussöhnen, bist du doch abgemeldet ...“

„Dazu darf es eben nicht kommen!“, rief Monty. „Sag mal, ist Alice noch immer scharf auf den Deutschen?“

„Klaro! Mehr denn je. Offenbar reizt sie seine Abfuhr noch mehr.“

„Dann weiß ich, wie ich Tanja ein für allemal von ihm kurieren kann – vorausgesetzt, Alice hat nichts gegen einen Striptease einzuwenden!“

„Kommt darauf an, wo und für wen.“

Monty lächelte zufrieden. „Hör zu, ich habe folgende Idee ...“

Alice Wilton lag auf einem Badetuch am Rande des großen Swimmingpools. Sie trug einen knappen Bikini aus glänzendem, honiggelbem Stoff. Gelangweilt blätterte sie in einer Illustrierten, als ihr Bruder nach dem Telefongespräch mit Monty zu ihr in den Garten kam.

Er hatte sich aus verschiedenen Fruchtsäften einen exotischen Drink gemixt und ihr auch ein Glas mitgebracht.

Als sein Schatten über sie fiel, rollte sich Alice herum. „Schau an, Bruderherz hat sich schon am frühen Morgen als Barkeeper betätigt“, neckte sie ihn.

„Zehn ist nicht unbedingt früh. Aber wenn es dir noch zu früh für meinen Special ist, trinke ich eben beide.“

Er tat so, als wollte er zum Gartentisch gehen.

Alice hielt ihn am Bein fest. „He, nicht so eilig. Gib schon her. Ich glaube, für einen von deinen Superdrinks bin ich jetzt gerade in der richtigen Stimmung.“ Sie tranken schweigend.

Schließlich fragte Alice mit einem Seufzer: „Kannst du mir mal sagen, was wir heute unternehmen können? Ich habe das verdammte Gefühl, in einer stimmungsmäßigen Flaute zu stecken.“

„Wegen Alexander?“

Alice verzog ärgerlich das Gesicht. „Hör auf! Er hat einfach nur Angst gehabt. Hat wohl geglaubt, er würde es nicht bringen. Mein Gott, das ist typisch Mann: Ihr brüstet euch als Diskoaufreißer - und wenn es dann zur Sache geht, bekommt ihr das große Flattern vor der eigenen Courage.“

„Meinst du nicht, dass du deine verpatzte Nacht mit Alexander ein wenig falsch beurteilst? Für dich zurechtbiegst?“, fragte der Bruder spöttisch. „Vielleicht hatte er wirklich keine Lust, weil er noch in diese Tanja verknallt ist."

„Blödsinn! Das redet er sich bloß ein! Nein, er hat einfach Muffe gehabt, weil ich älter bin als er – und weil es für ihn das erste Mal gewesen wäre."

„Du hast offensichtlich Alexander noch nicht abgeschrieben, oder?", hakte Peter vorsichtig nach. Er musste erst ihre Stimmung ausloten, bevor er mit Montys Idee herausrückte.

Alice sah ihn ärgerlich an. „Nein. Ich kriege ihn schon dahin, wo ich ihn haben will. Mir wird schon was einfallen."

„Die Mühe kannst du dir sparen, Schwesterherz. Monty und ich, wir haben dir einen Vorschlag zu machen, wie man Alexander und Tanja ein für allemal voneinander kurieren kann", rückte Peter nun mit der Sprache heraus.

„Du hast mit Monty gesprochen?", fragte Alice verwundert. Argwohn stand plötzlich in ihren Augen. „Sag bloß, du hast ihm brühwarm erzählt, was zwischen mir und Alexander vorgefallen ist! Mein Gott, ich werde dir nie wieder ..."

„He, he, nun dreh mal 'nen Takt zurück!", unterbrach Peter sie. „Ich hab ihm so gut wie nichts erzählt. Er hat zudem ganz andere Sorgen." Er erzählte ihr von dem geplanten Treffen zwischen Alexander und Tanja im Hotel. „Das ist doch die Gelegenheit, Tanja endgültig so weit zu kriegen, dass sie ihm den Laufpass gibt."

„Und wie stellst du dir das vor?"

Peter ließ seinen Blick über ihren hübschen Körper wandern und grinste breit. „Indem du deine körperlichen Vorzüge hüllenlos ins Spiel bringst", erwiderte er und erklärte ihr, wie er sich das Ganze vorgestellt hatte.

„Mhm, ich weiß nicht", sagte Alice skeptisch. „Das Ganze kann natürlich auch ein Schuss nach hinten sein."

„Hast du einen besseren Vorschlag?"

„Nein", gab Alice zu, und wenn sie ehrlich war, so reizte es sie, sich für die Enttäuschung der letzten Nacht zu revanchieren. „Also okay, ich bin bereit, meinen Part zu spielen. Aber was ist, wenn Jason nicht mitmacht?"

„Himmel, Jason Lynn wickelst du doch um den kleinen Finger. Der tut doch alles für dich. Und falls er Zicken macht, brauchst du ihn doch bloß daran zu erinnern, dass er nur ein kleiner Angestellter im Hotel deiner Eltern ist."

Alice schüttelte den Kopf. „Ich bin immer wieder erstaunt über deine Skrupellosigkeit."

15 Christine freute sich riesig, als Tanja sie wie versprochen im Krankenhaus besuchte.

„Hier, ich habe dir die neueste Ausgabe deiner Lieblingscomics mitgebracht", sagte Tanja, zog sich einen Stuhl heran und setzte sich zu ihr ans Bett. „Na, wie lange musst du noch hier bleiben?"

„Noch ein paar Tage, und ich komme endlich aus diesem öden Bunker heraus!", sprudelte Christine hervor und richtete sich im Bett auf. „Dass mir das mit dem Blinddarm aber auch gerade in den Ferien passieren musste ..."

Tanja winkte ab. „Ist doch nicht so schlimm. Ich bin doch ganze vier Wochen bei euch. Es bleibt uns also noch Zeit genug zusammen."

Christine seufzte. „Jeder Tag ist eine Qual. Aber jetzt erzähl mal, was du so treibst. Ist was mit dir und Monty? Mir kannst du es ruhig erzählen", drängte sie.

Tanja zögerte nicht lange. Sie hatte das Bedürfnis, jemandem, dem sie vertraute, ihr Herz auszuschütten. Und Christine konnte sie hundertprozentig vertrauen. Sie erzählte ihr von ihrer zwiespältigen Beziehung zu Monty und von Alexander.

„Du weißt also nicht, für wen du dich entscheiden sollst", stellte Christine fest, nachdem Tanja geendet hatte. „Du hast dich in Monty verknallt, kannst aber deinen Alexander nicht vergessen."

„Du sagst es!"

„Liebst du Alexander immer noch?"

Tanja blickte zu Boden. „Ja, ich glaube schon ... Als er da so plötzlich vor mir stand, hatte ich ein ganz flaues Gefühl ... und ich hatte mir gewünscht, er würde mich in die Arme nehmen. Aber dann, später, habe ich mich auch wieder irrsinnig über ihn geärgert!"

„Mensch, das ist aber kompliziert", räumte Christine ein. „Dass Alexander dir nachgereist ist, finde ich toll."

„Ja, ich auch", sagte Tanja. „Aber das gibt ihm doch noch lange nicht das Recht, sich so unmöglich zu benehmen, wie er das gestern getan hat. Ich bin doch nicht sein Eigentum, über das er frei verfügen kann."

Christine seufzte. „Nee, die feine englische Art ist das nicht. Aber hat er dir nicht geschrieben, dass es ihm Leid tut?"

„Ja, das hat er. Aber hinterher schreiben, dass einem alles Leid tut, ist leichter, als sich vorher zusammenzureißen. Und das stinkt mir irgendwie."

„Kann ich verstehen. Aber ehrlich gesagt: Ich wär froh, wenn ein Junge wegen mir seinen Ferienjob aufgeben würde und mir nachreiste", gestand Christine. „Das zeigt doch, dass du ihm alles andere als gleichgültig bist."

„Ja, ich weiß ..."

„So was würde nicht jeder tun ... Monty bestimmt nicht. Nicht, dass ich etwas Schlechtes über meinen Bruder sagen will", fügte sie hastig hinzu. „Aber er ist nun mal ein lockerer Bursche. Er kann unheimlich lieb sein, doch er ist daran gewöhnt, alles zu bekommen, was er sich in den Kopf setzt."

„Wie meinst du das?", fragte Tanja verwirrt, denn sie hatte das Gefühl, Christine wollte sie warnen.

„Wie ich es gesagt habe, Tanja. Monty ist mein Bruder, und ich hänge sehr an ihm. Aber er ist immer der Liebling unserer Eltern gewesen und hat alles bekommen, was er wollte", fuhr sie bitter fort. „Und später, als sich meine Eltern nicht mehr verstanden, wurde es noch schlimmer. Da hat jeder den anderen auszuspielen versucht. Das ist bis heute so geblieben ..."

Tanja glaubte, nicht richtig verstanden zu haben. „Was hast du gesagt? Deine Eltern verstehen sich nicht?", fragte sie ungläubig.

„Nein", sagte Christine hart. „Die haben sich schon seit Jahren nichts mehr zu sagen."

„Aber diesen Eindruck machen sie überhaupt nicht", sagte Tanja erstaunt. Bisher hatte sie Christine und Monty um ihre Eltern richtig beneidet. Sie dachte daran, wie liebevoll Mrs und Mr Stanwick bei Tisch miteinander umgingen.

Christine lachte bitter auf. „O ja, meine Eltern wissen, was sie ihrer Umgebung schuldig sind. Sie sparen nicht mit Kosenamen wie Darling, Honey und Sweetheart. Aber das ist alles Theater. Dad hat schon seit Jahren eine Geliebte, die fast meine Schwester sein könnte. Und Ma hat auch immer einen Freund."

Tanja war sprachlos. Wie hatte sie Christines Eltern bewundert und sich ein nur halbwegs so harmonisches Elternhaus gewünscht.

„Eigentlich beneide ich dich", fuhr Christine fort und ihre Augen schimmerten feucht.

Tanja sah sie verständnislos an. „Du beneidest mich?"

„Ja, deine Eltern sind wenigstens offen und ehrlich und machen keine faulen Kompromisse. Dass sich deine Eltern jetzt trennen wollen, ist bestimmt schlimm für dich, aber auf der anderen Seite weißt du dann auch, woran du bist."

„So habe ich das noch nie betrachtet ...", murmelte Tanja verstört.

„Eine Ehe kann genauso zerbrechen wie eine Freundschaft, weil man sich einfach auseinander gelebt hat oder so. Wenn man das erkennt, dann ist es doch ehrlicher, die Konsequenzen zu ziehen und auseinander zu gehen", meinte Christine. „Doch meine Eltern haben diesen Mumm nicht. Sie spielen allen vor, wie sehr sie sich lieben, und haben sich in Wirklichkeit nichts mehr zu sagen. Wenn du wüsstest, wie mich diese Heuchelei anwidert."

„Aber warum bleiben sie überhaupt noch zusammen?"

„Weil es besser für Dads Geschäft und für seinen gesellschaftlichen Ruf ist! Aber lass uns nicht länger darüber sprechen. Erzähl mir lieber von dir und Alexander. Ich möchte ihn gern kennen lernen. Vielleicht kannst du ihn mal mitbringen?"

„Ja, sicher", sagte Tanja, die noch in Gedanken bei Christines Eltern war. Was sie gerade gehört hatte, wühlte sie innerlich auf. Plötzlich sah sie auch ihre eigenen Eltern mit anderen Augen. Ihre Scheidung empfand sie immer noch als schmerzvoll, doch nun keimte eine Spur von Verständnis in ihr auf. Christine hatte Recht: Wie Freundschaften waren auch Ehen nicht davor gefeit, irgendwann einmal zu zerbrechen.

„Was wirst du nun mit Alexander und Monty machen?", wollte Christine wissen, nachdem sie eine Weile über andere Dinge gesprochen hatten.

Tanja zuckte die Achseln. „Wenn ich das wüsste, wäre mir wohler“, antwortete sie bedrückt und blickte auf die Uhr. Es war kurz vor zwölf, bald Zeit zu gehen. „Alexander wartet im Hotel auf mich, er will sich mit mir aussprechen.“

„Ihr habt euch bestimmt eine Menge zu sagen.“

„Oh, ich werde ihm gehörig den Kopf waschen, das kann ich dir schriftlich geben!“ Tanja sagte es so, als wollte sie sich selbst Mut machen. Denn innerlich hatte sie vor dem Treffen doch einen gehörigen Bammel. Schon deshalb, weil sie befürchtete, sie würde ihm alles zu schnell verzeihen.

„Ach, ich beneide dich um deine Sorgen“, sagte Christine und streckte sich im Bett. „Es ist immer noch aufregender, sich zwischen zwei Verehrern entscheiden zu müssen, als überhaupt keinen Freund zu haben.“

„Keine Angst, du wirst den Sommer nicht solo verbringen!“, versicherte Tanja und stand auf. „Du, ich muss jetzt los, sonst dreht Alexander noch durch. Ich werde dir berichten, wie unsere Aussprache verlaufen ist.“

„Ich drück dir die Daumen ... was immer du dir wünschst!“

„Danke, das kann ich gut gebrauchen“, sagte Tanja, nahm ihre Sachen und verließ das Krankenhaus. Dass schräg gegenüber vom Ausgang ein Mini parkte, bemerkte sie nicht. Sie sah auch nicht das schwarzhaarige Mädchen darin.

Als sie die Straße zur Bushaltestelle hochging, startete Alice Wilton ihren Mini und reihte sich in den Verkehr ein. Jetzt kam es darauf an, dass sie ihren Zeitplan genau einhielt ...

16 Jason Lynn fühlte sich alles andere als wohl in seiner Haut. Doch was sollte er tun? Alice Wilton war nicht nur verdammt hübsch, sondern auch die Tochter des Hotelbesitzers, für den er arbeitete. Hätte er ihren Vorschlag abgelehnt, hätte sie ihm Schwierigkeiten machen können. Abgesehen davon hatte sie ihn in der Hand. Er hatte dem Deutschen auf ihr Verlangen hin nur ein Drittel des normalen Zimmerpreises berechnet. Streng genommen konnte man ihm das als Betrug auslegen.

Jason beobachtete, wie Alice die Hotelhalle betrat und ihm zunickte. Seufzend griff er zum Telefon ...

Alexander saß zerknirscht in seinem Hotelzimmer. Das Warten zehrte an seinen Nerven. Es war schon zwölf Uhr, und Tanja war immer noch nicht gekommen.

Das schrille Klingeln des Telefons riss ihn aus dem Sessel. Mit einem Satz war er beim Apparat und riss den Hörer von der Gabel. „Ja?“, keuchte er in die Muschel, als erwartete er eine Nachricht auf Leben und Tod.

„Mr Ahrend?“, fragte eine leicht näselnde Stimme, die Alexander gleich als die des Mannes von der Rezeption erkannte.

„Ja, was ist?“

„Miss Wiemer lässt Ihnen ausrichten, dass sie Sie im gegenüberliegenden Park beim Seefahrerdenkmal erwartet. Und sie bittet Sie, doch umgehend zu kommen.“

„Wie bitte? ... Ja, ja, das habe ich verstanden“, unterbrach Alexander ihn, als Jason Lynn die Nachricht wörtlich wiederholen wollte. „Ist Tanja ... äh ... Miss Wiemer ... unten in der Halle?“

„Nein, Sir. Sie hat angerufen.“

„Ja, warum haben Sie das Gespräch dann nicht zu mir aufs Zimmer gelegt?“, fragte Alexander ungehalten.

„Weil es der ausdrückliche Wunsch von Miss Wiemer war, dass ich Ihnen diese Nachricht überbringe, Sir“, antwortete Jason mit berufsmäßiger Höflichkeit.

„Ja, gut, danke ...“, murmelte Alexander und legte auf. Tanja wollte also nicht zu ihm aufs Zimmer kommen! Hatte sie vielleicht Angst, mit ihm allein zu sein? Nun gut, wenn sie lieber an einem neutralen Ort mit ihm reden wollte, war ihm das auch recht.

Er ging schnell ins Bad, kämmte sich und stürzte aus dem Zimmer. Er fuhr mit dem Lift hinunter und durchquerte mit eiligen Schritten die Hotelhalle. Kaum war er draußen, als Alice mit dem Nachschlüssel für sein Zimmer nach oben fuhr. Hastig schloss sie die Tür auf, schlüpfte ins Zimmer und lehnte die Tür an. Dann begann sie sich auszuziehen. Als das Telefon klingelte, stand sie splitternackt im Raum. Nach dem dritten Schrillen verstummte es. Das war das verabredete Zeichen.

Lächelnd stieß Alice die Tür zum Bad auf und stellte die Dusche an.

Der Bus hielt vor dem Eingang zum Park, und Tanja stieg aus. Das Gespräch mit Christine über deren Eltern hatte sie nachdenklich gestimmt. War sie mit ihren Eltern vielleicht zu streng ins Gericht gegangen? Zu erwarten, dass sie nur wegen ihr weiterhin zusammenblieben, obwohl sie sich auseinander gelebt hatten – konnte sie das von ihnen verlangen? Oder war das nicht eine unglaubliche Anmaßung?

Was würde ich wohl empfinden, wenn man mich zwingen würde, mit jemandem zusammenzuleben, den ich nicht mehr liebe und der mir nichts mehr bedeutet?, fragte sie sich, während sie die hundert Meter zum Hotel hinunterging. Denn genau das war es doch, was sie bisher im Stillen von ihren Eltern erwartet hatte. Weil sie auf keinen von beiden hatte verzichten wollen. Sie beschloss, mit Alexander darüber zu reden.

Alexander!

Tanja blieb vor dem Hoteleingang stehen. Himmel, sie hatte die ganze Zeit nur an sich und die bevorstehende Scheidung ihrer Eltern gedacht. Dabei wäre es im Augenblick viel wichtiger gewesen, sich Gedanken über ihre Gefühle zu Alexander zu machen und darüber, wie es nun weitergehen sollte.

Unruhe erfasste sie, und ihr Mund war trocken, als sie die Glastür aufstieß. Die Halle war leer, bis auf zwei ältere Herren, die an der Rezeption standen.

Tanja wusste nicht, ob sie zur Rezeption gehen und nach Alexander fragen sollte. Allein der Gedanke, die Männer könnten sie deshalb schief ansehen, trieb ihr das Blut ins Gesicht.

Am liebsten wäre sie zum Aufzug gerannt. Doch dann zwang sie sich, ohne Hast und mit gespielter Lässigkeit durch die Halle zu gehen. Ihre Hand zitterte, als sie den Knopf drückte. Lautlos glitt die Tür zurück, und

Tanja flüchtete sich in den Lift. Sie fuhr in den vierten Stock.

Zimmer 408 hatte Alexander in seinem Brief geschrieben. Tanja ging über den Flur, der mit einem weichen Teppichboden ausgelegt war und alle Geräusche dämpfte.

„Hier ist es“, murmelte sie leise vor sich hin und klopfte zaghaft an die Tür.

Sie wartete, hörte ein Rauschen aus dem Badezimmer und klopfte noch einmal. Aber Alexander kam nicht, um sie hereinzulassen.

Da bemerkte sie, dass die Tür nur angelehnt war. Sie drückte sie auf. „Alexander?“, rief sie und trat zögernd ins Zimmer.

Irgendetwas stimmte nicht, das war ihr klar. Das Zimmer lag im Dämmerlicht. Die Gardinen waren zugezogen. Und es roch nach Maiglöckchen. Parfüm!, schoss es Tanja durch den Kopf. Sie erkannte das Parfüm und wusste, dass sie es in den letzten Tagen schon einmal gerochen hatte. Doch wer benutzte dieses Parfüm?

Ihr Blick fiel auf das Bett. Es war zerwühlt. Ein achtlos hingeworfener Slip aus schwarzem, durchbrochenem Stoff lag vor dem Bett, Jeans und eine schwarze Bluse lagen auf dem Sessel daneben.

Ihr Magen krampfte sich zusammen. Alexander hatte ein Mädchen auf dem Zimmer!

Alexander lief vor dem Seefahrerdenkmal unruhig auf und ab. Immer wieder blickte er auf seine Uhr. Zehn Minuten wartete er schon vor dieser Bronzestatue.

Zum Teufel, wo blieb Tanja? Hatte sie ihm durch den

Burschen von der Rezeption nicht ausrichten lassen, er solle unverzüglich in den Park kommen? Aber von ihr war weit und breit keine Spur.

Er setzte sich auf eine Bank im Schatten einer alten Eiche, sprang jedoch gleich wieder auf. Er war einfach zu unruhig, um still dazusitzen.

Warum hatte Tanja nur auf diesem Treffpunkt bestanden? Sie war doch selbstbewusst genug, um sich vor einem Treffen in seinem Hotelzimmer nicht zu fürchten. Sie musste doch ganz genau wissen, dass er es gar nicht wagen würde, ihr auch nur im Entferntesten nahe zu treten. Schon gar nicht nach seinem peinlichen Auftritt im Haus ihrer Gasteltern.

Je länger er darüber nachdachte, desto seltsamer erschien ihm das. Vor allem, dass Tanja nicht auftauchte. Sie war normalerweise pünktlich, wenn sie sich mit ihm verabredete. Es sah ihr gar nicht ähnlich, ihn schmoren zu lassen.

Alexander konnte die Wege, die sternförmig vom Platz mit der Bronzestatue abgingen, gut überschauen. Nirgends eine Spur von Tanja.

„Da ist doch irgendetwas faul“, murmelte er und beschloss, zum Hotel zurückzukehren. Nach zwanzig Metern begann er zu laufen. Er wusste nicht, warum. Doch er verspürte auf einmal eine merkwürdige, unerklärliche Angst ...

„Alexander?“, stieß Tanja mit zitternder Stimme hervor.

„Schon gut, Darling! Wegen mir brauchst du nichts zu trinken zu holen! Ich bin gleich fertig und verschwinde, sonst gibt es dicke Luft!“, drang eine fröhliche Stimme aus dem Bad. „Ach, warum bist du auch so unersättlich …"

Tanja zuckte zusammen, als sie die Stimme hörte. Sie kannte die Stimme! Fassungslos starrte sie auf die Badezimmertür, die im nächsten Moment aufging.

Alice stand splitternackt im Türrahmen. Auf ihrem sonnengebräunten Körper perlten die Wassertropfen. Sie rubbelte sich das Haar mit einem Handtuch ab und sagte: „Gib mir doch mal mein …" Sie brach jäh ab, als sie den Kopf hob und Tanja erblickte.

„Alice!", stieß Tanja ungläubig hervor. Sie errötete, als wäre sie diejenige, die man splitternackt überrascht hatte. Mit kaum hörbarer Stimme stieß sie hervor: „Tut mir Leid, entschuldige!", und wollte aus der Tür.

Doch Alice war schneller. Sie stellte sich ihr in den Weg und drückte die Tür ins Schloss. „Eigentlich müsste ich mich bei dir entschuldigen, doch das werde ich nicht tun", sagte sie hastig.

„Lass mich vorbei!", brachte Tanja nur mühsam hervor. „Ich wüsste nicht, was wir beide zu bereden hätten!"

„Nun tu doch nicht so! Okay, ich war mit Alexander zusammen …"

„Ich will nichts davon hören!", schrie Tanja sie an.

„… und ich habe auch alles getan, um ihn zu verführen", fuhr Alice unbeirrt fort. „Aber das kannst du mir ja wohl kaum zum Vorwurf machen. Denn du hast doch auch deinen Spaß gehabt."

„Ich weiß nicht, wovon du redest", keuchte Tanja. „Woher willst du wissen, was ich für wen empfinde?"

Alice zuckte die Schultern und wich ihrem Blick aus.

„Du hast mit Monty ja auch nicht bloß Monopoly gespielt, nicht wahr? Komm, gib es doch zu, dass es zwischen dir und Alexander längst aus war und du jetzt bloß aus verletztem Stolz sauer bist!“

Tanja hatte Mühe, die Tränen zurückzuhalten. „Lass mich vorbei oder ich schreie das ganze Hotel zusammen!“

Alice trat zur Seite. „Du wirst es mir vielleicht nicht glauben, aber eigentlich liegt mir nichts ferner, als dich zu verletzen.“

Tanja erwiderte nichts darauf, riss die Tür auf und rannte aus dem Zimmer. Kopflos lief sie den Flur hinunter.

„Tanja!“

Sie drehte sich am Treppenabsatz um. Alexander war aus dem Lift getreten. Schnell wandte sie sich ab und hastete die Treppen hinunter.

„Tanja! Mein Gott, warum rennst du denn weg?“, rief Alexander verständnislos und lief hinter ihr her. „Was soll das?“

Er holte sie auf der zweiten Etage ein, packte sie an der Schulter und riss sie herum. „Zum Teufel, was soll dieser Blödsinn? Warum rennst du weg, als wäre Jack the Ripper hinter dir her?“

„Das weißt du ganz genau!“, rief Tanja schrill. „Lass mich los!“

„Ich weiß überhaupt nichts!“ Er blickte sie verständnislos an und sah ihre Tränen. „He, du weinst ja ...“

Bevor sie wusste, was sie tat, hatte sie ihm eine schallende Ohrfeige gegeben. „Spiel nicht den Ahnungslosen!“, brach es aus ihr heraus. „Mir kannst du nichts mehr vormachen! Du hättest Alice eher wegschicken sollen, dann hättest du mich vielleicht noch für dumm verkaufen können. Oder willst du vielleicht behaupten, Alice hätte sich bloß bei dir geduscht, weil bei ihr zu Hause das Wasser abgestellt worden ist? ... Du widerlicher, verlogener Kerl!"

Alexander starrte sie erst fassungslos an. „Alice!", stieß er hervor, denn plötzlich begriff er den Zusammenhang. Die vorangegangene Nacht mit Alice, ihre Wut, dass er nicht mit ihr geschlafen hatte, der Anruf vorhin, der ihn aus dem Zimmer gelockt hatte: all das gehörte zusammen.

„Ja, Alice!"

„Um Himmels willen, Tanja! Ich weiß nichts davon!", beschwor er sie.

„Natürlich nicht. Sie ist einfach so in dein Zimmer spaziert, hat überall ihre Reizwäsche verstreut und sich dann spaßeshalber geduscht, ja?"

„Man hat mich reingelegt! Der Mann von der Rezeption hat vorhin angerufen und mir eine Nachricht von dir übermittelt ... ich solle drüben im Park auf dich warten", sprudelte Alexander hervor. „Ich komme gerade von ..."

„Ein Komplott, ja?", höhnte Tanja. „Jemand hat ein Komplott gegen dich geschmiedet, ja? Hältst du mich für so blöd? Ich will dich nie wieder sehen, hast du verstanden? Nie wieder!"

Abrupt wandte sie sich um und lief die Treppe hinunter. Mehrmals wäre sie beinahe gestürzt, denn sie nahm ihre Umwelt nur noch durch einen Tränenschleier wahr. Es war aus zwischen ihnen. Endgültig aus. Und erst jetzt wurde ihr bewusst, wie sehr sie in ihrem Innersten eine Versöhnung mit Alexander herbeigesehnt hatte – und wie sehr sie ihn liebte.

Als Alexander die Tür zu seinem Hotelzimmer aufstieß, war Alice gerade dabei, sich anzuziehen. Sie wollte nach ihrer Bluse greifen und hielt nun mitten in der Bewegung inne. Angst trat in ihre Augen, als sie Alexanders wütendes Gesicht sah.

Einen kurzen Augenblick musterten sie einander. Alexander schien sie mit seinem Blick durchbohren zu wollen. Dann stürzte er auf sie zu und hob die Hand, um sie zu ohrfeigen.

Alice unternahm keinen Versuch, sich zu schützen oder gar zu wehren. Regungslos wartete sie auf seinen Schlag. Sie empfand auf einmal eine schreckliche innere Leere. Und plötzlich bereute sie es, dass sie sich zu dieser Tat hatte überreden lassen.

Alexander bekam sich noch im letzten Moment unter Kontrolle. Seine Hand fiel herab, als hätte ihn von einer Sekunde auf die andere die Kraft verlassen. „Warum hast du das gemacht?“, fragte er mit leiser Stimme. „Mein Gott, was habe ich dir nur getan, dass du mir so etwas antust? Nur, weil ich nicht mit dir geschlafen habe? Weil ich nicht dich, sondern Tanja liebe?“ Er schüttelte benommen den Kopf und sank aufs Bett. „Warum hast du alles kaputtgemacht, Alice?“

„Ich dachte, es wäre schon alles kaputt gewesen“, gestand sie und wagte nicht ihn anzusehen. „Ich dachte, zwischen Tanja und dir wäre es längst aus ... und ... ich wollte dich ... aber ...“ Sie brach ihr Gestammel ab.

„Gar nichts war kaputt!“, brüllte Alexander. „Okay, wir hatten ’ne Krise ... ein paar Schwierigkeiten, aber kaputt war gar nichts. Ich liebe Tanja! Hast du gehört? Ich liebe sie. Und deshalb konnte und wollte ich nicht mit dir schlafen!“

Alice war unfähig, ein Wort zu sagen.

Alexander hielt die Hände vors Gesicht und weinte. Er gab sich keine Mühe, sein Schluchzen zu unterdrücken. Es war ihm egal, was Alice von ihm hielt.

17 Monty war so aufgeregt, dass ihm der Telefonhörer aus der Hand glitt, als er beim ersten Klingelzeichen danach griff.

„Ja?"

„Du lässt das Telefon ja noch nicht einmal ausklingeln", spottete Peter Wilton am anderen Ende der Leitung.

„Was ist?", stieß Monty gespannt hervor. „Wie ist es gelaufen?"

„Wie soll es schon gelaufen sein, Alter?", fragte Peter gedehnt, um ihn auf die Folter zu spannen. „Wir haben Alexander ins Freie gelockt, damit er mal etwas frische Luft kriegt. Sah schon ganz blass um die Nase aus von dem ewigen Herumsitzen im Hotelzimmer."

„Verdammt noch mal, mach es nicht so spannend!", fuhr Monty den Freund ungeduldig an. „Rück schon raus mit der Sprache!"

„Alexander raus, Alice rein – und dann kam dein süßes Tanjalein", reimte Peter flachsend. „Hat sich genau sieben Minuten und zwanzig Sekunden im Hotel aufgehalten. Vor fünf Minuten ist sie wieder herausgestürmt ... reichlich mitgenommen, wie ich sogar auf die Entfernung mitbekommen habe. Sie hat geheult wie ein Schlosshund. Schätze, Alice hat ihr ganz schön was geboten. Denke, dass sie nun endgültig von ihm kuriert ist."

Monty atmete erleichtert auf. „Mensch, das habt ihr klasse hingekriegt ..."

„Na ja, Alice und Alexander ...“, begann Peter einschränkend.

Monty unterbrach ihn. „Erzähl mir den Rest später. Ich habe jetzt anderes zu tun. Bestimmt taucht Tanja gleich hier auf. Gib Alice ’nen Kuss von mir, okay? Also mach’s gut, und bis später.“ Er legte auf und schlug die geballte Rechte in die linke Handfläche.

Na also, war dieser Alexander endlich aus dem Feld geschlagen. Jetzt würde Tanja ganz bestimmt bei ihm, Monty, Trost suchen – und den würde sie in reichlichem Maße bekommen.

„Warum hat er das getan?“, fragte sich Tanja immer wieder. „Warum hat er mich mit Alice betrogen?“ Verzweifelt und zutiefst verletzt lief sie durch die Straßen. Niemals würde sie die Szene in dem Hotelzimmer vergessen. Niemals. Das Bild hatte sich in ihr Gehirn eingebrannt: das zerwühlte Bett, die schwarze Wäsche und dann Alice, wie sie splitternackt aus dem Bad kam. In ihrem Innersten zweifelte sie zwar etwas an dem Wahrheitsgehalt dessen, was Alice ihr aufgetischt hatte. Es gab so viele Ungereimtheiten, die für Alexander sprachen. Warum hätte er zum Beispiel seinen Job an der Tankstelle aufgeben und ihr nach London nachfahren sollen, wenn er sie nicht wirklich liebte? Außerdem hatte sie Alexander ja nicht wirklich mit Alice ertappt. Er war schließlich nicht bei ihr im Zimmer gewesen.

Es gab vieles, was Tanja hätte stutzig machen sollen. Doch der Schock saß zu tief, als dass sie jetzt vernünftig hätte denken können. Völlig verstört lief sie nach Hause.

Als sie durch den Vorgarten rannte, öffnete Monty bereits die Haustür. Er gab sich verwundert. „Hallo, Tanja? Warum rennst du denn so?“, fragte er.

„Oh, Monty!“ Sie brauchte jetzt jemanden, der sie in die Arme nahm und sie tröstete. Und da sie ihn ja mochte, war es nur zu verständlich, dass sie sich ihm in die Arme warf. Sie brauchte jetzt seine Zärtlichkeit und seinen Zuspruch.

„Himmel, du weinst ja?“, rief Monty und gab sich erschrocken. „Was ist denn passiert?“

„Frag nicht, Monty! Bitte frag nicht. Halte mich nur fest, und lass mich jetzt nicht allein“, flüsterte sie mit tränenerstickter Stimme und schmiegte sich an ihn.

„Schon gut, mein Liebes. Ich werde nicht fragen, wenn du nicht willst. Und ich werde dich auch nicht allein lassen.“ Zärtlich strich er ihr über das Haar. „Du weißt doch, dass ich alles für dich tun würde ... ich liebe dich doch, Tanja.“

„Bitte sprich nicht von Liebe“, hauchte sie. „Nicht jetzt.“

Monty hörte einen Wagen in die Einfahrt fahren. Das Garagentor klappte hoch. „Du, ich glaube, da kommt meine Mutter“, sagte er enttäuscht. „Am besten läufst du schnell nach oben und wäschst dir das Gesicht. Ma braucht ja nicht unbedingt zu wissen, dass du geweint hast. Sonst fragt sie dir Löcher in den Bauch.“

Tanja nickte. „Bloß das nicht.“

„Was hältst du davon, wenn wir beide mit dem Motorroller aufs Land fahren? Zu unserer Insel. Da sind wir ganz allein ...“

„Ich weiß nicht ...“, zögerte sie.

„Da kommt Ma. Los, lauf hoch. Ich bereite inzwischen alles vor, dass wir gleich abhauen können!"

Tanja lief hoch, wusch sich das Gesicht mit kaltem Wasser und schminkte sich sorgfältig. Bevor sie wieder herunterkam, setzte sie ihre Sonnenbrille auf.

Monty wartete schon in der Diele ungeduldig auf sie. Er wollte sofort los. Doch gerade als Tanja durch die Haustür schlüpfen wollte, kam Mrs Stanwick aus der Küche.

„Entschuldige, dass ich so lange weg war, Tanja. Aber ich hoffe, mein Mann und Monty haben sich deiner angenommen und du hattest eine schöne Zeit."

Tanja musste daran denken, was Christine ihr über die zerrüttete Ehe ihrer Eltern gesagt hatte. „Ja, danke, Mrs Stanwick", sagte sie kurz angebunden.

„Du, wir müssen jetzt los!", drängte Monty.

„Und was ist mit deinem deutschen Freund? Na, wie hieß er noch? Ach ja, Alexander. Hat er sich inzwischen bei dir gemeldet?", fragte Christines Mutter.

Tanja sah sie verwundert an. „Alexander?", fragte sie.

„Ja, hast du nicht meine Nachricht gelesen, die ich vor meiner Abreise auf die Dielenkommode gelegt hatte?"

„Ach, das ist doch jetzt nicht so wichtig, Ma!" Montys Stimme klang verärgert.

„Eine Nachricht?", wiederholte Tanja.

„Ja", sagte Mrs Stanwick. „Als ihr auf der Party von Alice und Peter wart, hat ein Freund deines Freundes aus Deutschland angerufen. So viel ich verstanden habe, hatte er Alexander gerade zur Fähre gebracht. Aber das habe ich doch alles auf den Zettel geschrieben."

Tanja erinnerte sich an jene Nacht. Als sie von der Party nach Hause gekommen waren, hatte wirklich ein Zettel auf der Dielenkommode gelegen. Monty hatte ihn an sich genommen und gesagt, es wäre eine Nachricht von seinem Vater, dass er nicht zum Frühstück zurück sein werde. Aber in Wirklichkeit war die Nachricht für sie bestimmt gewesen und hatte Alexanders Ankunft angekündigt.

Tanja drehte sich zu Monty um. „Du hast mich angelogen! Du hast es die ganze Zeit gewusst und geschwiegen."

18 Alice hatte noch nie einen Jungen weinen sehen. Sie wusste nicht, was sie tun sollte. Alexander saß auf dem Bett und schluchzte, ohne sich an ihrer Gegenwart zu stören.

Auf einmal bekam sie Gewissensbisse. Im Stillen verfluchte sie ihren Bruder. Warum hatte sie sich von Peter auch dazu überreden lassen, so etwas Gemeines zu tun? Dabei mochte sie Tanja doch. Hatte sie es denn nötig gehabt, mit solch hinterhältigen Methoden um Alexander zu kämpfen? Außerdem war es völlig sinnlos gewesen, wie sie jetzt erkannte.

Er liebte Tanja wirklich, und darauf hatte sie keinen Einfluss.

„Es tut mir Leid", sagte sie bedrückt und legte ihm eine Hand auf die Schulter. „Alexander, ich habe mich unmöglich benommen. Es tut mir ehrlich Leid. Ich war so verrückt nach dir, dass ich nicht wusste, auf was ich mich da eingelassen habe. Aber ich werde es wieder gutmachen, das schwöre ich."

„Du hast alles kaputtgemacht, Alice. Da gibt es nichts mehr gutzumachen."

„Ich werde ihr sagen, wie alles gewesen ist. Diese Zimmerszene war von uns inszeniert, um Tanja und dich auseinander zu bringen."

Alexander fuhr sich mit dem Handrücken über das Gesicht. „Sie wird dir das bestimmt nicht glauben", zweifelte er.

„O doch, das wird sie", versicherte Alice. Sie war fest

entschlossen, reinen Tisch zu machen. „Denn Peter wird ihr das Band abspielen, auf dem das Gespräch zwischen Monty und ihm drauf ist. Es ist nämlich zufällig der Anrufbeanworter mitgelaufen."

Alexander blickte auf. Mit einem Mal fasste er wieder Hoffnung. „Und du meinst, du kannst deinen Bruder dazu überreden?"

Alice lächelte grimmig. „Überredungskünste allein werden da nicht ausreichen. Nein, ich werde ihn erpressen!"

Monty war blass geworden und wich ihrem Blick aus. „Wie kannst du so etwas sagen, Tanja? Warum sollte ich dich anlügen?"

„Weil es in deinem Interesse war, dass ich nichts von Alexanders Kommen erfuhr."

„Von dieser Nachricht höre ich jetzt zum ersten Mal!", log Monty.

„Das glaube ich dir nicht!", sagte sie ihm offen ins Gesicht. „Der Zettel, der in der Partynacht hier auf der Kommode lag, ist nicht von deinem Vater gewesen! Versuch doch nicht, mich noch weiter zu belügen!"

Mrs Stanwick blickte verständnislos von einem zum anderen. „Würde mir mal jemand erklären, was das alles zu bedeuten hat?", fragte sie.

„Das ist eine Sache, die nur mich und Tanja angeht!", antwortete Monty barsch.

Mrs Stanwick musterte ihn scharf, zuckte dann die Achseln und sagte: „Was immer du angestellt hast, Monty, sieh zu, wie du das wieder in Ordnung bringst!" Und damit ging sie in die Küche zurück.

Monty wollte nach Tanjas Arm greifen.

Doch sie entzog sich ihm. Plötzlich stieg ein schrecklicher Verdacht in ihr auf. „Du hast den Zettel verschwinden lassen und gewusst, dass Alexander kommen würde. Du hast ihn provoziert und ich habe es nicht gemerkt. Ich würde mich nicht wundern, wenn du mit Alice unter einer Decke stecktest! Mein Gott, vielleicht hat Alexander doch die Wahrheit gesagt!“ Den letzten Satz sagte sie mehr zu sich selbst.

„Alice? Ich weiß überhaupt nicht, wovon du sprichst, Tanja.“

Etwas in seiner Stimme sagte ihr, dass sie mit ihrer Vermutung richtig lag. Es war so, wie Alexander gesagt hatte. Doch sie hatte ihm nicht geglaubt.

Die Erkenntnis traf sie wie ein schwerer Schlag. Ohne auf Montys Bemerkungen zu hören, wandte sie sich von ihm ab und ging nach oben. Sie schloss sich in ihr Zimmer ein. Alexander war ihr nach London nachgereist, weil er sie liebte und genauso brauchte wie sie ihn. Doch sie hatte sich von Monty und dem Luxusleben hier blenden lassen. Es ging ihr so vieles durch den Kopf, und sie fragte sich, was sie in ihrer Beziehung zu Alexander alles falsch gemacht hatte.

Ja, sie liebte ihn. Aber war es für diese Einsicht nicht schon zu spät?

„Du hast wohl da oben ’nen Riss im Beton!“, empörte sich Peter und tippte sich gegen die Stirn. „Ich denke überhaupt nicht daran, Tanja irgendetwas zu erzählen. Monty in den Rücken fallen? Das kommt gar nicht in Frage!“

„O doch!“, erwiderte Alice scharf.

Peter fixierte sie spöttisch. „Hast du auf einmal dein Herz für die Kleine entdeckt, oder was?“, spottete er.

„Ich hätte mich nie dazu hergeben sollen, euer schmutziges Spiel mitzuspielen.“

„Mitgehangen, mitgefangen.“

„O nein! Ich habe Mist gebaut, aber ich werde alles tun, um das wieder gutzumachen. Und du wirst mir dabei helfen“, sagte Alice nachdrücklich und spielte dann ihren Trumpf aus. „Falls du das Tonband nicht rausrückst, werde ich Dad erzählen, dass sein Rover damals nicht von einem anonymen Autodieb zu Schrott gefahren wurde, sondern von dir. Du weißt, dass ich dafür Beweise habe.“

Peter starrte sie fassungslos an. „Das würdest du tun?“, stieß er ungläubig hervor. „So eine Gemeinheit?“

Alice hielt seinem Blick stand. „O ja, denn das wäre noch nicht einmal halb so gemein wie das, was wir mit Tanja gemacht haben.“

Peter fluchte. „Du mitleidige Zicke“, tobte er.

Alice lächelte nur. Sie wusste, dass sie gewonnen hatte.

19

„Okay, sieh also zu, dass Alice sich ordentlich ins Zeug legt und eine gute Show abzieht. Vor Tanja nackt aus dem Bad zu kommen wird ihr hoffentlich nichts ausmachen“, drang Montys Stimme leise aus dem Anrufbeantworter, den Alice mitgebracht hatte. „Nee, sie weiß ja, warum sie es macht. Sie ist scharf auf Tanjas Typ – erst recht nach der Blamage der letzten Nacht, wo er sie abblitzen ließ“, war Peters belustigte Stimme in Tanjas Zimmer zu hören.

„Also, mach dich an die Arbeit. Diesmal muss es hundertprozentig hinhauen. Wenn Tanja immer an ihren Alexander denkt, habe ich nie ’ne Chance sie rumzukriegen.“

Alice beugte sich vor und drückte auf die Stopptaste. Sie hatte vor Scham einen hochroten Kopf. „Ich glaube, das reicht“, sagte sie mit belegter Stimme und wagte es nicht, Tanja in die Augen zu schauen.

Tanja nickte.

„Ich glaube, ich gehe jetzt besser“, murmelte Alice. „Hoffentlich verzeihst du mir irgendwann einmal, was ich getan habe.“

„Du hättest nicht kommen müssen“, sagte Tanja. „Doch dass du es getan hast, beweist, dass du viel Mumm und Charakterstärke hast. Ich weiß nicht, ob ich so viel Mut aufgebracht hätte.“

Alice zuckte verlegen die Achseln. „Ich habe großen Mist gebaut und versuche eben, das wieder in Ordnung zu bringen.“

Tanja nahm ihre Hand. „Ich bin dir nicht mehr böse, Alice. Eigentlich war ich dir nie böse. Ich war nur wegen Alexander so enttäuscht und verzweifelt, weil ich doch dachte, er hätte sich mit dir eingelassen. Dass ihr drei dahinter gesteckt habt, ahnte ich ja nicht ... Und jetzt, wo ich es weiß, ist es nicht mehr so wichtig. Ich habe auch eine Menge Fehler gemacht ... allein schon, dass ich mich mit Monty eingelassen habe, um über die Enttäuschung mit Alexander hinwegzukommen. Das war ein großer Fehler."

„Was ist denn zwischen dir und Alexander vorgefallen?", fragte Alice.

Tanja hatte merkwürdigerweise keine Hemmungen, mit Alice darüber zu sprechen. „Wir haben zuerst geschmust. Aber dann hat er mich ausgezogen, und da wäre es beinahe passiert. Ich habe ihm vorgeworfen, dass er ein Egoist ist, und das war wohl nicht ganz fair."

„Nein", stimmte Alice ihr zu. „Jungen in diesem Alter haben noch wenig Erfahrung und wissen nicht, wie sie mit ihrer Sexualität umgehen müssen. Liebe ist nun mal 'ne Menge mehr als miteinander im Bett zu liegen. Ich beneide dich, Tanja, denn Alexander liebt dich wirklich."

Tanja war beeindruckt. Bisher hatte sie mehr ein vages Gefühl gehabt, dass es sich so verhielt. Doch nachdem Alice das so klar in Worte gefasst hatte, erkannte sie, dass es wirklich so war. Ihnen beiden fehlte noch die Erfahrung, ihre Liebe richtig zu leben, ohne dass einer den anderen einschränkte oder ihm Vorschriften machte.

Doch das war nicht weiter schlimm. Wenn sie einander nur vertrauten und fest zusammenhielten, würden sie sicher zusammen glücklich werden.

Alice seufzte. „Aber was sitze ich hier und rede. Ich glaube, es wird Zeit, dass ihr beide miteinander redet."

„Ja ..."

„Dann mach, dass du zu ihm kommst! Er wartet schon auf dich!"

Tanja sprang auf, fiel Alice um den Hals und küsste sie auf die Wange. „Vorhin war ich völlig am Boden zerstört, und jetzt könnte ich die ganze Welt umarmen. Wenn du wüsstest, wie glücklich ich bin! Dieses ganze Hin und Her hat auch sein Gutes gehabt, Alice. Ich weiß jetzt, was Schwärmerei und was Liebe ist – und wie viel mir Alexander bedeutet."

Zeit für Gefühle

1

Die Segeltuchtasche mit ihren Sportsachen unter den Arm geklemmt, stürmte Julia Mertens in den Umkleideraum. Fünf Mädchen, die alle zum 4 x 100-m-Staffelteam gehörten, unterbrachen ihr munteres Geplauder, als sie die Tür aufriss.

Sie waren bereits umgezogen und trugen den blauweißen Sportdress des Sportvereins SV 77 Neustadt. Im Hintergrund spielte leise ein Transistorradio.

„Da bist du ja!“, rief Kirsten Kimmler, von allen nur Kiki genannt. „Und ich dachte schon, dir wäre es heute zu heiß zum Trainieren.“ Das schlanke, schwarzhaarige Mädchen schaute Julia spöttisch an.

Julia knallte ihre Sporttasche auf die Bank und strich sich eine Locke aus der sonnengebräunten Stirn. Ihr Gesicht war leicht gerötet, und ihre dunklen Augen, die einen hübschen Kontrast zu ihrem blonden Haar bildeten, schauten missmutig drein.

„So ein Mist! Ausgerechnet heute, wo ich ohnedies schon spät dran war, musste ich auch noch einen Platten kriegen“, sagte sie atemlos.

„Wie heißt er denn?“, fragte Sabine Weller belustigt und hob die Augenbrauen. „War das der, mit dem ich dich heute Vormittag im Freibad gesehen habe und dem du so verliebt in die Augen geschaut hast?“

„Ventil heißt er“, erwiderte Julia schlagfertig.

Sabine grinste. „Gib’s doch zu, du hast dich von dem Typ nicht losreißen können.“

„Du fantasierst schon wieder einmal, Sabine.“

„Von wegen. Ich hab doch Augen im Kopf."

„Aber das ist auch schon alles", erwiderte Julia trocken und hatte diesmal die Lacher auf ihrer Seite.

„Mir kannst du nichts vormachen. Ich seh's dir doch drei Meilen gegen den Wind an, dass du dich verknallt hast."

Julia zuckte nur die Achseln und begann sich umzuziehen. Sie schlüpfte aus ihren Sandalen und zwängte sich aus der hautengen Jeans.

„Hauptsache, du verlierst nachher den Stab nicht, Julia", meinte die zierliche Tina Hellwig, die eine gute Läuferin war, doch stets Schwierigkeiten bei der Übergabe des Staffelstabes hatte.

„Keine Sorge, diesen Part überlassen wir schon dir", konnte sich Kiki nicht verkneifen zu sagen. „Darin bist du doch unschlagbar, Tina."

Tina wusste nicht, was sie erwidern sollte.

Marlis Noltau kam ihr zu Hilfe. „Jetzt übertreib mal nicht, Kiki, so schlimm ist es ja nun wieder auch nicht. Ich hab dich auch schon mal eine Stabübergabe vermasseln sehen, Kiki."

„Was ist schon ein Mal?" Kiki zuckte die Schultern und wandte sich Sabine zu. „Komm, wir gehen schon mal auf den Platz." Sie verließ den Umkleideraum, gefolgt von Sabine. Marlis und Tina schlossen sich ihr wenig später an.

2 Nur Conny Weber wartete auf Julia. Sie war wohl die Hübscheste von ihnen allen, ja vom ganzen Sportverein. Sie hatte eine tolle Figur, ein schönes ebenmäßiges Gesicht mit einer besonders warmherzigen Ausstrahlung. Das kurze, dunkelblond gelockte Haar gab ihr zudem etwas fröhlich Keckes, Freches.

„Du brauchst dich gar nicht so zu beeilen", sagte Conny, die neben Julia auf der Bank saß und ihr zuschaute, wie sie ungeduldig mit den Schnürsenkeln ihrer Sportschuhe hantierte. „Harry ist noch gar nicht da, und vor halb vier wird er auch nicht hier sein." Sie wickelte einen Kaugummi aus der Folie. „Möchtest du auch einen?" Sie hielt ihr das Päckchen hin.

Julia blickte auf. „Ja, gern. Danke." Sie schob sich einen Kaugummi in den Mund. „Bist du dir wegen Harry sicher?", fragte sie dann.

Harald Jansen war ihr Trainer. Er war bei allen sehr beliebt, hatte jedoch einen großen Tick – und das war sein Pünktlichkeitsfimmel. Er hatte schon mal eine erstklassige Sprinterin aus dem Wettkampfteam rausgeschmissen, nur weil sie dreimal hintereinander zehn Minuten zu spät zum Training gekommen war.

„Ich muss es ja wohl wissen, oder?", sagte Conny belustigt, war sie doch mit Jansens neunzehnjährigem Sohn Dirk befreundet.

Julia lachte. „Richtig, du sitzt ja an der Quelle. Aber wenn Harry nicht pünktlich ist, dann muss schon was Weltbewegendes vorliegen", sagte sie.

„Dirk hat mir was von einem Onkel im Krankenhaus erzählt, den sie vorher noch besuchen müssen", erklärte Conny und stand auf. „Aber um halb vier ist er bestimmt hier."

Julia zog ihr Trikot zurecht. „Na, dann hab ich ja noch mal Schwein gehabt", sagte sie erleichtert.

„Sag mal, stimmt das mit dem Jungen im Freibad?", wollte Conny wissen. „Hast du endlich jemanden kennen gelernt?"

Julia winkte mit einer müden Geste ab. „Sabine redet viel, nicht nur, wenn der Tag lang ist. Du kennst sie ja. War nur ein Schulkamerad aus der Oberstufe. Netter Typ, ist aber schon lange in festen Händen." Sie seufzte und verzog das Gesicht. „Manchmal kommt es mir so vor, als wären alle netten Jungen schon vergeben."

„Das bildest du dir nur ein. Du bist zu schüchtern."

„So schüchtern bin ich aber nun auch wieder nicht. Ich finde einfach keinen Freund, und bald ist der Sommer zu Ende. Das ist wirklich ein Frust. Vielleicht hätte ich doch irgendwo in den Süden fahren sollen. Aber ich wollte ja das Team nicht platzen lassen, und überhaupt ..."

„Was hat denn der Sommer damit zu tun?", fragte Conny verwundert.

„Weiß ich auch nicht, aber irgendwie ist der Sommer eine Zeit für Gefühle und ohne einen Freund nur halb so schön." Julia zwang sich zu einem Lächeln. „Ach, vergiss es. Bin heute wohl nicht so gut drauf. Gehen wir zu den anderen."

„Okay, laufen wir uns schon was warm", schlug Conny vor, und gemeinsam gingen sie hinaus auf den

Sportplatz, der am Rande eines Waldes lag. Bei der Kugelstoßanlage und beim Hochsprung sahen sie etwa ein gutes Dutzend Jungen, die eifrig trainierten, obwohl sie erst elf oder zwölf Jahre alt waren. Sonst war auf der Sportanlage nicht viel los, was bei dem strahlenden Wetter auch kein Wunder war. Nachdem die ersten Wochen des Sommers total verregnet gewesen waren, nutzte jetzt jeder das heiße trockene Wetter. Das Freibad war in diesen Tagen brechend voll, ebenso die Straßencafés. Und Julia fragte sich, was sie bloß auf dem Sportplatz verloren hatte. Hier würde sie kaum jemanden kennen lernen, der sie aus ihrer frustrierenden Einsamkeit befreien würde. Aber irgendwie hing sie an der Clique, so unterschiedlich sie alle auch waren. Und wenn man seit Jahren intensiv Leichtathletik betrieben hatte, ließ man seinen Verein nicht einfach im Stich, nur weil das Wetter zu anderen Aktivitäten einlud.

Die Mädchen von der 400-Meter-Staffel waren schon auf der Aschenbahn. Julia und Conny liefen mit mäßigem Tempo nebeneinander her, bis die anderen sie eingeholt hatten. Zweihundert Meter blieben sie in der Gruppe zusammen.

Dann wollte Kiki es mal wieder wissen. „Los, ab die Post. Sprint bis zur Kurve!“, schlug sie vor, und die sechs Mädchen rasten los.

Tina ging mit deutlichem Vorsprung durch die imaginäre Ziellinie. Sie hatte mal wieder bewiesen, dass sie mit Abstand die Schnellste von allen war.

„He, da kommt Harry!“, rief Marlis, und alles drehte sich zum Vereinshaus um. Ein kräftiger, mittelgroßer Mann mit Bürstenschnitt kam über den Platz, begleitet von Dirk. Der hoch gewachsene Junge trug einen Speer in der Hand.

Conny lief sofort zu den beiden hinüber.

Julia war nicht die Einzige, die beobachtete, wie Dirk seinen Arm um Connys Taille legte und sie an sich drückte.

„Conny ist wirklich ein Glückspilz“, seufzte Marlis. Sie gab sich keine Mühe, ihren Neid zu verbergen. Es war ja sowieso ein offenes Geheimnis, dass jede von ihnen für Dirk schwärmte.

„Er ist schon ein toller Typ“, pflichtete Tina ihr bei. „Ich hätte nichts dagegen, wenn ich mal an Connys Stelle sein dürfte, du doch wohl auch nicht, Julia, oder?“

Julia lachte verlegen. „Wie ich vorhin schon zu Conny sagte: Die Traumtypen sind immer vergeben, und Dirk macht da keine Ausnahme.“

„Fragt sich nur, ob Conny ihn auch halten kann“, bemerkte Kiki süffisant.

„Sag bloß, du versuchst, ihn ihr auszuspannen? Da musst du aber vorher noch zum Schönheitschirurgen gehen“, spottete Marlis und spielte damit auf Kikis winzigen Busen an. „Glaube nämlich nicht, dass Dirk auf Knabenfiguren steht.“

„Sehr witzig!“, zischte Kiki und warf ihr einen wütenden Blick zu.

Conny kam zurückgelaufen, und Dirk winkte zu ihnen herüber, als wüsste er, dass sie über ihn sprachen. Dann ging er auf den Rasen und begann sein Training. Zehn Minuten später hetzte Harry die Mädchen über den Platz und die Aschenbahn, und sie konzentrierten sich alle darauf, eine gute Leistung zu zeigen.

Es war kurz vor sechs, als Harry das Training beendete. „Okay, das reicht für heute. War gar nicht so schlecht, was ihr gebracht habt“, sagte er zufrieden. „Aber wir haben noch ganz schön Arbeit vor uns, wenn ihr beim Landessportfest eine Chance auf den ersten Platz haben wollt.“

„Wann entscheiden Sie denn, wer von uns antreten darf?“, fragte Marlis, was alle gerne gewusst hätten. Sie waren alle sechs gute Läuferinnen, aber nur vier würden am Wettbewerb teilnehmen können.

Harry Jansen hob abwehrend die Hände, als sie ihn mit Fragen bedrängten. „Macht euch doch nicht jetzt schon verrückt. Wer später an der Staffel teilnimmt, kann ich doch nicht heute schon festlegen. Die Entscheidung treffe ich am Tag vor dem Wettkampf, vielleicht sogar erst kurz vorher.“

„Das ist aber nicht fair, uns so lange hinzuhalten“, beschwerte sich Kiki.

Der Trainer runzelte die buschigen Brauen. „Das mag euch zwar nicht schmecken, aber unfair ist es nicht. Ich weiß doch nicht, wer von euch in zwei Wochen topfit ist und wer nicht. Wenn ich jetzt nur noch mit vieren von euch weitertrainiere und eine sich vielleicht den Fuß verstaucht, eine Erkältung kriegt oder aus anderen Gründen nicht mitmachen kann, dann fällt die ganze Staffel ins Wasser. Nein, wir machen so weiter wie bisher. Vergesst nicht, dass ihr damit von Anfang an einverstanden wart.“

Die Mädchen murrten, sahen jedoch ein, dass er Recht hatte. Aber eines war gewiss: Je später Harry seine Wahl traf, desto härter würde es die beiden treffen, die den Staffellauf nur als Zuschauer erleben würden.

Als Julia im Umkleideraum die verschwitzten Sachen abstreifte und sich unter die Dusche stellte, fiel ihr auf, dass Conny fehlte.

Natürlich. Sie war mit Dirk zusammen.

Mit einem leisen Seufzer schloss Julia die Augen, während die warmen Wasserstrahlen auf ihren Körper prasselten. Sehnsüchtig glitten ihre Hände über ihre Hüften, und sie stellte sich vor, es wäre ihr Traumtyp, der sie so berührte. Sie spürte ein erregendes Prickeln. Doch da kreischte jemand ausgelassen in der Nachbarkabine, und Julia wachte jäh aus ihrem Tagtraum auf.

3 Conny saß im Gras und sah Dirk beim Training zu. Sie hätte stundenlang so dasitzen und ihn beobachten können, vor allem wenn sie wusste, dass keine anderen Mädchen in der Nähe waren, die ihm schöne Augen machten.

Dirk schüttelte den Kopf, als er beim Speerwurf zum wiederholten Mal über die Linie getreten war. „Nicht mehr genug Konzentration. Es reicht auch für heute“, sagte er, holte den Speer und setzte sich zu ihr. „Na, hattest wenigstens du heute einen guten Tag?“

„Am besten fragst du deinen Vater“, sagte sie lachend.

„Von wegen. Seit er weiß, dass wir befreundet sind, krieg ich über dich kein Wort aus ihm heraus. Ich glaube nicht, dass er dich bevorzugt, weil du mit mir gehst. Eher ist das Gegenteil der Fall.“

„Ich bin ja auch nicht mit dir befreundet, um dadurch beim Training einen Vorteil zu haben“, erwiderte sie.

„Sondern?“, fragte er und ergriff ihre Hand.

„Weil ich dich mag.“ Sie errötete.

Er hob die Augenbrauen. „*Mag?*“

„Ja, sehr mag“, verbesserte sie sich und errötete noch mehr. Sie wusste, dass er ein anderes Wort erwartete. Aber damit wollte sie noch warten. Ob es wirklich Liebe war, musste sich erst herausstellen.

„So etwas kannst du mir gar nicht oft genug sagen, Conny“, sagte er leise. „Du, hast du nachher noch ein wenig Zeit?“

„Wenn es nicht zu spät wird. Du weißt ja, wie meine Eltern sind."

Er sprang auf. „Gut, dann lass uns jetzt gehen. Hilfst du mir dabei, das Zeugs da in die Gerätekammer zu bringen?", fragte er und wies auf mehrere Kugeln und einen Diskus.

„Klar doch!"

Die Gerätekammer schloss sich gleich an die kleine Turnhalle an. Sie legten die Geräte in die Regale zurück, und Conny wollte schon wieder hinausgehen, als Dirk seine Arme von hinten um sie legte und ihr ins Ohr flüsterte: „Bleib doch noch ein bisschen."

Sie befreite sich aus seiner Umarmung. „Du, ich weiß nicht. Nicht hier."

Er schaltete die Deckenbeleuchtung aus. Nun herrschte Halbdunkel im Raum. „Aber warum denn nicht? Wir sind hier doch völlig ungestört. Mein Vater ist schon längst weg, und außer mir hat keiner auf dem Platz einen Schlüssel für diesen Raum."

Sie zögerte. „Also gut, aber nur einen Augenblick ..."

„Einverstanden."

Er führte sie in eine Ecke, wo weiche Matten aufgestapelt waren. Dann zog er sie zu sich herunter und küsste sie. Conny gab ihren Widerstand auf. Es war so wunderschön, wie ihre Lippen miteinander verschmolzen und ihre Zungenspitzen sich berührten.

Dann begannen seine Hände über ihren Körper zu wandern, ihn zu streicheln und zu liebkosen. Ihr Atem ging schneller. Dann schob seine rechte Hand ihr Trikot hoch und versuchte, am Rücken ihren BH zu öffnen.

Das Gefühl zärtlicher Geborgenheit war mit einem Schlag verflogen. Sie verkrampfte sich, verspürte einen Anflug von Panik, als der BH-Verschluss aufsprang und gleich darauf Dirks Hand auf ihrer entblößten Brust lag. Dann wanderte seine Hand über ihren Bauch und zwängte sich in ihren Slip, während seine Lippen sich auf ihren Mund pressten, als wollte er sie nie wieder freigeben.

Conny hatte das Gefühl, von seinen Zudringlichkeiten erdrückt zu werden.

„Dirk!", stieß sie heiser hervor und riss sich von ihm los. Hastig schloss sie ihren BH. Dann zog sie das Trikot herunter, das er ihr bis zum Hals hochgeschoben hatte.

Dirk setzte sich auf der Matte auf. „Mein Gott, was ist denn nun schon wieder?", fragte er ungehalten.

Conny schluckte schwer. „Ich ... ich ... mag das Gefummel nicht", brachte sie mühsam hervor. „Das weißt du doch."

„Zum Gefummel wird es nur, weil du so verklemmt bist! Was ist denn schon dabei, wenn ich dich ein wenig streichle? Meinst du, ich kann cool bleiben, wenn wir so herumknutschen?", sagte er mit gepresster Stimme. „Zwei Monate gehen wir nun schon zusammen, und jedes Mal drehst du durch, wenn ich mal ein bisschen Petting machen möchte. Langsam reicht es mir. Wir sind doch keine kleinen Kinder mehr! Und dabei hab ich gedacht, du würdest etwas für mich empfinden ..."

„Das tue ich auch!"

„Aber wenn ich mal ein bisschen zärtlich zu dir sein möchte, machst du jedes Mal ein irres Theater, als wollte ich dich vergewaltigen!", sagte er zornig.

„Mir geht es einfach zu schnell“, erwiderte sie betroffen.

Er schnaubte ärgerlich. „Zu schnell! Mein Gott, ich bin ja nun wirklich kein Draufgänger, Conny, aber wenn ich jemanden mag, dann möchte ich auch ein bisschen mehr als nur Händchenhalten und Knutschen. Immerhin sind wir ja nicht mehr zwölf.“

„Dirk, es tut mir Leid, aber ich ... ich bin nicht so wie die anderen.“

„Ja, das habe ich gemerkt!“, sagte er bitter. „Ich hab gehofft, das würde sich geben, aber da habe ich mich wohl getäuscht. War wohl ein Irrtum, das mit uns. Wir passen offenbar nicht zusammen. Du kannst aber ganz beruhigt sein: Das Gefummel, wie du es nennst, wird sich nicht wiederholen. Mir reicht es jetzt. Vielleicht findest du jemanden, der sich mit einer platonischen Liebe begnügt. Viel Glück!“ Ohne eine Antwort abzuwarten, drehte er sich um und ging.

Mit Tränen in den Augen sah Conny ihm nach. Das war das Ende ihrer Freundschaft. Sie schlug die Hände vors Gesicht und weinte.

4 Julia brachte ihren Motorroller vor der Ampel am Marktplatz von Neustadt zum Stehen, als Conny auf ihrem Mofa neben ihr hielt.

„He, ich dachte, du hättest dich mit Dirk abgesetzt!“, rief Julia ihrer Sportsfreundin verwundert zu.

Conny verzog unter dem Helm gequält das Gesicht. „Zwischen Dirk und mir ist es aus.“

Erst jetzt fiel Julia auf, dass Connys Augen gerötet waren. Offensichtlich hatte sie geweint. „Habt ihr euch gestritten?“, fragte sie mitfühlend.

„Ja, so kann man's auch nennen“, antwortete Conny ausweichend.

Die Ampel sprang auf Grün um.

„Wollen wir noch was zusammen unternehmen oder irgendwo ein Eis essen?“, fragte Julia schnell.

„Ich weiß nicht ...“

„Komm, lass uns reden – wenn du willst. Das liegt ganz bei dir. Ich glaube aber, du solltest jetzt lieber nicht allein sein.“

„Vielleicht hast du Recht.“

„Habe ich ganz bestimmt. Und nun komm!“

Sie stellten auf dem Marktplatz Mofa und Motorroller ab und gingen in die Eisdiele, wo sie sich ganz hinten in die Ecke setzten.

„Jetzt erzähl!“, forderte Julia die Freundin auf, als sie ihre Bestellung aufgegeben hatten.

Verlegen zuckte Conny die Achseln. „Tja, viel zu erzählen gibt es da gar nicht.“

„Aber ihr habt euch doch gestritten, hast du gesagt."

Die Eisbecher kamen, und Conny war sichtlich froh über die Ablenkung. Sie beugte sich über ihr Banana-Split. „Nicht so richtig Streit. Wir sind einfach zu verschieden in gewissen Dingen ..."

„Und was sind das für Dinge? Oder willst du darüber nicht sprechen?"

„Na ja ... Petting und so. Bin da einfach nicht so wild drauf. Also, ich möchte schon, aber irgendwie habe ich Schiss davor. Ach, manchmal weiß ich selbst nicht, was ich will und was nicht und warum ich was nicht will", sagte sie niedergeschlagen. „Dirk war eben ganz schön sauer, dass ich da nicht auf einer Wellenlänge mit ihm liege. Irgendwie kann ich ihn sogar verstehen, weißt du. Aber ich kann nun mal nicht über meinen Schatten springen."

„Und du bist sicher, dass es zwischen euch endgültig aus ist?"

„Glaub schon." Sie hob den Kopf. „Aber behalte das bitte für dich, okay? Das muss ja nicht unbedingt die Runde machen. Für Kiki und Sabine wäre das ja ein gefundenes Fressen."

„Von mir erfährt keiner was", versprach Julia. „Ehrenwort. Aber vielleicht kannst du das doch noch wieder einrenken. Ich meine ..."

Conny schüttelte heftig den Kopf. „Nein, das mit Dirk ist gelaufen. Aber das werde ich schon verschmerzen. Er ist schließlich nicht der einzige nette Junge. Außerdem tut es mal ganz gut, wieder solo zu sein", versuchte sie sich einzureden. „Und jetzt Schluss mit

Dirk. Lass uns von was anderem reden. Was meinst du, ob wir beide wohl zur Staffel antreten?“

Julia sah sie skeptisch von der Seite an. Sie war sicher, dass Conny ihr etwas vormachte und in Wirklichkeit ganz schön down war. Aber sie bohrte nicht nach und nahm den sprunghaften Wechsel des Themas widerspruchslos hin.

Eine halbe Stunde später verließen sie die Eisdiele. Conny schlug vor, doch mal kurz zum Kino-Center hinüberzugehen, um zu sehen, was gerade gespielt wurde.

Es war kurz vor halb sieben, und in den Läden in der Fußgängerzone bereitete man sich schon auf den Geschäftsschluss vor.

Ein Junge, der im leer geräumten Schaufenster einer Bäckerei stand, lenkte Julias Aufmerksamkeit auf sich. Er hantierte mit Putzlappen und Fensterreiniger und verrenkte sich dabei, um auch an die untersten Kanten zu kommen. „Schau dir mal den an!“, sagte sie belustigt und stieß Conny an.

„Der nimmt seinen Job aber wirklich sehr genau“, stellte Conny nicht weniger amüsiert fest, als der dunkelhaarige Junge einen kleinen Wassertropfen, der von seinem Gummischieber heruntergetropft war, sofort aufwischte.

Die beiden Mädchen traten an das Schaufenster und machten sich einen Spaß daraus, seine Gewissenhaftigkeit spöttisch zu kommentieren. Es dauerte eine Weile, bis er merkte, dass sie ihn bei seiner Arbeit beobachteten. Er hob die Hand zu einem vagen Gruß und lächelte ihnen zu.

Julia wies auf eine Stelle, wo ein Fussel hing, und bedeutete ihm, dort zu putzen. Conny fand im nächsten Augenblick eine andere angeblich noch nicht saubere Stelle. Einige Minuten trieben sie so ihren Spaß mit ihm. Dann war die große Fensterscheibe von innen makellos sauber.

„So, jetzt verpassen wir ihm noch ein kleines Andenken", sagte Conny, griff in ihre Tasche und holte ihren Lippenstift hervor.

„Was hast du denn vor?", wollte Julia wissen.

„Findest du nicht, dass er ein Lob verdient hat?", sagte Conny und begann mit rotem Lippenstift auf die Fensterscheibe zu schreiben: *Gut gemacht, BB! Das gibt drei Gummibrötchen!* Der Junge sah ganz verdutzt drein. Lachend zog Conny Julia mit sich fort. Sie beeilten sich, von der Bäckerei wegzukommen, bevor jemand herausstürzte und sie zur Rede stellte.

„Sag mal, was sollte denn das BB bloß bedeuten?", fragte Julia, als sie um die Ecke gebogen waren.

„Ist doch ganz logisch: Bäckerbursche!"

5 Am nächsten Vormittag stöberte Julia im Plattenladen herum, als ihr plötzlich jemand von hinten auf die Schulter tippte.

„Hallo“, sagte eine ihr unbekannte Stimme.

Sie drehte sich um – und erschrak. Vor ihr stand der Junge, der „Bäckerbursche“, mit dem sie tags zuvor ihren Spaß getrieben hatten. Er war größer, als sie ihn in Erinnerung hatte, und war ganz schick gekleidet. Sie schätzte ihn auf ungefähr achtzehn.

„He, warum denn so erschrocken?“, fragte er spöttisch, als sie ihn nur wortlos anstarrte. Das schlechte Gewissen stand ihr ins Gesicht geschrieben. „Du warst doch gestern nicht so schüchtern.“

„Oh, ich ... äh ... ich war nur ... äh ... so ... überrascht“, stammelte sie und überlegte fieberhaft, wie sie sich aus dieser peinlichen Situation retten konnte. Sie verfluchte Conny im Stillen. Jetzt musste sie den Scherz mit dem Lippenstift ausbaden! Was sollte sie bloß sagen?

„Ja, das sieht man dir an“, sagte er mit einem breiten Grinsen, die Arme vor der Brust verschränkt. Seine braunen Augen blitzten. Er genoss zweifellos das Wiedersehen. „Ich heiße übrigens Frank ...“ Er sah sie fragend an. „Und du?“

„Julia“, stellte sie sich vor.

Er sah sie mit einem spöttischen Lächeln an. „Jetzt weiß ich wenigstens, wem ich die Arbeit gestern zu verdanken hatte. War nämlich verflixt schwierig, den Lippenstift von der Scheibe zu bekommen.“

„Das sollte doch nur ein Scherz sein. Tut mir Leid, wenn du deshalb Ärger gehabt hast", entschuldigte sie sich.

Er schüttelte den Kopf. „So einfach kommst du mir nicht davon. Wenn du deine Telefonnummer auf der Scheibe zurückgelassen hättest, hätte ich noch ein Auge zugedrückt. Aber das mit dem Gummibrötchen ... das schreit förmlich nach Wiedergutmachung", sagte er, und ein fröhliches Lächeln lag auf seinem sympathischen Gesicht.

„Wiedergutmachung?", rief Julia überrascht und erleichtert, als sie begriff, dass er ihnen den Spaß nicht übel nahm. „Wie stellst du dir das denn vor?"

Er zuckte die Achseln und hob die Hände. „Keine Ahnung, Julia. Lass dir etwas einfallen. Du könntest mit mir zum Beispiel nachher ins Freibad gehen oder mich zur Disko einladen ... Irgendetwas in der Kragenweite könnte mich gnädig stimmen."

Sie lachte unwillkürlich. Seine lockere Art gefiel ihr. „Freibad ist nicht drin. Ich muss nachher zum Training."

„Was für ein Training?", wollte er wissen.

„Leichtathletik. Ich bin im Sportverein SV 77 und muss für die Staffel trainieren. In zwei Wochen nehmen wir an einem Landessportfest teil", erklärte sie stolz.

„Toll ... oder auch nicht, wenn ich an das Freibad denke", sagte er und sah sie erwartungsvoll an. „Also, was hast du anzubieten?"

Das mit der Disko klang zwar recht verlockend, denn er schien ein netter Typ zu sein. Aber da fiel ihr etwas Besseres ein. Kikis Fete am Wochenende! Da hatte sie wenigstens jemanden, der sie dorthin begleiten konnte. „Ich hätte eine Party am Wochenende anzubieten", sagte sie. „Eine Freundin vom Verein schmeißt eine Gartenfete. Wenn du Lust hast, bist du eingeladen ..."

Er nickte. „Klingt nicht schlecht. Und wie sehen die Einzelheiten aus? Wann, wie und wo?"

„Übermorgen um sechs geht's los. Sanderhöhe 17. Kiki Kimmler heißt sie."

„Was hältst du davon, wenn ich dich abhole und wir zusammen zu deiner Freundin gehen? Dann komme ich mir nicht so schrecklich verloren vor", sagte er verschmitzt. „Außerdem kann ich dich dann mit meiner Benzinkutsche abholen."

Sie zögerte kurz. Er wollte bloß ihre Adresse herausfinden, aber darauf fiel sie nicht herein. „Nicht nötig. Wir treffen uns am besten um sechs beim Kiosk, der gleich am Anfang der Sanderhöhe steht. Ist gar nicht zu übersehen. So, und jetzt muss ich los! Tschüss!"

„Bis Samstag, Julia!", rief er ihr nach, und sie spürte seinen Blick im Rücken, als sie sich beeilte, aus dem Plattengeschäft zu kommen.

Als sie am Nachmittag mit Conny, Tina und den anderen auf dem Sportplatz trainierte, glaubte sie einen Augenblick, Frank oben auf der offenen Tribüne entdeckt zu haben. Doch sie war sich nicht sicher. Sie konnte sich auch getäuscht haben.

„He, warum lächelst du so?", fragte Tina, als sie zur Startlinie zurückgingen, um erneut die Stabübergabe zu trainieren.

„Ach, ich freu mich auf die Party am Samstag. Du kommst doch auch, oder?"

Tina warf ihr einen spöttischen Seitenblick zu. „Na klar komme ich. Der halbe Sportverein wird bei ihr antanzen. Kiki mag manchmal ja ganz schön aufgeblasen und ein Großmaul sein, aber ihre Feten sind immer absolute Spitze. Kommst du solo, oder bringst du jemanden mit?"

„Weiß ich noch nicht", antwortete Julia ausweichend.

Bevor Tina noch einmal nachfragen konnte, schallte die Stimme des Trainers über den Platz.

Julia verpatzte den Start. Sie hatte sich nicht genug konzentriert. Ihre Gedanken gingen immer wieder zu diesem Jungen, mit dem sie zu Kikis Fete gehen würde. Sie freute sich darauf, ihn wieder zu sehen.

6 Es war, wie Tina gesagt hatte. Am frühen Samstagabend fand sich die halbe Jugend des SV 77 Neustadt bei Kiki ein. Die Villa ihrer Eltern, die das Wochenende in Wien verbrachten, war ein Traumhaus, das in einem fantastischen Garten lag. An die teilweise überdachte Terrasse schloss sich ein großer Swimmingpool an. Kiki hatte die Amateurband ihrer Schule, die schon ein gutes Repertoire draufhatte und toll harmonierte, zu einem kostenlosen Auftritt überredet. Schon um halb sieben herrschte im Garten eine Bombenstimmung.

Auch Julia fand die Fete super, was aber weniger am Aufwand lag, den Kiki mal wieder getrieben hatte, sondern an der Aufmerksamkeit, die ihr ein paar Jungen schenkten.

Einer von ihnen war Frank. „Du siehst umwerfend aus“, hatte er bereits bei der Begrüßung am Kiosk gesagt.

„Du hast dich aber auch mächtig in Schale geworfen“, hatte sie erwidert.

„Reine Tarnung.“

Bei Kiki angekommen, hatte er sie dann gleich zum Tanzen aufgefordert. Dabei erfuhr sie, dass er gar kein Bäckerbursche war, wie sie und Conny angenommen hatten, sondern dass er noch zur Schule ging und nur in den Sommerferien im Laden seines Onkels aushalf.

Doch pötzlich stand Dirk neben ihr und forderte sie zum Tanz auf. Er drückte sie eng an sich und flirtete drei Songs lang mit ihr.

Als die Band eine Pause einlegte, drückte Dirk fest ihre Hand. „Du tanzt so gut, wie du läufst", sagte er.

Sein Kompliment ließ sie leicht erröten. Es gefiel ihr, mit ihm zusammen zu sein, doch andererseits hatte sie Conny gegenüber ein schlechtes Gewissen, die in einer Ecke mit Marlis und Tina redete. Aber hatte sie nicht gesagt, dass es zwischen Dirk und ihr aus war?

„Es gibt bessere Läuferinnen als mich", erwiderte sie, als sie die Stufen der Terrasse zum Pool hinuntergingen. Sie sah Frank, der ihren Blick mit einem verhaltenen Lächeln erwiderte. Neben ihm stand Kiki in ihrem schicken Glitzerfummel, mit dem sie mal wieder sämtliche Mädchen ausstach. Sie kam ihnen sofort entgegen und lächelte Dirk an.

„Na, alles paletti?", fragte sie, ohne den Blick von Dirk zu wenden.

„Tolle Fete, Kiki", sagte Dirk bewundernd und wandte sich Julia zu. „Hast du Lust auf einen Drink? Ich hol dir was."

„Ein Glas Bowle wäre schon toll", räumte Julia ein.

„Wird sofort erledigt." Dirk entfernte sich in Richtung Bar, die in einem kleinen Pavillon untergebracht war.

Frank kam zu Julia herüber. „Du, ich wollte dich mal was fragen ...", begann er, kam jedoch nicht mehr dazu, seine Frage zu stellen. Denn Kiki hatte sich im selben Augenblick eine Zigarette angesteckt, schrie jedoch plötzlich auf, ließ ihr Feuerzeug fallen und vollführte dabei eine abrupte Drehung nach rechts, wo Julia stand.

Julia verlor durch den Stoß das Gleichgewicht. Sie taumelte rückwärts an den Rand des Pools.

„Julia! Pass auf!“, schrie Frank, sprang vor und versuchte sie festzuhalten. Er bekam ihre Hand zu fassen, die wild nach Halt suchend durch die Luft ruderte, und das war auch sein Verhängnis. Denn instinktiv hielt Julia sich an seinem Arm fest, als sie rücklings in das Becken stürzte – und Frank mit sich zog.

Julia sah gerade noch die verblüfften Gesichter der Umstehenden, sah Kirstens hochgezogene Augenbrauen und Dirk, der zwei Gläser in der Hand hielt und sie mit offenem Mund anstarrte. Doch deutlicher noch als alles andere prägte sich ihr Franks Gesicht ein. Er hatte sie festhalten wollen und war nun von ihr ins Becken gezogen worden.

Damit ist die Fete für uns wohl gelaufen!, dachte sie. Sie tauchte unter, schluckte etwas Wasser und kam nach Atem ringend wieder hoch. Lautes Gejohle und Gelächter empfing sie, als sie nach Luft schnappte und sich die nassen Haarsträhnen aus dem Gesicht strich.

„Wer hat dir denn so eingeheizt, dass du dich unbedingt abkühlen musst, Julia?“, rief ein Spaßvogel aus der Menge, die sich nun um den Pool drängte, und bewirkte erneutes Gelächter.

„Mensch, so viel hast du doch gar nicht getrunken!“, rief eine andere Stimme.

Sabine schob sich in die erste Reihe der Schaulustigen. „Ist das deine Art zu testen, ob dein Make-up auch wasserfest ist?“, scherzte sie.

„Sehr witzig!“, stieß Julia wütend hervor und schwamm zur Leiter.

„Mist, verdammter!“, fluchte Frank neben ihr. „So umwerfend habe ich mir die Fete aber nicht vorgestellt.“

Julia kletterte unter fröhlich-scherzhaften Bemerkungen der anderen die Leiter hoch und kochte innerlich. Sie ignorierte Kikis hilfreich ausgestreckte Hand und kümmerte sich auch nicht um Frank. Sie dachte nur verärgert, dass Kiki für diese Blamage verantwortlich war.

„Ich komme noch allein die Leiter hoch!“, zischte sie und hatte Mühe, ihren Zorn unter Kontrolle zu halten. Klitschnass stand sie da. Ihr Jeansrock, auf den sie so stolz gewesen war, hing wie ein hässlicher nasser Sack an ihr, und die Bluse klebte ihr auf der Haut. Ihr Haar, mit dem sie sich zu Hause so viel Mühe gemacht hatte, war für den Abend ruiniert. Sie würde es ganz neu waschen und föhnen müssen. Und an all dem war Kiki schuld!

„Du, das tut mir irre Leid!“, entschuldigte sich Kirsten zerknirscht. „Das war wirklich keine Absicht, das musst du mir glauben.“

„So?“, stieß Julia hervor und wusste nicht, was sie tun sollte – in Tränen ausbrechen oder Kirsten ins Gesicht springen. Am liebsten hätte sie beides getan, doch sie wollte sich vor den vielen Partygästen nicht bis auf die Knochen blamieren. Dieses unfreiwillige Bad würde schon noch genug Spott nach sich ziehen, dessen war sie sich sicher.

„Es war bestimmt keine Absicht!“, beteuerte Kirsten. „Das Feuerzeug war schuld, dass ich dich angerempelt habe. Die Flamme war irgendwie verstellt, stand auf ganz groß, weißt du. Ich hab mir an dem Mistding ganz schön die Finger verbrannt, sonst wäre das alles gar nicht passiert, das musst du mir glauben.“

Julia hatte ihre Zweifel, dass alles so stimmte, wie

Kiki behauptete. Aber sie konnte ihr ja nicht das Gegenteil beweisen.

Dirk kam auf sie zu. Belustigt über die unfreiwillige Komik der Szene fragte er: „Du, kann ich irgendetwas für dich tun?“, und zwang sich zu einem ernsten Ausdruck.

Kirsten sprang ein, bevor Julia ihm noch eine Antwort geben konnte. „Das mache ich schon, Dirk. Ist doch alles halb so schlimm.“

„Wie bitte?“, stieß Julia wütend hervor. „Was heißt hier, halb so schlimm? Du hast sie wohl nicht mehr alle! Ich bin klitschnass bis auf die Haut!“

„Aber das Wasser ist wenigstens ganz sauber“, erwiderte Kiki. „Ich geb euch Handtücher, und dann schmeißen wir die Sachen in den Trockner.“ Und zu Dirk gewandt sagte sie ganz im Tonfall der Gastgeberin, die alles fest im Griff hat: „Julia und Frank sind in ein paar Minuten zurück.“ Damit zog sie Julia mit sich fort, achtete jedoch darauf, ihr nicht zu nahe zu kommen.

„Ganz schöner Reinfall, was?“, bemerkte Frank neben ihr und tippte sie an.

Julia schaute ihn an. Hemd und Leinenhose klebten ihm klitschnass am Körper.

Doch er schien das nicht weiter tragisch zu nehmen, denn er lächelte sie an, die Hände hinter dem Rücken versteckt. „Hast du in der Aufregung nicht was vergessen?“, fragte er grinsend.

„Vergessen? Was denn?“

„Das zum Beispiel“, erwiderte er und hielt ihr ihre Schuhe hin. „Nach einem musste ich sogar tief hinuntertauchen.“ Er zwinkerte ihr zu.

„Oh, danke ...“, murmelte sie. Dass sie ihre Schuhe verloren hatte, hatte sie in der Aufregung gar nicht mitbekommen.

„Nun kommt schon!“, drängte Kirsten. „Und wringt eure Klamotten ein bisschen aus, damit der Teppichboden nicht ganz so nass wird.“

„Sonst noch Wünsche?“, fragte Frank bissig.

Kiki ignorierte seine Frage und führte sie ins Haus. „Ihr könnt das Gästebad gleich hier unten benutzen, wo auch Trockner und Waschmaschine stehen“, sagte sie und stieß die Tür zu einem herrlichen Badezimmer auf, das mit königsblauen Kacheln ausgelegt war.

Frank pfiff leise durch die Zähne. „Wahrlich kein übler Schuppen, in dem du da haust, Kiki“, sagte er.

„Na ja, die Villa ist ganz in Ordnung“, erwiderte Kirsten herablassend und zog eine Lamellentür auf. Dahinter befanden sich Regale mit Handtüchern. Sie nahm zwei große Badetücher und reichte sie ihnen. Dann stieß sie eine der beiden gegenüberliegenden Verbindungstüren auf, die in ein geschmackvoll eingerichtetes Zimmer führte. „Das ist eins der beiden Gästezimmer. Gegenüber liegt das andere. Das Bad müsst ihr euch schon teilen ... nacheinander oder wie ihr wollt“, fügte sie schmunzelnd hinzu. „Der Trockner ist übrigens im Raum gleich nebenan. Julia, du kennst dich mit so einem Ding doch aus, oder? Ich weiß jedenfalls nicht, wie man damit umgeht. Trockner und Waschmaschine sind für mich wie ein Buch mit sieben Siegeln. Na ja, dafür haben wir ja eine Haushaltshilfe.“

„Wir werden schon klarkommen“, murmelte Julia verdrossen. Sie hatten zu Hause keine Hilfe, die ihnen die Arbeit abnahm. Und um ihrem Ärger etwas Luft zu machen, setzte sie hinzu: „Wenn man etwas Grips im Kopf hat, wird man auch mit so etwas Primitivem wie einem Trockner fertig."

Kirsten lächelte gezwungen. „Dann bin ich ja beruhigt und kann euch ja allein lassen."

„Nun mal langsam!", rief Frank.

„Was ist denn noch?", fragte Kiki ungeduldig.

„Kannst du mir mal verraten, was wir anziehen sollen, bis unsere Klamotten wieder trocken sind? Oder sollen wir hier vielleicht wie in einem FKK-Club herumlaufen?"

„Von mir aus, wenn es euch Spaß macht", erwiderte Kirsten trocken.

„Frank hat Recht!", sagte Julia aufgebracht.

„Regt euch ab. Hier im Schrank hängen Bademäntel. Sucht euch welche aus. Wird ja nicht eine Ewigkeit dauern, bis eure Sachen trocken sind. Aber jetzt entschuldigt mich, Freunde. Ich muss wieder zu meinen Gästen. Bis später!" Damit zog sie die Tür des Badezimmers hinter sich zu.

„Die trägt die Nase überhaupt nicht hoch, was?", spottete Frank. „Wenn die zu deinen Freundinnen zählt, möchte ich deine Feinde erst gar nicht kennen lernen."

„Wer hat denn behauptet, dass sie meine Freundin ist?", fragte Julia gereizt.

„Du, vorgestern, als du mich zu der Fete eingeladen hast."

„Ich hab wirklich keine Lust, mich noch mit dir darüber zu streiten, was ich vorgestern gesagt habe und was nicht. Meine Freundin ist sie jedenfalls nicht."

„Das beruhigt mich ja ganz ungemein. Du kennst doch den Spruch: Sag mir, wer deine Freunde sind, und ich sage dir, wer du bist", entgegnete er scherzhaft.

Julia hatte jetzt keinen Sinn für Sprüche und sagte nur: „Willst du zuerst hier rein oder ..."

„Nach Ihnen, Madame", fiel er ihr lächelnd ins Wort und zog sich mit einer angedeuteten Verbeugung ins Gästezimmer zurück. „Ich werde im Separee auf Ihr Zeichen harren." Er nahm sein Handtuch und schloss die Tür des Gästezimmers hinter sich.

Immer noch wütend über den buchstäblichen Reinfall, trat Julia vor den Spiegel. Ihr Haar hing in wirren, nassen Strähnen auf die Schultern herab, und die weiße Bluse klebte wie ein durchsichtiger Film auf der Haut. Da sie darunter keinen BH trug, zeichneten sich ihre Brüste deutlich ab. Jetzt verstand sie auch die Blicke, mit denen Dirk und die anderen Jungen sie angeschaut hatten.

Hastig begann sie sich von den nassen Sachen zu befreien. Sie warf alles in die Badewanne und trocknete sich gründlich ab. Dann schlüpfte sie in einen der weißen Bademäntel, die im Schrank hingen. Er war viel zu groß für sie. Sie versackte förmlich darin und musste die Ärmel hochkrempeln.

„Ach, du Schande! Ich hab mich ja noch gar nicht bei Frank entschuldigt, dass ich ihn mit ins Becken gezogen habe!", fiel es ihr siedendheiß ein, als sie zum Föhn greifen wollte.

Das Mindeste, was sie für ihn jetzt tun konnte, war, ihm das Badezimmer so schnell wie möglich zu überlassen, damit auch er aus den nassen Klamotten herauskam. Deshalb ließ sie das Haaretrocknen vorerst bleiben, trat zur Verbindungstür und öffnete sie einen Spaltbreit. „Du kannst rein, Frank. Schmeiß die Sachen einfach in die ..." Sie brach mitten im Satz ab und verharrte einen Augenblick wie gelähmt in der Tür.

Frank stand keine drei Schritte von der Tür zum Badezimmer entfernt – und zwar splitternackt und ihr zugewandt. Daran, dass er sich schon da gleich ausziehen und nicht erst aufs Badezimmer warten würde, hatte sie nicht gedacht. Seine nassen Sachen lagen auf dem Boden. Sein Gesicht konnte sie nicht sehen, denn er frottierte sich gerade die Haare.

Julia starrte ihn perplex an. Sie spürte, wie ihr Gesicht vor Verlegenheit hochrot anlief. „Oh ... entschuldige ... ich ... ich wusste nicht, dass du ... ich meine ... ich dachte, du wärst noch angezogen", stammelte sie. „Tut mir Leid, dass ich dich so überrascht habe ... Entschuldige ... Du kannst jetzt ins Bad, wenn du willst."

Er ließ das Badetuch sinken und wickelte es sich um die Hüften. „Ich habe gar nicht gehört, dass du geklopft hast", sagte er gelassen.

Sie wich seinem Blick aus, drehte sich schnell um und flüchtete in das gegenüberliegende Gästezimmer. Ihr Herz pochte wie wild, als sie zitternd auf das Bett sank.

Es klopfte behutsam an der Tür. „Julia? Ist alles in Ordnung?", fragte Frank. „Kann ich reinkommen? Ich hab jetzt auch was an."

„Ja, okay ..."

Frank kam herein. Er trug jetzt auch einen Bademantel. „Tut mir Leid, wenn ich dich schockiert habe", sagte er.

Sie schüttelte heftig den Kopf. „Ich muss mich bei dir entschuldigen, dass ich dich ... in dieser Situation überrascht habe."

Er lächelte fröhlich. „Ich habe nichts dagegen, so überrascht zu werden ... solange du es bist und nicht diese Zicke Kiki. Komm, lassen wir uns doch deshalb nicht die Fete vermiesen. Schauen wir uns mal den berühmten Trockner an, mit dem unsere Intelligenzbestie nicht klarkommt", sagte er aufmunternd, ergriff ihre Hand und zog sie vom Bett hoch.

Als sie aufstand, blickte sie ihm in die Augen, die von einem warmen Braun waren, wie sie es noch nie gesehen hatte.

Einen Augenblick standen sie Hand in Hand im Zimmer, und ein merkwürdiges Gefühl der Vertrautheit erfüllte Julia.

Frank sah sie an, und sie hatte den Eindruck, als wollte er etwas sagen. Doch er kam nicht mehr dazu, denn in dem Augenblick ertönte vom Flur her Connys Stimme.

„He, wo steckt ihr beiden?"

Julia und Frank schauten sich an, dann lösten sich ihre Hände.

„Hier, Conny!", rief Julia und ging zur Tür.

„Na, dann wollen wir mal den Trockner suchen und den Schnellgang einlegen", gab Frank mit einem leisen, bedauernden Seufzer von sich und holte ihre nassen Sachen aus dem Bad.

„Ich hab euch was zum Aufwärmen gebracht", sagte Conny, als sie zu ihr auf den Gang hinaustraten. Sie hielt zwei Gläser in der Hand. „Tee mit einem Schuss Rum. Ich hoffe, ihr mögt das."

„Na klar!“ Frank grinste breit. „Ein Schuss Rum zum Desinfizieren kann bestimmt nicht schaden. Danke für den tollen Service, Conny.“

„Der tut sicher gut“, sagte Julia, „vielen Dank.“

„Gern geschehen“, meinte Conny.

„Wie läuft denn die Fete so ohne uns?“, wollte Frank wissen, als ihre Sachen im Trockner waren.

„Störungsfrei“, spottete Conny. „Kiki hat sich sofort Dirk gekrallt und labert ihn voll. Die lässt ihn nicht von der Tanzfläche. Na ja, mir soll's ja egal sein.“

Frank zog die Augenbrauen hoch, als wollte er sagen: „Na, so ganz überzeugend klingt das aber nicht.“ Doch stattdessen sagte er mit fröhlichem Spott: „Jeder ist seines Glückes Schmied ... sofern man nicht gerade mit dem Vorschlaghammer loslegt.“

„Vorschlaghammer ist gut“, lachte Conny. „Wenn Kiki sich mal was vorgenommen hat, dann ist sie so schwer aufzuhalten wie eine Dampfwalze!“

Julia konnte sich nur mit Mühe beherrschen. Sie hatte doch gleich gewusst, dass dieser Rempler am Beckenrand kein Zufall gewesen war. Kiki hatte sie loswerden wollen, weil es ihr offenbar nicht passte, dass Dirk so intensiv mit ihr geflirtet hatte. Aber wenn sie glaubte, mit dem faulen Trick schon freie Bahn zu haben, dann hatte sie sich gewaltig getäuscht. Auf diese hinterhältige Tour ließ sie sich nicht so schnell aus dem Rennen werfen!

„Und ihr seid alle nicht nur im selben Sportverein, sondern auch in einer Staffel, ja?“, sagte Frank kopfschüttelnd. „Ich muss schon sagen, ihr haltet wirklich toll zusammen in eurem Verein.“

„Sportlich gesehen schon“, verteidigte Julia ihr Team.

„Aber deshalb muss man privat noch lange nicht ein Herz und eine Seele sein. Ich hab auch nichts gegen Kiki ... Sie hat nur ein paar Macken."

Conny nickte zustimmend. „Und angeben tut sie wie eine Tüte Mücken."

Sie lachten, und Julia spürte Franks Blick auf sich ruhen.

„Frank ist in Ordnung, findest du nicht auch?", fragte Conny und blickte Julia dabei forschend von der Seite an, als sie allein im Badezimmer waren.

Julia stand vor dem Spiegel, nur mit ihrem Slip bekleidet, und föhnte sich die Haare. Der Bademantel war ihr zu warm gewesen. Franks Sachen waren schneller trocken gewesen. Er war inzwischen schon wieder bei den anderen im Garten, während ihr Jeansrock noch zehn Minuten im Trockner bleiben musste.

„Was hast du gesagt?", fragte Julia gegen das laute Gebläse des Haartrockners, obwohl sie Connys Frage sehr wohl verstanden hatte.

„Dass Frank nett ist."

„Mhm, ja ... das ist er", räumte sie ein, während sie zur Haarbürste griff.

„Ich glaube, er mag dich auch", fuhr Conny fort.

„Wie kommst du denn darauf?", fragte Julia und dachte an den Moment, als er ihre Hand genommen und festgehalten hatte. Es war ein schönes, warmes Gefühl gewesen. Aber ob er wirklich auch Zuneigung für sie verspürte, wusste sie noch nicht.

„Na, er hat doch sofort mit dir getanzt ... und nicht nur einmal", meinte Conny. „Und wenn Dirk dich nicht abgeklatscht hätte, würde er vielleicht jetzt noch mit dir tanzen. Ich hab doch genau gesehen, wie enttäuscht er war, als Dirk mit dir abgezogen ist."

Julia schüttelte halb belustigt, halb verlegen den Kopf. „Ach was, das bildest du dir bloß ein."

„Von wegen!"

„Ich habe ihn mit zur Fete gebracht, und da meinte er wohl, mit mir tanzen zu müssen, weil man das eben so macht, wenn man zusammen irgendwo hingeht", winkte Julia ab und schaltete den Föhn aus. „Alles andere bildest du dir nur ein."

„Da bin ich aber ganz anderer Meinung", beharrte Conny.

„Kannst du ja auch. Aber würdest du jetzt bitte mal nachsehen, ob mein Jeansrock inzwischen trocken ist?", wechselte Julia geschickt das Thema. „Ich will nicht den ganzen Abend in diesem blöden Bad verbringen, während da draußen die Fete läuft." Und in Gedanken fügte sie hinzu: Außerdem will ich es Kiki zeigen!

„Klar! Ich schau mal nach", sagte Conny und eilte aus dem Bad. Augenblicke später kam sie mit Julias Jeansrock zurück. „So gut wie trocken. Willst du ihn noch aufbügeln?"

„Kommt nicht in Frage", erwiderte Julia, zog die Bluse über und schlüpfte in den Rock. „Hab schon genug Zeit hier vertrödelt. Beeilen wir uns, dass wir endlich wieder zu den anderen kommen."

„Frank wird schon ganz ungeduldig auf dich warten", zog Conny sie augenzwinkernd auf. „Und Kiki wird sich ärgern, dass du deine Haare wieder so toll hingekriegt hast."

Julia lachte. „Na dann, auf ins Getümmel!"

Es war so, wie Conny gesagt hatte. Kirsten war mit Dirk zusammen und wich nicht von seiner Seite. Als Julia mit ihrer Sportsfreundin aus der Tür auf die Terrasse trat, auf der gespielt und getanzt wurde, klang gerade ein Song aus, und sie konnte hören, wie Kiki mit honigsüßer Stimme zu Dirk sagte: „Die Band spielt toll, nicht? Tanzen wir noch einen?"

„Ne, du, ich brauch jetzt erst mal eine Atempause", antwortete Dirk und bemerkte in diesem Augenblick Julia. Sofort wandte er sich ihr zu, und ein breites Grinsen trat auf sein Gesicht. „He, endlich wieder aufgetaucht? Wurde ja auch Zeit!"

Julia entging nicht die steile Falte auf Kikis Stirn und ihr verkniffener Mund. Sollte sie sich ruhig schwarz ärgern, dachte sie.

„Tu doch nicht so, als hättest du uns vermisst!", erwiderte Julia herausfordernd und schenkte Dirk ihr strahlendstes Lächeln, während Conny sich verdrückte.

„Und ob ich dich vermisst habe. Kaum warst du im Haus, da ging hier die Sonne unter", scherzte Dirk. „Weißt du übrigens, dass dein Haar jetzt noch viel hübscher aussieht als vorhin? Steht dir gut, so locker."

Julia freute sich schon allein deshalb über das Kompliment, weil Kirsten immer sauertöpfischer aussah. „Vielleicht sollte ich mich öfters in einen Pool rempeln lassen."

Dirk lachte. „Hast du Lust auf eine Runde?", fragte er und machte eine einladende Bewegung in Richtung Tanzfläche.

„Immer."

Kirsten verzog das Gesicht zu einer verdrossenen Miene. „Ich dachte, du bräuchtest jetzt unbedingt eine Atempause?“, sagte sie spitz zu Dirk.

„Hab’s mir eben anders überlegt“, erwiderte er leichthin und nahm Julias Hand.

Julia genoss ihren kleinen Triumph und lächelte Kirsten zu. „Wirklich eine tolle Fete, Kiki...“, sagte sie und schwebte mit Dirk davon. Sie fühlte sich nach diesem kurzen Wortwechsel so beschwingt, dass sie nur mit Mühe ein Lachen unterdrücken konnte, was Dirk sehr wohl bemerkte.

„Kannst du mir mal sagen, was dich so erheitert?“, fragte er mit gerunzelter Stirn. „Hab ich vielleicht ’nen falschen Schritt drauf oder so?“

Sie schüttelte belustigt den Kopf, dass ihre duftige blonde Mähne nur so flog. „Ganz und gar nicht. Ich hatte nur noch Kikis verdattertes Gesicht vor Augen, als du mich aufgefordert hast“, gab sie offen zu. „Ich glaube, die hätte mich am liebsten dorthin gewünscht, wo der Pfeffer wächst.“

„Komm, Kiki hat mich schon lange genug mit Beschlag belegt“, erwiderte er und fügte aber dann abschwächend hinzu: „Sie ist ja so ganz nett und versteht es auch, eine Party zu schmeißen, aber manchmal wird mir ihr Getue einfach zu viel ... vor allem, wenn sie nicht aufhört zu quasseln.“

Die Band spielte einen Blues, und Dirk zog Julia an sich und legte ihr seine Hände auf die Hüften.

Julia hielt für einen Augenblick die Luft an. Ihr war, als würde sie durch seine dünne Sommerkleidung hindurch jeden Muskel seines durchtrainierten Körpers spüren. Es war ein angenehmes Gefühl, ihn so intensiv zu spüren. Wenn sie ehrlich zu sich selbst war, hatte sie Conny, wie die anderen aus der Staffel auch, um ihr Glück beneidet, als sie mit Dirk ging.

Und nun flirtete er mit ihr, nachdem es zwischen den beiden nach einem Streit zum Zerwürfnis gekommen war.

„So ein Mist!“, brummte Dirk, als die Band nach dem Song eine halbe Stunde Pause ankündigte und Musik vom Recorder über die Anlage laufen ließ. „Jetzt fing es an, mir richtig Spaß zu machen. Dir auch?“ Er sah sie an, als wollte er bis auf den Grund ihrer Seele blicken, zumindest hatte sie dieses Gefühl.

„Mhm, ja ...“, antwortete sie zurückhaltend. „Hätten schon noch was spielen können.“

„Die Nacht ist noch jung. Wir können nachher noch jede Menge tanzen – und das werden wir auch, okay?“, sagte Dirk fröhlich und sog geräuschvoll die Luft ein. „Riecht tierisch gut ... ganz so, als brutzelten die Koteletts schon auf dem Grill. Dabei fällt mir ein, dass ich einen Mordshunger habe. Du auch?“

„Könnt schon was vertragen“, räumte sie ein.

„Dann nichts wie hin! Sehen wir zu, dass uns nicht nur abgenagte Knochen bleiben. Ich kenn doch Heike, Ferdi und die anderen. Die schaufeln was weg“, sagte er und legte seinen Arm um ihre Schulter, während sie die Stufen in den Garten hinuntergingen.

7 Dirk hätte es am liebsten gesehen, wenn Julia nur noch mit ihm getanzt hätte. Doch da spielte sie nicht mit. Sie ließ es sich nicht nehmen, auch mit Frank und anderen aus dem Verein zu tanzen. Das mit Dirk ging ihr außerdem ein bisschen zu schnell. Und sie hatte auch Hemmungen, vor Connys Augen so viel mit deren Ex-Freund zu tanzen. Sie bezweifelte nämlich stark, dass Conny auch innerlich mit Dirk gebrochen hatte, wie sie ihr hatte weismachen wollen.

Es war kurz nach zehn, und sie hatte gerade einen flotten Rock mit Frank auf die Tanzfläche gelegt, als dieser auf die Uhr blickte und mit Bedauern feststellte: „Wird Zeit für mich, dass ich mich abseile."

„Du musst schon weg?", fragte Julia ungläubig.

„Nicht wegen meiner Eltern. Die sind da großzügig. Außerdem bin ich schon achtzehn", erklärte er. „Aber bevor du mich zu dieser Fete eingeladen hast, hatte ich schon einem Freund versprochen, zu seiner Geburtstagsfete zu kommen – und die ist nun mal leider zufällig auch heute."

„Oh, das ist natürlich was anderes", sagte Julia. „Aber das hättest du mir vorher sagen können. Dann hätte ich mir etwas anderes einfallen lassen ... für irgendeinen anderen Tag."

Er lächelte sie an. „Nein, genau das wollte ich nicht. Sag mal, sehen wir uns wieder?" Ein erwartungsvoller Unterton schwang in seiner Stimme mit.

„Ja ... wenn du möchtest."
„Wie wär's mit morgen?", fragte Frank mutig.
„Morgen schlaf ich erst mal lange, und am Nachmittag haben wir Training draußen auf dem Sportplatz im Wald."
„Hast du was dagegen, wenn ich auch komme und euch zusehe?"
„Wenn du dich nicht langweilst ..."
„Werde ich schon nicht ... wenn du ab und zu mal zu mir rüberschaust", sagte er.
„Mal sehen. Werd's mir überlegen."
„Dann bis morgen, Julia."
„Tschüss."
Conny trat zu ihr. Sie hatte einen Teil des Gesprächs mit angehört. „Hab doch gesagt, dass er ein Auge auf dich geworfen hat."
„Fang nicht wieder damit an."
„Schon gut. Ich wollte dir nur tschüss sagen."
„Du gehst auch schon?", fragte Julia enttäuscht. „Was ist denn bloß los?"
„Das kann ich dir sagen: Mein letzter Bus fährt um kurz nach halb elf. Wenn ich den nicht erwische, stehe ich dumm da", sagte Conny, die ein gutes Stück außerhalb von Neustadt wohnte. „Mein Mofa krieg ich erst nächste Woche aus der Werkstatt zurück. Ich muss also los, ob es mir nun in den Kram passt oder nicht."
Julia hatte plötzlich eine Idee. „Sag mal, warum übernachtest du nicht bei mir? Ruf doch zu Hause an, damit sie Bescheid wissen. Meine Eltern haben garantiert nichts dagegen. Dann kannst du noch länger bleiben."

Connys Gesicht hellte sich auf. „Mensch, das wäre natürlich toll."

„Also, abgemacht!"

Dirk zeigte sich an diesem Abend von seiner galantesten Seite und versuchte Julia jeden Wunsch von den Augen abzulesen. Sie tanzten fast ununterbrochen miteinander.

Um Mitternacht hatte die Stimmung ihren Höhepunkt erreicht. Die Band musste ihre Verstärker um einiges herunterdrehen, um die Nachbarn nicht zu verärgern. Aber das störte niemanden, denn wer jetzt noch tanzte, wollte sowieso nur softe Songs – zum Schmusen und zum Träumen.

Julia fühlte sich nicht mehr so schuldig, dass sie so viel mit Dirk tanzte, als sie sah, dass Conny mit Heiko eng umschlungen tanzte. Es sah ganz so aus, als ob sich zwischen den beiden was anbahnte. Sie würde es ihr gönnen, und Heiko war ein netter Kerl.

Julia wusste hinterher nicht mehr genau, wer von ihnen auf die Idee kam, die schummerig beleuchtete Terrasse zu verlassen und hinten im Dunkel des weitläufigen Gartens zwischen den Obstbäumen spazieren zu gehen.

Dirk hielt ihre Hand, blieb auf einmal stehen und spielte mit ihrem Haar. „Komisch, dass mir nie aufgefallen ist, wie hübsch du bist", sagte er leise.

„Wie willst du das sehen, bei der Dunkelheit?", sagte sie scherzhaft. Doch ihre Stimme war belegt und verriet ihre Gefühle.

„Ich kann es auch spüren ... und zwar so", erwiderte er, legte seine Arme um sie und drückte sie an sich.

„Du, ich …“, begann Julia, vermochte den Satz jedoch nicht zu Ende zu führen, denn seine Lippen verschlossen ihren Mund.

Er hielt sie mit einer Hand fest an sich gepresst, während er mit der anderen durch ihr Haar streichelte, über ihre Wange und ihren Hals. Vorsichtig ließ er sie dann an ihrem Körper abwärts gleiten, während der Druck seines Mundes stärker und verlangender wurde.

Sie war im ersten Moment überwältigt, als sie seine warmen Lippen spürte und dann seine Zunge, die sich forschend vortastete. Es kam ihr vor wie ein Traum, dass sie hier zwischen duftenden Obstbäumen in Dirks Armen lag und spürte, wie sehr er sie begehrte.

Sein überraschender, stürmischer Kuss raubte ihr für einen Augenblick den Atem, machte sie fast willenlos. Sie spürte nur noch seine Umarmung, seine Zungenspitze, die sich zwischen ihre Lippen drängte, und seine Hand, die sich zärtlich auf ihren Ausschnitt legte.

Hätte ihr vor zwei Tagen jemand gesagt, dass Dirk, ihr großer Schwarm, sich auf Kikis Fete um sie bemühen würde, sie hätte ihn ausgelacht und für verrückt erklärt. Dirk konnte ganz andere Mädchen haben. Also warum sollte er sich ausgerechnet mit ihr abgeben, nachdem er für sie bisher auf dem Sportplatz und im Vereinshaus kaum mehr als einen netten, aber nichts sagenden Gruß übrig gehabt hatte?

Und jetzt war dieser Wunschtraum, an dessen Erfüllung sie nie ernsthaft geglaubt hatte, Wirklichkeit geworden.

Dirk stand dicht vor ihr und knöpfte ihre Bluse auf. Sacht berührte seine Hand ihre Brust …

Doch plötzlich fühlte sie sich unbehaglich. Irgendwie sperrte sie sich gegen seine Zärtlichkeiten.

„Bitte nicht", sagte sie und löste sich aus seiner Umarmung.

Verstört blickte er sie an. „Was ist denn?", fragte er mit belegter Stimme. „Habe ich irgendetwas falsch gemacht?"

„Nein, du nicht. Ich ... ich habe etwas falsch gemacht. Ich hätte es erst gar nicht dazu kommen lassen sollen."

„Ich dachte, du magst mich", sagte er und nahm ihre Hand.

„Ich mag dich auch, Dirk", erwiderte sie ehrlich und suchte nach Worten, um ihm zu erklären, was in ihr vorging. Warum war es bloß so schwierig, jemandem seine Gefühle mitzuteilen?

„Aber zwischen mögen und ... dem hier ist doch noch ein Unterschied."

„Ja? Ich dachte, du hättest etwas mehr für mich übrig ..."

Julia hielt es für klüger, erst einmal nicht darauf einzugehen, denn sie war sich über ihre eigenen Gefühle selbst nicht im Klaren. „Sei bitte nicht sauer auf mich", bat sie. „Weißt du, ich bin einfach nicht der Typ für so etwas."

„Was meinst du mit ‚so etwas'?"

„Na ja, ich brauche einfach mehr Zeit, Dirk. Ich weiß nicht, wie ich es sagen soll. Es geht mir alles zu schnell", sagte sie und war froh, dass es dunkel war. So konnte er nicht sehen, wie ihre Wangen vor Verlegenheit glühten. „Ich kann das nicht ... auch wenn du das vielleicht für kindisch hältst. Aber es kommt mir alles zu überraschend."

„So?", fragte er gedehnt und voller Skepsis. „Und das soll ich dir abnehmen?"

„Ja, denn es ist die Wahrheit."

„Oder ist es nicht vielleicht wegen diesem Frank, dass du so bist?", bohrte er nach.

„Wegen Frank?", fragte sie überrascht.

Er zuckte die Achseln. „Na ja, er ist doch ganz schön um dich herumscharwenzelt. Ich habe ihm doch angesehen, dass er mich am liebsten auf den Mond geschossen hätte."

Sie musste unwillkürlich lachen. „Aber Frank kenne ich doch erst seit ein paar Stunden!"

„Das hat doch nichts zu besagen", beharrte er.

„Zwischen uns ist nichts. Er ist einfach nur ein netter Kerl, aber das ist auch alles."

„Ich wünschte, ich könnte dir glauben, Julia", brummte er.

„Bitte, lass uns davon aufhören!", bat sie. Jetzt wollte sie so schnell wie möglich zu den anderen zurück. In Gegenwart ihrer Clique würde er bestimmt zurückhaltender sein als hier in der Dunkelheit.

Er packte sie am Arm. „Und was wird mit uns?", fragte er eindringlich. „Was ich vorhin zu dir gesagt habe, habe ich ernst gemeint. Ich ... ich mag dich wirklich sehr gern, Julia. Wollen wir beide nicht ..."

Julia fiel ihm ins Wort, bevor er den Satz beenden konnte. „Dräng mich bitte nicht. Ich mag dich auch, das weißt du doch. Aber wie ich dir schon vorhin gesagt habe, ich bin nun mal nicht von der superschnellen Truppe. Ich brauche Zeit, um mir klar zu werden, was ich wirklich empfinde ... und was ich möchte."

Er seufzte. „Okay, ich werde dich nicht drängen. Aber vergiss nicht, was ich gesagt habe ..."

„Keine Angst, das tue ich schon nicht", versicherte sie und fügte in Gedanken hinzu: Und diesen Kuss und deine Hand auf meiner Brust werde ich garantiert nicht so schnell vergessen!

Sie traten aus dem Schutz der Bäume und gingen zur Terrasse zurück, wo der harte Kern der Clique noch immer tanzte, die meisten eng umschlungen.

Da Julia sich schnell etwas frisch machen wollte, entging es ihr, dass Conny nicht bei den anderen war. Hätte sie nach ihr Ausschau gehalten, wäre ihr vielleicht aufgefallen, dass Conny genau aus der Richtung über den gepflegten Rasen kam, wo der Obstgarten lag.

8

„Mensch, hast du eine gemütliche Bude!“, stieß Conny begeistert hervor, als Julia sie gegen halb zwei in ihr Zimmer führte.

„Mach es dir bequem. Ich hol uns noch was zu trinken“, sagte Julia aufgekratzt und noch gar nicht müde. Kikis Fete war wirklich abwechslungsreich und ganz schön aufregend gewesen.

Sie schleppte eine halbe Flasche Cola und eine Tüte Chips an. Jetzt mussten sie erst einmal über die Party und die Jungen reden, und so machten sie es sich auf Julias Messingbett bequem. Es brannte nur die kleine Leselampe, und aus dem Radio drang leise Musik zum Träumen.

„Wenn Heiko nur ein bisschen mehr Rhythmusgefühl hätte“, beklagte sich Conny. „Ich war froh, dass die nachher nur noch langsame Sachen gespielt haben, denn sonst hätte ich jetzt blaue Füße und könnte mir das Training für die nächsten Tage abschminken.“

„Aber Blues tanzt er doch ausgezeichnet“, scherzte Julia.

„Ja, Klammerblues. Ich dachte schon, er lässt mich nie wieder los.“

„Sag bloß, das hat dir nicht gefallen? Du hast ihn doch im Sturm erobert.“

Conny zuckte die Achseln. „Heiko ist okay. Aber was Eroberung angeht, da scheinst du offensichtlich noch mehr Glück zu haben. Gleich zwei auf einmal. Frank und Dirk ...“

Julia wich ihrem Blick aus und hatte auf einmal Gewissensbisse, als sie daran dachte, was zwischen ihr und Dirk unter den Obstbäumen vorgefallen war. Immerhin war Dirk ja bis vor ein paar Tagen noch Connys fester Freund gewesen. „Ach, das ist doch alles Quark mit Soße“, ging sie schnell darüber hinweg. „Mit Frank ist doch gar nichts gelaufen, und Dirk ... mein Gott, du weißt doch, wie das so auf Feten ist. Er hat heftig mit mir geflirtet, aber bestimmt nur, weil er dich eifersüchtig machen wollte.“

„Das glaube ich nicht. Aber das geht mich auch nichts mehr an, Julia. Ich nehm's dir bestimmt nicht übel, wenn du was mit Dirk anfängst“, beteuerte Conny.

Julia gähnte herzhaft und schaute auf die Uhr. „So schnell fang ich nichts an“, erwiderte sie. „Und jetzt sollten wir in die Falle gehen, sonst kriechen wir nachher über die Aschenbahn ... es ist nämlich schon kurz nach zwei.“

„Du, ich hab kein Nachtzeug und so.“

„Kriegst du von mir. Hier, such dir was aus“, sagte Julia, sprang vom Bett und zog eine Schublade ihres Kleiderschrankes auf, in der ihre Nachtwäsche lag. Conny nahm gleich das Oberste, ein leichtes Baumwollshorty.

Nach einer kurzen Katzenwäsche gingen sie gleich ins Bett, das breit genug für sie beide war. Julia löschte das Licht, und ein paar Minuten redeten sie noch leise miteinander. Doch die Pausen wurden immer länger, je übermächtiger ihre Müdigkeit wurde.

„Du, Julia?“, flüsterte Conny.

Julia war schon fast eingedöst. „Ja?“, fragte sie schläfrig.

„Schönen Dank ... für alles. Und schlaf gut.“

Julia lächelte. „Ja, du auch, Conny.“ Sie kuschelte sich ins Kissen und war im nächsten Moment eingeschlafen.

Julia träumte. Es war ein konfuser, verwirrender Traum. Sie lief in ihrem kurzen Nachthemd durch einen nächtlichen Obstgarten, dessen Blütenduft von betäubender Schwere und Süße war. Sie suchte jemanden, wusste jedoch nicht, wen.

Erschöpft vom ziellosen Laufen lehnte sie sich gegen einen kräftigen Apfelbaum, der voller Früchte hing. Ein Apfel verlockender als der andere. Sie glänzten silbrig im schwachen Licht des Mondes.

Doch als sie die Hand nach einem über ihr hängenden Apfel ausstreckte und ihn pflücken wollte, verwandelte sich der Ast in einen Arm, der ihre Hand ergriff, und der Baum nahm Menschengestalt an. Es war Dirk, der nun anstelle des Baumes vor ihr stand, und er zog sie an sich und küsste sie. Doch sein Gesicht veränderte sich ständig, verlor seine scharfen Konturen, als bestände es aus Nebelschleiern. Und auf einmal schaute sie in Franks Gesicht.

Hände berührten ihren kaum verhüllten Körper, liebkosten sie, wie sie es noch nie erlebt hatte.

Doch plötzlich wachte sie auf. Einen Augenblick lag sie wie benommen da und wusste nicht, was sie geweckt hatte. Doch dann spürte sie die Wärme eines anderen Körpers und eine Hand, die an ihrer Hüfte lag, und sie erinnerte sich wieder daran, dass sie ihr Bett mit Conny teilte.

Aber Conny weinte ja!

Julia hob den Kopf. „He, was ist? Warum weinst du?“, fragte sie.

Das Schluchzen verstummte sofort. „Entschuldige, ich ... ich wollte dich nicht aufwecken. Tut mir Leid.“

„Nicht so wild. Sag mir lieber, warum du weinst. Du musst doch einen Grund haben.“

Als Antwort kam nur ein unterdrücktes Schluchzen.

„Ist es wegen ... Dirk?“, fragte Julia beklommen.

„Nein ... nicht wirklich.“

„Aber er hat damit zu tun, ja?“ Julia richtete sich im Bett auf.

„Mach bloß kein Licht an! Bitte!“

„Tu ich nicht. Doch jetzt sag mir, was dich bedrückt. Bist du vielleicht sauer auf mich, weil ich mit Dirk geflirtet habe?“

„Nein, das ist es nicht. Bestimmt nicht. Ich ... ich bin einfach unglücklich, weil ich keinen Jungen halten kann“, rückte sie nur zögernd mit der Sprache heraus. „Weißt du, das mit Dirk ... das ist mir vorher schon mit zwei anderen passiert.“

„Du meinst, dass du kein Petting machen willst?“

„Ich ... ich ... möchte ja schon, aber wenn es dann so weit ist, dann ... dann drehe ich irgendwie durch“, sagte Conny schluchzend. „Dann vergesse ich ganz, dass ich den Jungen ja mag und auch zärtlich zu ihm sein möchte. Aber trotzdem fällt dann eine Klappe, und ich kann einfach nicht ...“

„Aber dafür muss es doch einen Grund geben“, sagte Julia verwirrt. Conny war doch sonst kein verklemmter Typ.

„Gibt es auch“, murmelte Conny.

„Und?“, fragte Julia erwartungsvoll.

„Ich hab noch nie mit jemandem darüber gesprochen …“

„Okay, wenn du nicht darüber reden möchtest …“

„Nein, nein, ich glaube, ich muss endlich mal mit jemandem darüber reden. Aber du wirst niemandem davon erzählen, ja? Versprichst du mir das? Ich vertraue dir, Julia!“

„Du hast mein Ehrenwort.“

„Ich weiß nicht, wie ich es sagen soll … es liegt schon viele Jahre zurück, aber manchmal wache ich nachts schweißgebadet auf und denke, es wäre erst ein paar Minuten her, seit er das mit mir gemacht hat …“

Julia bekam einen Schreck, als eine dumpfe Ahnung in ihr aufstieg. „Wer? Und was hat er mit dir gemacht?“

„Mich so angefasst … so begrabscht, du weißt schon, unter den Rock und so“, berichtete Conny zögernd. „Es war in den Ferien. Ich war mit meinen Eltern auf einem Bauernhof. Der Sohn des Bauern hat mich dann eines Nachmittags in der Scheune ins Heu gezogen und mich so betatscht. Er war bestimmt zehn Jahre älter als ich und hat nur gelacht, als ich ihm sagte, er solle aufhören. Aber er hat mich nicht losgelassen. Es war scheußlich und so erniedrigend … und ich hab mich hinterher so geschämt, dass ich es nicht gewagt habe, meinen Eltern davon zu erzählen.“

„Das war bestimmt falsch. Dieses Schwein gehörte angezeigt!“, empörte sich Julia.

„Außer Betatschen ist ja weiter nichts passiert, aber wenn ein Junge heute mit mir schmusen will und mich so berührt, muss ich augenblicklich an die Sache im Heu denken, und ich beginne mich zu ekeln, dabei will ich zärtlich sein", stieß sie traurig hervor und ließ ihren Tränen freien Lauf.

Julia wusste einen Augenblick nicht, was sie tun sollte. Sie war voller Mitgefühl und wollte etwas für sie tun – und so nahm sie Conny nach kurzem Zögern in den Arm, hielt sie fest und tröstete sie.

„Was du da erlebt hast, ist eine Gemeinheit und bestimmt nicht so leicht zu vergessen. Aber du wirst schon darüber hinwegkommen", versicherte Julia, als Conny sich etwas später wieder gefasst hatte.

„Manchmal glaube ich, ich kann nie so sein wie die anderen."

„Das ist doch Unsinn. Du brauchst nur mehr Zeit und Verständnis. Weißt du, du hättest Dirk davon erzählen sollen, dann wäre er bestimmt behutsamer mit dir umgegangen. Und dann wäre es auch nicht zu dieser unschönen Szene zwischen euch gekommen."

„Meinst du?", fragte Conny zweifelnd.

„Ja, und wenn er es nicht verstanden hätte, wäre er es sowieso nicht wert gewesen", erklärte Julia energisch. „Wenn man einen Menschen wirklich sehr gern hat, dann schafft man das ... und zwar zusammen."

Conny seufzte resignierend. „Kann sein. Weißt du, ich hab nie eine richtige Freundin gehabt, weil wir so oft umgezogen sind. Ich wünschte, ich hätte dich schon viel früher kennen gelernt. Dann wäre das mit Dirk vielleicht nicht passiert. Jetzt ist es zu spät ..."

Julia brauchte lange, ehe sie wieder einschlafen konnte. Sie lauschte Connys gleichmäßigen Atemzügen, die jetzt offenbar tief und fest schlief. Wie schrecklich musste es sein, solch eine hässliche Erfahrung immer mit sich herumschleppen zu müssen und mit niemandem darüber reden zu können. Sie schämte sich, dass sie Conny immer wegen ihres tollen Aussehens und ihrer Freundschaft mit Dirk beneidet hatte. War es für die beiden wirklich schon zu spät? Würde sie sich zwischen Dirk und Conny entscheiden müssen?

9

Als Julia am frühen Sonntagnachmittag auf ihrem Motorroller um das Vereinshaus bog und vor dem flachen Seitentrakt mit den Umkleidekabinen hielt, ertappte sie sich dabei, dass sie zuallererst Ausschau nach Frank hielt. Er hatte versprochen zu kommen und ihr beim Training zuzuschauen. Suchend wanderte ihr Blick über den Sportplatz, auf dem ziemlich viel los war, und über die Rasenflächen drumherum und die kleine Tribüne am Waldrand. Aber von Frank war weit und breit nichts zu sehen. Enttäuschung breitete sich in ihr aus. Was, zum Teufel, hatte sie auch erwartet? Bestimmt hatte er was Besseres zu tun, als hier herumzulungern und ihr zuzusehen, wie sie mit ihrem Team Staffellauf probte.

Julia versuchte mit einem Achselzucken dieses Gefühl der Enttäuschung abzuschütteln, nahm ihre Sporttasche vom Gepäckträger und begab sich in den Umkleideraum zu den anderen.

„Na, ausgesprochen frisch siehst du heute ja nicht aus ... womit du dich Gott sei Dank in nichts von uns müden Geistern unterscheidest“, begrüßte Marlis sie mit freundlichem Spott. „War wirklich eine Schnapsidee, für heute das Training anzusetzen.“

„Viel bring ich bestimmt nicht“, pflichtete Conny ihr bei und begrüßte Julia mit einem warmherzigen Lächeln.

„Wir können heute ja Stabübergabe im Zeitlupentempo üben“, meinte Sabine lustlos. Auch sie hatte Schatten unter den Augen.

„Wartet mal ab! Harry wird uns schon auf Trab bringen“, prophezeite die zierliche Tina und streifte sich das blauweiße Trikot über. Und sie behielt Recht.

Harald Jansen hatte kein Erbarmen mit ihnen. Er zog das Intervalltraining durch wie an jedem anderen Tag auch und scheuchte sie nur so über die Aschenbahn.

„Wir machen jetzt noch einen Durchgang“, sagte Harry anderthalb schweißtreibende Stunden später. „Hundert Meter Sprint, und wenn ich Sprint sage, will ich auch Tempo sehen. Denkt daran: Tempo und saubere Stabübergabe, darauf kommt es jetzt an.“

Kirsten verzog das gerötete Gesicht. „Manchmal frage ich mich, warum ich mich so schinden lasse“, murmelte sie.

„Weil du beim Landessportfest mit dabei sein und vielleicht sogar auf dem Siegertreppchen stehen möchtest“, erwiderte Tina. „Wie wir alle.“

„Nur dass zwei von uns ’ne Niete ziehen werden“, brummte Sabine und blickte wie Julia zu Dirk hinüber, der über das Gras in der Mitte des Sportplatzes geschlendert kam. Er sah wirklich toll aus, und jetzt winkte er ihnen lässig zu. Ihnen allen oder jemand Bestimmtem?

„Hört auf zu reden!“, fuhr Harry dazwischen. „Diesmal macht Tina die Startläuferin. Marlis ist Nummer zwei, dann kommt Kiki, und Julia macht den Schluss. Los, stellt euch auf. Und sieh zu, dass du diesmal ein bisschen eher losläufst, Marlis!“

Marlis seufzte nur.

„Wenn ihr euch wirklich anstrengt, machen wir danach für heute Schluss!“, versprach ihr Trainer.

Das war ein Ansporn, und Tina schoss davon, als der Startschuss fiel. Sie brachte die Stabübergabe recht sauber hin, und Marlis lief diesmal auch früh genug los. Sabine verausgabte sich zwar nicht gerade, strengte sich aber noch genug an, um nicht Harrys Unwillen zu erregen. Dann übernahm Kiki den Stab und Julia machte sich bereit. Als Kiki um die Kurve kam, lief Julia an, die rechte Hand zur Stabannahme nach hinten gestreckt.

Und dann ging alles ganz schnell.

„Verdammt noch mal, lauf doch!", brüllte Kirsten plötzlich hinter ihr, als Julia gerade den Stab zu fassen bekam.

Im selben Augenblick trat Kirsten ihr in die rechte Ferse. Sie spürte einen stechenden Schmerz, rutschte aus dem Schuh und kam aus dem Tritt. Sie ließ den Stab fallen und humpelte von der Bahn auf den Rasen. Mit schmerzverzerrtem Gesicht sank sie ins Gras. „Hast du sie noch alle, mir in die Hacken zu treten?", fuhr sie Kiki an, während die anderen Mädchen und ihr Trainer angelaufen kamen.

„Versuch jetzt bloß nicht, mir dafür die Schuld in die Schuhe zu schieben!", erwiderte Kiki aufgebracht. „Du hast mich ja regelrecht auflaufen lassen."

„Du spinnst ja!", fauchte Julia. „Das hast du mit Absicht getan!"

„Sag mal, leidest du unter Verfolgungswahn oder was?" Kiki stemmte die Fäuste in die Hüfte und schaute geringschätzig auf sie hinunter. „So was Bescheuertes hab ich noch nie gehört. Hast wohl nicht genug Mumm, um einen Fehler zuzugeben, was?"

„*Ich* hab keinen Fehler gemacht!", zürnte Julia.

„Was soll denn das?“, fuhr Harry Jansen ungehalten dazwischen. „Hört sofort auf, euch zu streiten. Das gehört sich nicht.“

„Habe ich einen Fehler gemacht oder sie, Harry?“, wollte Julia wissen.

„Das habe ich nicht so genau mitbekommen. Aber mit Absicht hat Kiki das doch bestimmt nicht getan“, sagte der Trainer. „Und jetzt lass mal sehen, Julia.“ Er kniete sich hin und untersuchte ihren Fuß. „Eine kleine Hautabschürfung und Prellung. Am besten tust du ein bisschen Eis drauf.“

„Ich hol dir was aus dem Vereinshaus“, bot sich Conny an und lief sofort los.

„Wir machen Schluss für heute“, verkündete Harry, nickte Julia noch einmal aufmunternd zu und ging dann zu einer Jugendgruppe hinüber, die Hochsprung übte.

Dirk gesellte sich zu ihnen. „He, was ist denn passiert?“

„Julia hat die Übergabe verpatzt und will jetzt Kiki dafür verantwortlich machen“, bezog Sabine Partei für Kirsten.

„Woher willst du denn das wissen?“, fragte Tina bissig. „Du hast doch im Gras gesessen, und zwar mit dem Rücken zur Zielgeraden!“

„Das ist mir doch alles zu blöd“, sagte Kiki von oben herab. „Soll Julia doch erzählen, was sie will. Sie hat einfach Mist gebaut. Irgendwie hat sie das Talent, immer im Weg zu sein.“ Damit wandte sie sich ab und ging mit Sabine über den Platz zur Umkleidekabine.

Dirk setzte sich zu ihr. „Sag mir, wenn ich was für dich tun kann“, sagte er.

Julia wollte schon etwas erwidern, als sie Conny zurückkommen sah – mit Frank an ihrer Seite! Er war also doch noch gekommen! Sofort hob sich ihre Stimmung wieder, was sie selbst erstaunte.

„Hallo, Julia."

„Hi, Frank."

Ein wenig verlegen stand er da. „Conny hat mir schon erzählt, was passiert ist. Tut mir Leid für dich. Hoffentlich ist es nichts Ernstes."

„Das hoffe ich auch nicht. Danke, Conny", sagte sie und presste den Beutel mit den Eisstücken auf den Fuß.

„Wenn ich gewusst hätte, dass ihr schon so früh am Nachmittag trainiert, wäre ich natürlich eher gekommen."

„So?", fragte Dirk gedehnt. „Sag bloß, du stehst so sehr auf Sport?" Ein spöttischer Ton schwang in seiner Stimme mit.

Frank ging auf den herausfordernden Ton nicht ein, sondern erwiderte gelassen: „Ich war früher selbst mal sehr aktiv. Musste dann aber wegen einer Verletzung aufhören."

„Was du nicht sagst", spottete Dirk nun unverhohlen. „Und bestimmt warst du 'ne richtige Sportskanone, was?"

Frank zuckte die Achseln. „Recht gut war ich schon."

„Hört, hört!" Dirk grinste in die Runde und wechselte abrupt das Thema, als wollte er Frank deutlich vor Augen führen, dass er hier nichts zu suchen hatte. Er fragte Julia: „Sag mal, unternehmen wir heute Abend was zusammen?"

Julia, überrascht von Dirks direkter Frage, sah Frank nicht an, spürte jedoch seinen Blick. Doch sie antwortete ohne Zögern. „Tut mir Leid, Dirk, aber ich bin heute kaum in der Stimmung, um mit dir etwas zu unternehmen."

Dirk tat so, als würde ihm ihre Absage nichts ausmachen. Er zuckte die Schultern und erhob sich betont lässig. „Okay, war auch nur so 'ne Frage. Also, bis dann mal." Im Vorbeigehen tippte er Frank kurz vor die Brust. „Überanstreng dich nicht, Sportskanone!"

Conny schaute ihm mit schimmernden Augen nach, und Julia wusste in diesem Moment, dass ihre Freundin noch immer sehr an Dirk hing und die Trennung von ihm nicht überwunden hatte.

„Gehen wir uns umziehen!", sagte Julia, stand auf und stützte sich auf Conny.

Frank ging neben ihnen her, sagte jedoch nichts. Als sie den Trakt mit den Umkleideräumen erreicht hatten, sagte Conny, als spürte sie, dass Frank einen Augenblick mit Julia allein sein wollte: „Ich geh schon mal rein. Du weißt, bei mir dauert's immer etwas länger."

Frank räusperte sich. „Weißt du ..."

„Ja?" Erwartungsvoll sah sie ihn an.

„Tja, also ... eigentlich habe ich dich heute ja in die Disco einladen wollen. Aber jetzt wird wohl nichts daraus werden", sagte er mit fragendem Unterton.

„Nein, Disco ist garantiert nicht drin."

„Aber wir könnten ja was anderes machen."

„Und was?"

„Auf dem großen Festplatz beginnt doch heute die Kirmes. Ich weiß nicht, ob du Lust auf so was hast, aber ich könnte es mir ganz amüsant vorstellen", sagte er und sah sie gespannt an, wie sie wohl auf seinen Vorschlag reagieren würde.

„Ich auch."

Frank strahlte. „Ist das ein Ja?"

„Wenn das gerade eine Einladung zur Kirmes war, dann war meine Antwort darauf ein Zusage", erklärte Julia lächelnd.

„Toll. Sag, wann soll ich dich abholen?"

„Um halb acht, okay?"

„Abgemacht." Er wandte sich zum Gehen.

Sie hob die Augenbrauen. „Sag mal, willst du gar nicht meine Adresse wissen?"

Er verzog das Gesicht zu einem breiten Grinsen. „Die hab ich mir schon längst beschafft. Also dann, bis heute Abend. Ich freue mich schon darauf!"

„Ja, ich auch", sagte Julia, doch so leise, dass er es nicht hören konnte.

Julia trug knallenge Jeans, ein rosafarbenes T-Shirt und darüber eine kurze, ausgewaschene Jeansjacke. Das Haar hatte sie zur linken Seite gekämmt und dort mit poppigen Haarspangen festgesteckt. Ungeduldig hatte sie darauf gewartet, dass es halb acht wurde. Als die Türglocke endlich schrillte, eilte sie die Treppe hinunter. Im letzten Moment konnte sie sich noch bezähmen, die Haustür nicht so heftig aufzureißen, als könnte sie es nicht erwarten, ihm in die Arme zu fliegen.

Er musterte sie bewundernd, als sie aus dem Haus trat. „Die Frisur steht dir toll ... und alles andere auch", sagte er.

„Danke. Nehmen wir den Bus oder meinen Motorroller?“

„Mein Bruder hat mir seinen Wagen geliehen“, sagte Frank stolz und deutete auf einen roten BMW. „Keine Angst. Ich bin kein Helldriver. Bei mir bist du sicher ... nicht nur, wenn ich hinter dem Steuer sitze.“

„Okay, ich vertraue dir.“

„Schnall dich bitte an, Julia“, forderte er sie wenig später auf, während er den Motor startete. „Du wirst noch gebraucht.“

„So? Von wem?“, fragte sie kokett.

„Na, ich wüsste schon einen“, gab er ausweichend zurück und lenkte den Wagen aus der Parklücke. Dabei erzählte er ihr, dass er seinen Führerschein schon mit sechzehn gemacht hatte – nämlich in Amerika, wo er einige Jahre mit seinen Eltern gelebt hatte.

Julia wollte natürlich mehr über die Jahre wissen, die er in Amerika verbracht hatte, und er erzählte ihr bereitwillig, aber zurückhaltend, wie anders das Leben jenseits des großen Teiches war. Sie fand das so interessant, dass sie ihm stundenlang hätte zuhören können. Und sie bedauerte es fast, dass sie schon so bald auf dem großen Festplatz waren.

Es war ein milder Sommerabend. Ein besseres Wetter hätten sich Schausteller und Besucher gar nicht wünschen können. Und dementsprechend war auch viel los auf der Kirmes.

Julia hatte mit Frank eine Menge Spaß. Er konnte sie nicht nur mit seinen Berichten fesseln, sondern auch fröhlich und unbeschwert sein und sie zum Lachen bringen.

Bei einer Schießbude legte er das Gewehr nicht eher aus der Hand, als bis er ihr den kleinen Bären geschossen hatte, der ihr so gut gefiel. Sie hatte ihm nämlich verraten, dass sie Bären aller Art sammelte.

Als sie sich im Gedränge vor der Korkenzieher-Achterbahn zu verlieren drohten, ergriff Frank spontan ihre Hand. Und er hielt sie auch noch fest, als das Gedränge längst nicht mehr so dicht war. Julia vermied es die ersten Minuten, ihn anzusehen, doch ihre Hand entzog sie ihm nicht.

Ihr war so, als wäre sie noch nie über eine farbenfrohere, schönere Kirmes gegangen als diese. Wie verzaubert war sie, und sie wusste, dass Frank der Grund dafür war.

„Hast du Lust, mit der Raupe zu fahren?“, brach er schließlich das Schweigen, als sie um eine Biegung kamen und vor ihnen die große Raupenbahn lag. Die neusten Hits dröhnten aus den Lautsprechern, und unzählige Jugendliche drängten sich rundum am Geländer. Die hintere Hälfte der Raupenbahn lag in Dunkelheit getaucht, die hin und wieder im Rhythmus der Musik von aufzuckenden Farbspots erhellt wurde. Jede Bewegung sah dabei wie abgehackt aus.

„Mhm, ja, gern“, sagte Julia.

„Warte hier. Bin gleich zurück.“ Frank gab ihre Hand frei, lief zur Kasse und kaufte vier Tickets. Als die Raupenbahn wieder zum Stehen kam, war er schon wieder zurück.

Sie hatten Glück und ergatterten sofort einen frei werdenden Wagen. Der Sicherheitsbügel klappte um, und langsam setzte sich die Bahn in Bewegung, während ein Gehilfe von Wagen zu Wagen turnte und die Tickets einsammelte.

Julia saß innen, sodass sie von der Zentrifugalkraft nach außen gedrückt wurde – gegen Frank. Immer schneller raste die Raupe im Kreis auf und ab. Und dann begann sich das Verdeck über den Wagen zu schließen.

Julia hatte das Gefühl, als würde die Raupe noch an Geschwindigkeit zunehmen, als sich das Verdeck über die dahinrasenden Wagen schob und Dunkelheit sie umhüllte.

Sie stemmte sich mit den Füßen gegen das Bodenbrett und hielt sich am Sicherheitsbügel fest. Aber dennoch konnte sie nicht verhindern, dass sie immer weiter nach außen gedrückt wurde, wo Frank saß.

„Bist du okay?“, rief Frank gegen das Rattern der Raupenbahn und das ausgelassene Johlen und Schreien der anderen Mitfahrer an.

„Ja!“, rief sie zurück und spürte, wie der Wind auch unter dem geschlossenen Wagen an ihren langen Haaren zerrte. Ihr Herz raste fast so schnell wie die Raupenbahn. Sie war Frank noch nie so nahe gewesen, nicht einmal auf Kikis Party, als sie zusammen getanzt hatten. Ganz deutlich spürte sie seinen kräftigen Körper, gegen den sie gepresst wurde, und seinen Arm, der hinter ihr auf der Oberkante der Sitzbank lag.

Aufgeregt fragte sie sich, ob er diese Situation ausnutzen, ob er einen Annäherungsversuch machen würde, hier im Schutz der Dunkelheit.

Frank versuchte nichts dergleichen. Drei, vier Minuten verstrichen, und dann öffnete sich das Verdeck wieder. Die vielen Jugendlichen, die im oberen Halbrund standen, flogen an ihnen wie gesichtslose Gestalten vorbei.

Zwei Wagen weiter vor ihnen küsste sich ein Pärchen noch, als die Plane wieder zurückgezogen wurde, und der Mann am Mikro, der auch für die Musik zuständig war, schickte sofort eine spöttische Bemerkung über die Anlage.

Julia rückte unwillkürlich von Frank ab. Sie wusste jedoch nicht, ob sie froh oder enttäuscht sein sollte, dass er unter dem Verdeck nicht versucht hatte, sie zu küssen.

Die Raupe wurde langsamer. Frank räusperte sich neben ihr. „Hat doch Spaß gemacht, oder? Fahren wir noch einmal?“, fragte er. „Ich hab noch zwei Karten.“

Sie meinte aus seiner Stimme eine Mischung aus Verlegenheit und freudiger Erwartung herauszuhören. „Hab nichts dagegen“, sagte sie deshalb mit gespielter Gelassenheit. Doch kaum hatte sie das gesagt, da bereute sie ihre Unaufrichtigkeit. Deshalb fügte sie hastig hinzu: „Es macht wirklich Spaß, Frank. Bin schon lange nicht mehr Raupe gefahren.“

„Ich auch nicht ... und ich fand es noch nie so toll, Julia.“

Die Raupe setzte sich wieder in Bewegung. Aus den Lautsprechern drang B. B. Kings Stimme: *Stand By Me.* Und dann klappte das Verdeck wieder zu.

Julia schluckte unwillkürlich, als sie eng an ihn gepresst im Kreis herumgewirbelt wurde.

Plötzlich legte sich sein Arm um ihre Schulter. „Ich halt dich fest“, sagte Frank mit rauer Stimme, obwohl es gar keinen Grund gab, sie festzuhalten, denn weiter wegrutschen konnte sie gar nicht mehr. Doch er hatte wohl das Gefühl, einen äußeren Grund vorschieben zu müssen. Und das verriet ihr, wie aufgeregt und unsicher er in Wirklichkeit war.

Sein Gesicht war so nahe, dass sie seinen Atem an ihrem Ohr spürte. Einer spontanen Regung nachgebend ließ sie ihren Kopf gegen seine Schulter sinken und lehnte sich ganz bewusst an ihn, ließ ihn spüren, dass sie nichts dagegen hatte, wenn er sie so im Arm hielt, im Gegenteil.

Er beließ es dabei, drückte sie nur zärtlich an sich und versuchte nicht, sie zu küssen.

Trotzdem waren es herrliche Minuten, die sie in seinem Arm verbrachte. Dann wich die Dunkelheit wieder dem farbigen Licht der flackernden Strahler.

Mit einem Seufzer und spürbar widerwillig gab er sie frei, als die Raupe zum Stehen kam und der Sicherheitsbügel hochklappte. „Die schönsten Dinge gehen immer viel zu schnell zu Ende“, murmelte er und hielt ihr seine Hand hin, als sie nach ihm ausstieg.

Jetzt sah sie, dass seine Ohren glühten – so wie ihre. „Wir können ja nicht immer Raupe fahren“, sagte sie hintersinnig und lächelte ihn an.

Er erwiderte ihr Lächeln. „Da hast du Recht, Julia.“

Sie trieben sich noch über eine Stunde auf der Kirmes herum, und Julia betrachtete es nun als ganz selbstverständlich, dass er ihre Hand ergriff und sie zärtlich drückte. Anschließend gingen sie in eine Pizzeria, wo sie bis kurz vor Mitternacht saßen und sich unterhielten. Dann wurde es Zeit, dass er sie nach Hause brachte.

Ein gutes Stück vor dem Hauseingang hielt Frank an,

stellte den Motor ab und schaltete das Licht aus. „Weißt du, dass es unheimlich schön mit dir war?“, sagte er, während er sich ihr zuwandte und ihre Hand ergriff.

Sie wich seinem Blick nicht aus, sondern sah ihn zärtlich an. „Das fand ich auch“, sagte sie mit belegter Stimme. Und aus irgendeinem geheimen Impuls heraus fügte sie dann leise hinzu: „Weißt du, dass du sehr lieb bist?“

„Nicht halb so lieb wie du“, erwiderte er.

Julia wusste später nicht mehr zu sagen, wer von ihnen die Initiative ergriffen hatte. Es waren zu viele erregende Eindrücke, die in diesem wunderbaren Augenblick auf sie einstürmten, als sich ihre Lippen zögernd und zaghaft berührten.

Ein beglückender Schauer durchlief ihren Körper, als sie den Druck seiner Lippen erwiderte und ihre Arme um seinen Hals legte, sich an ihn schmiegte und sich ganz in diesem ersten Kuss verlor, von dem sie wünschte, er möge nie ein Ende haben. Seine Hände auf ihrem Gesicht, ihrem Hals und ihren Brüsten ließen sie alles andere um sie herum vergessen.

Als sie eine Stunde später die Wandlampe über ihrem Bett ausmachte und sich in ihrem luftigen Nachthemd auf dem kühlen Laken ausstreckte, glaubte sie noch immer, seine Lippen und seine zärtlichen Hände zu spüren, die über ihre Haut strichen.

Mit einem glücklichen Seufzer legte sie die Arme um das Kopfkissen, zog die Beine an und schloss die Augen, um sich ganz ihren Wachträumen hinzugeben. Wie wunderbar war es doch, zu lieben und geliebt zu werden!

10

„Du bist wirklich zu beneiden, Julia!“, sagte Conny, als sie von ihrer Freundin erfuhr, dass es zwischen ihr und Frank gefunkt hatte.

Julia gab ihr Recht. Sie war wirklich zu beneiden, denn es hatte unheimlich gefunkt. Sie hatte schon ein paar feste Freunde gehabt, mit denen sie auch Zärtlichkeiten ausgetauscht hatte, aber so etwas hatte sie noch nie erlebt. Wenn sie mit Frank zusammen war, konnte sie sich ein größeres Glück nicht vorstellen.

„Weißt du, ich kann jetzt gar nicht mehr verstehen, dass es mal ’ne Zeit gab, wo ich nicht mit ihm zusammen war“, sagte Julia. „Ich weiß, es klingt blöd, aber es ist ein tolles Gefühl, wenn man sich ... so sehr mag und sich so gut versteht wie wir beide.“

„Das ist überhaupt nicht blöd“, erwiderte Conny. „Ich weiß sehr gut, wie das ist. Man meint, die Zeit vorher irgendwie vergeudet oder nicht richtig gelebt zu haben, nicht?“

Julia nickte heftig. „Genau. Und Frank ist so unheimlich lieb und zärtlich.“

„Dann sieh bloß zu, dass es auch so bleibt“, meinte Conny trocken.

„Das wird es auch! Wir passen ganz toll zusammen!“, versicherte Julia.

„Ja, so was hab ich auch mal geglaubt“, seufzte Conny bitter.

„Du bist immer noch nicht über die Sache mit Dirk hinweg, nicht wahr?“

Conny zuckte nur die Achseln.

„Sind wir nun Freundinnen oder nicht?", fragte Julia.

„Schön. Aber was hilft es denn, wenn wir darüber reden", sagte Conny bedrückt. „Von mir will er ja nichts mehr wissen. Also was soll es?"

„Und was ist, wenn du mal ganz ruhig mit ihm redest und ihm erklärst, dass du ihn zwar wirklich liebst, aber wegen dieser ... dieser Sache damals deine Schwierigkeiten hast, die nichts mit ihm zu tun haben", schlug sie vor.

Conny schüttelte den Kopf. „Das kann ich nicht. Es ist mir schon schwer gefallen, dir davon zu erzählen. Bei Dirk würde ich das nie über die Lippen kriegen. Und wenn ich es täte, wer weiß, ob das bei ihm was ändern würde? Nein, vergiss es."

Julia wünschte, sie könnte etwas für ihre Freundin tun, und fast fühlte sie sich schuldig, dass sie so glücklich mit Frank war.

Die folgende Woche waren sie jeden Tag zusammen. Manchmal von morgens bis abends. Mehr als einmal war sie versucht, das Training zu schwänzen. Doch Frank ließ das nicht zu.

„Jetzt macht es dir nichts aus. Aber hinterher, wenn Conny und die anderen zum Sportfest fahren und vielleicht einen der vorderen Plätze belegen, wirst du es bereuen", sagte er und fügte mit einem Augenzwinkern hinzu: „Außerdem sehe ich dir gern zu. In dem Sportdress siehst du nämlich besonders sexy aus."

Am Freitag war es schon früh am Morgen so heiß wie sonst erst gegen Mittag. Es war ein wolkenloser, klarer

Sommertag, und die Temperaturen sollten Rekordhöhen erreichen, wie die Wettervorhersage im Fernsehen tags zuvor angekündigt hatte.

Julia und Frank waren nicht die Einzigen, die auf die Idee gekommen waren, diesen heißen Tag im Freibad zu verbringen.

„Ein Glück, dass du mich schon in aller Herrgottsfrühe aus dem Bett geholt hast“, meinte Frank, als gegen zehn Uhr auf den Liegewiesen schon kein freier Platz mehr zu finden war. Sie selbst hatten zu den ersten gehört und einen schattigen Platz zwischen mehreren Birkengruppen ergattert.

Julia lachte und setzte sich auf. „Dabei bin ich eher ein Morgenmuffel. Komisch. Wenn ich nicht aufstehen muss, macht es mir gar nichts aus aufzustehen.“ Sie fuhr über den Stoff ihres schwarzgoldenen Bikinihöschens. Es war schon trocken. Dabei waren sie erst vor zehn Minuten vom Schwimmen zu ihrem Liegeplatz zurückgekommen.

„Was hältst du davon, wenn ich uns was Kaltes zu trinken hole?“, schlug Frank vor.

„Eine ganze Menge!“

Er sprang auf. „Okay, bin gleich zurück!“

Mit einem zärtlichen Blick sah sie ihm nach, bis er im Gedränge vor dem Flachbau untergetaucht war. Dann griff sie zur Sonnencreme und begann sich einzureiben.

Sie war so sehr mit sich beschäftigt, dass sie Dirk erst bemerkte, als er direkt vor ihrem ausgebreiteten Badetuch stand und sein Schatten auf sie fiel.

Sie blickte auf. „Oh, du ...“, sagte sie erstaunt.

Sein durchtrainierter Körper war braun gebrannt, und sie musste zugestehen, dass Dirk wirklich toll aussah. Aber das war auch alles. Seit sie mit Frank zusammen war, war ihr zu Bewusstsein gekommen, wie oberflächlich ihre Schwärmerei für Dirk doch gewesen war. Sie fand ihn zwar noch immer nett, aber mehr auch nicht.

Er grinste sie an. „Schön, dich mal wieder zu sehen, Julia." Sein Blick glitt bewundernd über ihren Körper. „Soll ich dir den Rücken eincremen?"

„Nicht nötig. Das überlasse ich doch lieber Frank", antwortete sie. Er sollte gleich wissen, dass er sich das Süßholzraspeln sparen konnte.

Er verzog das Gesicht. „Sag bloß, du hängst noch immer mit diesem laschen Burschen rum?"

„Frank ist kein lascher Bursche! Wir gehen fest zusammen. Aber ich wüsste nicht, was dich das angeht?", gab sie schnippisch zurück.

„Ich finde, du hast was Besseres verdient."

„Red doch keinen Quark, Dirk! Wenn du dich für was Besseres hältst, nur weil du 'ne blöde Kugel ein paar Meter weiter schmeißt oder 'n bisschen höher springst als andere, hast du sie hier nicht mehr alle!" Sie tippte sich dabei gegen die Stirn.

Er kniff kurz die Augenbrauen zusammen und schien zu überlegen, ob er sich verärgert geben sollte oder nicht. Doch dann lachte er. „Du bist wirklich nicht auf den Mund gefallen. Also gut, ich geb's auf, bei dir zu landen."

„Da tust du auch gut dran", sagte sie, erleichtert darüber, dass er so gelassen auf ihre scharfe Erwiderung reagierte. Und bevor sie wusste, was ihr da über die Lippen sprudelte, sagte sie: „Und wenn du so viel Grips wie Muckis hast, würdest du dich auch nicht so blöd gegenüber Conny verhalten, sondern kapieren, dass sie dich wirklich liebt!"

Verdutzt sah er sie an. „Ach nee, was du nicht sagst", antwortete er nach einer Pause gedehnt. „Das ist mir wirklich neu ... Woher weißt du denn das? Hat sie dir vielleicht Wunder was für Schauermärchen über mich erzählt?"

„Nein, das hat sie nicht, und so etwas würde Conny auch nie tun!", erwiderte sie vehement. „Aber es ist so, wie ich sagte. Sie ... sie liebt dich noch immer."

Er sah sie skeptisch an. „Ich kann das wohl besser beurteilen als du."

„Das kannst du eben nicht!", widersprach sie.

„Und warum nicht?", wollte er wissen.

„Weil ... weil du sie nicht richtig kennst", sagte Julia vage und suchte krampfhaft nach den richtigen Worten. „Du hast dir gar nicht die Mühe gemacht, sie richtig kennen zu lernen. Conny ist nicht so wie andere ..."

„Da gebe ich dir ausnahmsweise mal Recht", fiel er ihr mit bitterem Tonfall ins Wort.

„Sie braucht eben viel Zeit und Verständnis!" Julia war einen Moment lang versucht, ihm von Connys schrecklichem Erlebnis zu erzählen, damit er endlich begriff, warum sie sich so verhalten hatte. Doch sie hatte Hemmungen, über so etwas Intimes mit ihm zu reden. Und dann war die Gelegenheit auch schon vorbei, denn Frank kam mit zwei Dosen Cola über die Wiese.

Dirk sah ihn auch und stand sofort auf.

„Danke für die weisen Ratschläge“, sagte er sarkastisch. „Also, tschüss, Julia!“

„Was wollte der Schönling denn?“, wollte Frank wissen, als er sich zu ihr auf das große Badetuch setzte und ihr eine eiskalte Cola reichte.

„Ach, nichts. Nur labern“, sagte sie. Frank nippte an seiner Cola, während er Dirk nachblickte. „Ich glaub, mich kann er nicht ab.“

„Dafür mag ich dich umso mehr“, sagte sie zärtlich, beugte sich vor und gab ihm einen Kuss.

Er zog sie hinunter und küsste sie. Und als sich ihre Zungenspitzen berührten, wurde ihr bewusst, dass ihr beider Verlangen nach Zärtlichkeiten, die über Küsse und Streicheln hinausgingen, von Tag zu Tag stärker wurde.

11 Das Training am Samstag auf dem Sportplatz fiel allen sechs Mädchen schwer, auch wenn es längst nicht so drückend heiß war wie am Vortag. Doch bis zum Landessportfest war es nur noch eine Woche hin, und wer jetzt das Training schwänzte, brauchte sich keine Hoffnung zu machen, für die Staffel aufgestellt zu werden. Harry kannte da keine Gnade.

„Wer beim Abschlusstraining auch nur einmal fehlt, ist draußen!", hatte er kategorisch erklärt, und jeder wusste, dass Harald Jansen ein Mann war, der tat, was er sagte.

Nach dem herrlichen Tag, den Julia mit Frank im Freibad verbracht hatte, kostete es sie größte Überwindung, sich für mehrere Stunden der strengen Disziplin auf dem Sportplatz zu unterwerfen. Sich in ihrer Freizeit auch nur eine Stunde von Frank zu trennen kam ihr wie eine unmögliche Zumutung vor.

Dass er mit auf den Sportplatz kam, ihr beim Training zuschaute und ihr immer wieder mal verstohlen einen Kuss zuwarf, tröstete sie jedoch. Ebenso, dass sie am Abend zusammen in die Disko gehen würden zum Tanzen und Schmusen. Aber zuerst kam die Qual auf der Aschenbahn.

Die Spannung unter den sechs Läuferinnen, die jedoch auch Konkurrentinnen um einen Platz in der Staffel waren, war spürbar. Und sogar zwischen Tina und Marlis, die sich sonst gut verstanden, gab es ein paar hitzige Wortwechsel. Das Wissen, dass zwei von ihnen den

Staffellauf nur von der Zuschauertribüne aus erleben würden, spornte ihren Ehrgeiz an, verdarb aber auch die freundschaftliche Atmosphäre in der Mädchenriege.

An diesem Samstag wäre es zwischen Sabine und Conny denn auch fast zu Handgreiflichkeiten gekommen. Als sie die Stabübergabe immer und immer wieder übten, passierte Sabine angeblich ein Missgeschick: Statt Conny den Stab in die geöffnete Hand zu drücken, knallte sie ihr ihn seitlich gegen das Handgelenk. Mit voller Wucht und Absicht, wie Conny hinterher wutschäumend behauptete.

Wenn ihr Trainer nicht augenblicklich dazwischengesprungen wäre, hätte es zweifellos eine Prügelei zwischen den beiden gegeben.

Harry verwarnte sie beide mit ungewohnter Schärfe, spürte er doch, dass nun auch mit unsportlichen Mitteln um einen Platz in der Staffel gekämpft wurde. „Noch einmal so ein Foul, und du hast beim Sportfest einen sicheren Sitzplatz, Sabine! Und wenn du noch einmal derart die Beherrschung verlierst, Conny, kannst auch du dir die Teilnahme abschminken!“, warnte er sie und fügte in Richtung der anderen Mädchen hinzu: „Und das gilt für alle! Wer jetzt noch einmal unangenehm auffällt und meint, sich ein Foul an einer seiner Clubkameradinnen leisten zu können, der ist aus dem Rennen!“

Von da an herrschte Ruhe – zumindest nach außen hin. Doch hinter den Kulissen ging der Nervenkrieg weiter.

Als sie nach dem Training total durchgeschwitzt in den Umkleideraum zurückkehrten, legte Conny ihre frische Unterwäsche neben ihre Sporttasche auf die

Bank und hängte ihr Handtuch an den Haken am Pfosten neben ihrer Duschkabine.

Julia und Conny waren bekannt dafür, dass sie im Gegensatz zu ihren Leistungen auf der Aschenbahn im Umkleideraum nicht gerade die Schnellsten waren. Sie ließen sich Zeit und trödelten gern unter der Dusche.

Marlis hatte wieder ihr Kofferradio an, das durch den Umkleideraum zu ihnen in die Kabinen drang und das Prasseln der Duschen übertönte.

„He, Conny! Kommst du gleich mit in die Eisdiele?“, fragte Julia über die Trennwand hinweg, stellte das Wasser ab und trat vor die Kabine auf das Abtropfgitter aus Plastik. Sie griff zu ihrem Handtuch – und sah, dass Connys Handtuch neben der Tür in einer Wasserlache lag. „Ach, du Schande!“

Im selben Moment kam Conny triefnass aus ihrer Dusche. „Klar, ich komm gern mit, wenn Frank nichts dagegen hat“, sagte sie, während sie ihr nasses Haar aus dem Gesicht strich. Verdutzt blickte sie auf ihr Badetuch und hob es mit spitzen Fingern auf. Es war klitschnass. „Das hat jemand mit Absicht getan!“, stieß sie zornig hervor. „Es kann gar nicht vom Haken gerutscht sein!“

„Meinst du wirklich?“, fragte Julia zögernd, konnte sich jedoch auch nicht vorstellen, dass Connys Handtuch einfach so vom Haken zu Boden gefallen war.

„Ich weiß ganz genau ...“ Conny brach mitten im Satz ab und starrte zur Bank hinüber, wo sie ihre frische Unterwäsche hingelegt hatte.

Doch Slip und BH lagen nicht mehr dort, sondern auf dem Boden im nassen Dreck, den sie mit ihren Schuhen in den gekachelten Raum getragen hatten.

Und mitten auf Höschen und BH, die beide aus rauchblauer Kunstfaser waren, prangte ein schmutziger Fußabdruck.

„Sieh mal! ... So eine Hundsgemeinheit! ... Das hat garantiert Sabine getan, dieses Miststück. Das ist doch kein Zufall!“

Julia sah, dass ihre Freundin Tränen in den Augen hatte, und Zorn wallte auch in ihr auf. Doch sie wusste, dass es sinnlos war, denn beweisen konnte sie nichts. Sie waren die Letzten. Die anderen Duschen waren schon wieder frei, und wenn Tina oder Marlis etwas gesehen hätten, hätten sie es ihnen schon längst gesagt.

„Komm, mach jetzt bloß kein Theater!“, riet sie ihr, als Conny Anstalten machte, in den angrenzenden Umkleideraum zu stürzen, wo Sabine gerade etwas zu Kiki sagte und lachte. Ihr Gelächter musste ihrer Freundin wie Hohn in den Ohren klingen. „Du hast doch gehört, was Harry gesagt hat. Dass Sabine es getan hat, kannst du doch nicht beweisen. Pass auf, die ärgert sich noch viel mehr, wenn du überhaupt nicht darauf reagierst.“

„Dieses Dreckstück!“ Connys Stimme zitterte, doch sie beherrschte sich.

„Wir teilen uns mein Handtuch. Groß genug ist es ja“, sagte Julia deshalb besänftigend zu Conny, die mit geballten Fäusten und zusammengepressten Lippen dastand. „Und dann ziehst du bloß deinen Trainingsanzug an. Dass du nichts drunter anhast, weiß ja keiner.“

Eine Träne rann Conny über die Wange, als sie ihre eingedreckte Unterwäsche vom Boden aufhob, und vermischte sich mit den Wassertropfen, die auf ihrem

Gesicht perlten. Julia legte ihr das Handtuch um die Schultern.

„Irgendwann überspannt sie mal den Bogen ... sie und ihre Busenfreundin Kiki, und dann sind sie reif“, versicherte Julia tröstend, fragte sich im Stillen aber, wer von ihnen zuerst freiwillig das Handtuch warf ... und ob dieser Staffellauf das überhaupt wert war.

Sie fühlte sich fast ein wenig schuldig, weil sie so glücklich war und Frank hatte. Denn solange sie sich seiner Liebe gewiss war, gab es nichts, was sie erschüttern konnte – auch nicht die Intrigen von Kiki und Sabine.

Das dachte sie zumindest.

Die Idee mit der Fahrradtour hatte Frank, als er sie von der Disco nach Hause brachte und mit ihr im Wagen seines Bruders in einer dunklen Seitenstraße noch ein wenig schmuste.

„Holst du mich morgen früh ab?“, fragte Julia, in seinen Arm gekuschelt. „Ach, ich wünschte, die Nacht wäre schon rum und der ganze Tag läge vor uns.“

„Das mit dem Ausflug wird nichts. Leider. Morgen braucht mein Bruder den Wagen. Wir müssen uns also was einfallen lassen“, sagte er und hatte dann eine Idee: „Aber wir brauchen die Kiste ja auch gar nicht. Sag mal, was hältst du davon, wenn wir eine Radtour in die Umgebung machen? So mit Decke auf ’ner idyllischen Waldlichtung und ’nem zünftigen Picknick?“

„Das wäre irre!“ Julia war begeistert. „Die Sache hat bloß einen Haken.“

„Und der wäre?“

„Mein Fahrrad ist schon uralt und wird nur noch

vom Rost zusammengehalten. Damit komme ich nicht mal bis zum Ortsschild."

„Kein Problem, Julia. Wir haben zwei gute Räder im Keller stehen."

„Klasse, dann ist morgen also die Radtour angesagt!", freute sie sich. „Jetzt muss ich aber nach Hause."

„Einen Moment noch", sagte Frank, schob ihren Kopf hoch und küsste sie, während er seine Hand auf ihre Brust legte und sie zärtlich drückte.

Julia seufzte. Wie sollte sie sich von ihm lösen, wenn er so zärtlich zu ihr war. Nur ungern riss sie sich von ihm los.

Einen besseren Tag hätten sie sich für ihre Radtour nicht aussuchen können. Es war sonnig und warm, und ein paar vereinzelte watteweiße Wolken sprenkelten den blauen Himmel.

Kurz nach neun radelten sie los, die Satteltaschen mit allerlei Leckerbissen für ihr Picknick gefüllt und eine große Decke auf den Gepäckträger geschnallt. Sie hielten sich anfangs auf der Landstraße, fuhren dann aber ein paar Kilometer hinter Neustadt ab und folgten von da an nur noch kleinen Nebenwegen, die durch Wiesen und Felder führten. Es war schon fast ein Uhr, als sie den Behler Wald erreichten.

„Komm, wir suchen uns eine idyllische Lichtung für unser Picknick", rief Frank ihr mit fröhlicher Ausgelassenheit zu.

„Fahr nur zu. Ich folge dir überallhin."

„Wirklich?", fragte er und sah sie liebevoll an.

Sie lächelte. „Ja, überall."

Sie fuhren vom Hauptweg ab und folgten einem

schmalen, gewundenen Pfad, der sich nur schlecht zum Fahrrad fahren eignete. Er war holprig und an mehreren Stellen von Gebüsch überwuchert. Schließlich mussten sie absteigen und die Räder schieben. Julia schlug vor, doch besser umzukehren, doch nun war Franks Entdeckergeist geweckt. „Irgendwohin muss der Weg ja führen“, sagte er. „Dahinten scheint das Gestrüpp auch nicht mehr so dicht zu sein. Komm, nur noch ein paar Minuten. Wenn wir dann immer noch nichts gefunden haben, drehen wir um.“

„Okay, spielen wir noch ein bisschen Tarzan“, sagte Julia lachend und duckte sich unter einem Zweig.

„He, hörst du das?“, rief Frank wenig später aufgeregt.

„Ja, da rauscht was.“

„Klingt richtig nach Wasserfall.“

Nach wenigen Metern gaben Bäume und Gestrüpp den Blick auf eine kleine Lichtung frei, wie sie sich Julia romantischer nicht hätte vorstellen können. Die offene Fläche, die mit Gras, hohen Farnen und Moos bewachsen war, maß nicht mehr als dreißig, vierzig Meter im Durchmesser. Und was da so rauschte, konnte man kaum als Wasserfall bezeichnen. Es war vielmehr ein kleiner Bach, der über eine knapp zwei Meter hohe Felswand floss, sich in einem badewannenähnlichen Becken sammelte und dann nach rechts durch ein kleines Farnmeer abfloss. Aber gerade weil alles so klein und überschaubar war, wirkte diese Lichtung wie von einem romantischen Zeichner gemalt.

„Na, habe ich dich nicht toll geführt?“, fragte Frank stolz. „Wie findest du unsere Picknick-Lichtung?“

„Paradiesisch!“, rief Julia begeistert, ließ ihr Fahrrad ins Gras fallen und gab Frank einen Kuss. Dann machte sie sich daran, die Decke im weichen Gras auszubreiten und die Satteltaschen zu leeren. Nach den vielen Stunden, die sie in die Pedale getreten hatte, war sie hungrig und durstig.

„Wir können ja wirklich wie die Könige tafeln!“, meinte Frank begeistert, als Julia Sandwiches, kaltes Hühnerfleisch, Obst, Cracker und Käsewürfel ausgepackt hatte. Er selbst hatte unter anderem eine Flasche Limonade beigesteuert, die sie nun aus Plastikbechern tranken.

Sie aßen voller Heißhunger, genossen die kühle Limo und teilten sich zum Schluss die Weintrauben, während die Sonne warm auf sie herabschien.

Mit einem wohligen Seufzer streckte sich Frank schließlich auf der Decke aus. „So lässt es sich aushalten, findest du nicht auch?“

Julia kuschelte sich an seine Seite. Eine zufriedene Müdigkeit breitete sich in ihr aus. „Hier bleiben wir für immer“, sagte sie und hauchte ihm einen Kuss auf die Wange. Sie unterdrückte ein Gähnen. „Das Essen hat mich richtig schläfrig gemacht.“

„Dann schlaf doch ein bisschen, ich pass schon auf dich auf“, sagte er und strich ihr liebevoll übers Haar. „Kann aber sein, dass ich auch einpenne.“

Sie schmiegte sich eng an ihn, legte einen Arm quer über seine Brust und schloss die Augen. Sie fühlte sich bei ihm so sicher und geborgen, wie sie es noch nie zuvor erlebt hatte. Und Augenblicke später war sie eingeschlafen.

Das Erste, was sie spürte, als sie aufwachte, war Franks Fingerkuppe, die ganz vorsichtig über ihre Augenbrauen strich. Sie schlug die Augen auf und blickte in sein lächelndes Gesicht. Er hatte sich auf seinen linken Arm gestützt und sich halb über sie gebeugt.

Ihr Blick wanderte kurz zu den Baumspitzen hinüber, die nun schon ihre Schatten über die Lichtung warfen. „Habe ich lange geschlafen?"

„Über zwei Stunden."

„Was? So lange?"

Er nickte lächelnd. „Ja, und wenn ich dir nicht einen Dornröschenkuss gegeben hätte, wärst du vielleicht erst abends wieder aufgewacht."

Sie sah ihm tief in die Augen und las darin etwas, was sie selbst empfand: ein Gefühl der Liebe und Zärtlichkeit, das mit Worten nicht zu fassen war und sie mit sehnsüchtigem Verlangen erfüllte. „Weißt du überhaupt, wie sehr ich dich liebe?", fragte sie leise.

„So sehr wie ich dich, Julia?", fragte er ebenso leise zurück. Und eine andere Frage, die keiner auszusprechen wagte, schwang in seiner Stimme mit.

„Ja, Frank", antwortete sie ihm einfach und klar und war sich sehr wohl bewusst, dass sie ihm zwei Fragen beantwortet hatte.

Ihre Lippen berührten sich, spielten zärtlich miteinander und verschmolzen dann, während ihre Zungenspitzen einander suchten.

Julia legte ihre Arme um ihn, während sie auf der Decke lagen und sich innig küssten. Ein Schauer durchlief sie, als sie dann seine Hand spürte, die über ihren

Rücken streichelte, zärtlich ihre Brust berührte und dann ohne Eile abwärts glitt.

Ein wohliger Schauer durchrieselte ihren Körper, als er seine Hand auf ihren Oberschenkel legte und sie behutsam streichelte. Julia wusste, dass nun der Moment intimster Zärtlichkeit kommen würde, vor dem sie sich die ganze Zeit ein wenig gefürchtet, den sie aber andererseits auch voll liebender Ungeduld herbeigesehnt hatte.

Frank hörte nicht auf, sie zu küssen.

Julias Herz begann heftig zu klopfen, und ihr war, als wären alle ihre Nerven bloßgelegt. Um ihm zu zeigen, dass sie seine Zärtlichkeiten mochte, schob sie ihm eine Hand unter sein T-Shirt und streichelte ihn.

Augenblicke später löste er sich sanft aus ihrer Umarmung. Er sah ihr offen ins Gesicht. „Julia ...“ Ein Zögern lag in seiner belegten Stimme.

„Ja?“

„Ich ... ich möchte dich gern richtig spüren und ansehen“, sagte er.

„Ich möchte dich auch spüren, Frank“, entgegnete sie leise.

Seine Hände zitterten merklich, als er ihr die Bluse aufknöpfte und sie ihr von den Schultern streifte. Dann öffnete er ihren Rock und schob ihn ihr über die Hüften.

„Du siehst schöner aus, als ich es mir erträumt habe“, sagte er mit rauer Stimme und sah sie bewundernd an. Sie trug einen weißen durchbrochenen BH und ein schmales Höschen.

Er entledigte sich seiner Shorts und seines T-Shirts.

Sie küssten und streichelten sich eine Weile, und es erschien ihnen schließlich ganz natürlich, als sie auch ihre Unterwäsche abstreiften.

War Julia trotz aller Erregung und Liebe aufgeregt und auch ein wenig ängstlich gewesen, so verschwand dieses Gefühl der Unsicherheit rasch. Und das lag einzig und allein daran, dass Frank so einfühlsam und liebevoll war. Er überstürzte nichts und gab sich eher zurückhaltend.

Zeit und Raum verloren für sie völlig an Bedeutung. Für beide zählte nur noch ihre Liebe und ihr zärtliches Verlangen, einander zu liebkosen. Wie eine heiße Flutwelle trug der Rausch ihrer Liebe sie hinfort ...

Später dann gingen sie Hand in Hand über die sonnengefleckte Wiese und badeten in dem kleinen Becken unterhalb der bemoosten Felsmauer.

„Ich bin so glücklich, dass ich die ganze Welt umarmen könnte! Sogar Kiki, dieses hinterhältige Biest, und Sabine!", rief Julia im Überschwang ihres grenzenlosen Glücksgefühls und richtete sich auf. Das Wasser perlte über ihren makellosen Körper.

„Umarme lieber mich", sagte Frank mit einem warmen Lächeln. Sie standen sich in diesem kleinen natürlichen Pool ganz nah gegenüber. Er legte nun seine Hände auf ihre Hüften und zog sie an sich.

„Sooft du willst, Frank", flüsterte sie und legte ihre Arme um ihn, schmiegte sich an ihn und spürte, wie sein Verlangen wieder erwachte. Sie lächelte ihn zärtlich an. „Ich liebe dich so sehr."

„Ich dich auch, Julia!"

12

Als Julia am nächsten Tag mit Frank zum Training auf dem Sportplatz erschien, spürte sie, dass irgendetwas anders war als sonst. Sie bemerkte, dass man hinter ihrem Rücken tuschelte und ihr spöttische Blicke zuwarf. Zuerst nahm sie an, dass man ihr vielleicht ansah, wie überschäumend glücklich sie war, und dass man ihr möglicherweise sogar den Grund dafür vom Gesicht ablesen könnte.

Doch dann sagte sie sich, dass so ein Gedanke Unsinn war. Sie mochte vor Glück strahlen, aber das war auch schon alles. Von dem, was auf der Waldlichtung zwischen Frank und ihr geschehen war, konnte niemand etwas wissen.

„Ich frag mich bloß, was die haben“, sagte Julia verwundert, als zwei Mädchen aus dem Umkleideraum kamen, sie merkwürdig anstarrten und dann kichernd auf den Platz liefen.

„Das wissen die vermutlich selbst nicht“, erwiderte Frank und ließ ihre Hand los. „Ich bin wie immer drüben auf der Tribüne. Viel Glück heute, und zeig ihnen, was eine Harke ist.“ Er zwinkerte ihr zu und schlenderte zur anderen Seite des Sportplatzes hinüber.

Dirk kam mit einem Freund aus dem Geräteraum. Ein verächtlicher Zug trat auf sein Gesicht, als er Julia erblickte.

„Hallo, Dirk“, rief sie ihm freundlich zu und hob die Hand zum Gruß.

„Wie man sich doch täuschen kann“, sagte Dirk und

musterte sie von oben bis unten, als müsste er sich ein neues Bild von ihr machen. „Du hast uns alle ganz schön an der Nase herumgeführt. Mich ganz besonders. Dass du *so* bist, hätte ich nie von dir gedacht."

Julia blieb unwillkürlich stehen. Ein ungutes Gefühl stieg in ihr auf. „Wen habe ich womit an der Nase herumgeführt?", wollte sie wissen. „Was meinst du damit?"

Dirks Freund warf ihr einen spöttischen Blick zu. „Das weißt du doch ganz genau. Aber du solltest es mal mit 'nem richtigen Mann probieren, Kleine. Vielleicht kommst du dann auf den Geschmack." Er lachte schmierig und zog Dirk mit sich fort.

Wovon hat er bloß geredet? Was geht hier vor?, fragte sich Julia verstört und ging in den Umkleideraum.

Außer Kirsten, Sabine, Tina und Marlis hielten sich auch noch ein paar andere Mädchen vom Sportverein dort auf. Als sie hereinkam, brach das Stimmengewirr fast schlagartig ab. Alle Augen richteten sich auf sie.

Julia ließ ihre Sporttasche zu Boden fallen und stemmte die Fäuste in die Hüften. „Kann mir mal einer verraten, warum ihr mich so anstarrt?", fragte sie ärgerlich.

„Wäre bestimmt viel interessanter, wenn du uns ein bisschen was über deine außergewöhnlichen Neigungen erzählen würdest", brach Kiki höhnisch das Schweigen.

„Kannst du mir mal sagen, wovon du redest?", fuhr Julia sie an.

„Von dir und deinem Lover", sagte Sabine abfällig.

„Was mit mir und Frank ist, geht euch einen feuchten Dreck an!“, stieß Julia wütend hervor. „Ihr seid ja bloß neidisch!“

„Du und Frank! Pah!“, machte Sabine und verzog das Gesicht. „Tu doch nicht so unschuldig. Uns machst du doch nichts vor.“

Kiki nickte beipflichtend. „Klar, wir wissen Bescheid über dich ... und *Conny*!“

Julia blickte sie verständnislos an. „Wie bitte?“

Kiki musterte sie mit einem verächtlichen Lächeln. „Kein Wunder, dass Dirk mit Conny nicht klargekommen ist und bei dir nicht landen konnte, ihr beiden hübschen Lesben!“

Julia war im ersten Augenblick so geschockt, dass es ihr die Sprache verschlug. Was Kiki ihr da an den Kopf geworfen hatte, konnte eigentlich nur ein ganz schlechter Witz sein! Aber die Gesichter der Mädchen verrieten, dass sie es für bare Münze nahmen.

„Diese Lüge nimmst du sofort zurück!“, stieß sie schließlich hervor und machte einen Schritt auf Kiki zu. Sie hatte größte Lust, sie zu verprügeln.

„Ich denke überhaupt nicht daran ... weil es nämlich keine Lüge ist“, gab Kiki hämisch zurück und hob eine der Fotokopien, die überall im Umkleideraum herumlagen, auf. „Wir haben es doch schwarz auf weiß. Hier! Und erzähl uns bloß nicht, das wäre nicht Connys Handschrift.“

Julia wollte danach greifen, doch in diesem Moment ließ Kiki die Kopie los, und sie flatterte zu Boden.

Sabine sagte im Hintergrund etwas, das Julia nicht genau verstand, doch es war irgendeine gemeine Bemerkung, und das hämische Lachen der anderen trieb ihr die Zornesröte ins Gesicht.

„Ich brauch jetzt frische Luft!“, verkündete Kiki und ging hinaus. Der Umkleideraum leerte sich schnell. Marlis zögerte kurz und sagte dann mit einem vagen Schulterzucken: „Was du und Conny miteinander habt, interessiert mich nicht. Das ist eure Angelegenheit.“

„Wir haben überhaupt nichts miteinander!“, schrie Julia ihr aufgebracht hinterher. Doch Marlis drehte sich nicht noch einmal zu ihr um. Nur Tina blieb.

„Das ist für Kiki ein gefundenes Fressen, um dir und Conny eins auszuwischen“, sagte Tina aufgebracht. „Möchte bloß wissen, wer hinter dieser Schweinerei steckt.“

Julia hob das Blatt auf, auf dem ein etwa handbreiter Streifen einer linierten Seite kopiert war. Dass es sich dabei um Connys typisch verschnörkelte Handschrift handelte, stand außer Zweifel. Verblüfft las sie die wenigen Zeilen. Conny hatte da kurz notiert, dass sie nach der Fete die Nacht bei ihr verbracht hatte und sich so wohlig und geborgen gefühlt hatte wie noch nie zuvor. Und die letzten Zeilen lauteten: *Zum ersten Mal habe ich mich getraut und bin nicht vor mir selbst davongelaufen. Komisch, wie befreit und glücklich ich hinterher war, es getan zu haben. Julia ist für mich die Erste ...*

Wütend knüllte sie die Fotokopie zusammen und schleuderte das Papierknäuel gegen die Wand. „Das stammt aus Connys Tagebuch ... und ist völlig aus dem Zusammenhang gerissen – in jeder Hinsicht!“

Tina nickte mitfühlend. „So was habe ich mir schon

gedacht. Lächerlich, dich und Conny als lesbisch abstempeln zu wollen. Aber Typen wie Kiki und Sabine sind ja so bescheuert, dass sie jeden Mist glauben, wenn es ihnen nur in den Kram passt."

Düster starrte Julia vor sich hin. „Verfluchte, intrigante Zicken!"

„Die Aufregung wird sich schon wieder legen. Und tun kannst du ja doch nichts, weil du ja nicht weißt, wer sich diese Gemeinheit ausgedacht hat. Also komm, wir müssen raus zu den anderen. Harry wartet bestimmt schon."

„Zum Teufel mit Harry und zum Teufel mit den anderen!", brach es ungestüm aus Julia heraus. Sie sprang auf und schnappte sich ihre Tasche.

Fast erschrocken sah Tina sie an. „Aber die Staffel! Du hast doch gehört, was Harry gesagt hat, wer einmal beim Training fehlt, der ist draußen!", beschwor sie Julia.

„Ich bin jetzt schon draußen!" Julia stürmte hinaus. Sie war so wütend und betroffen, dass ihr alles egal war.

Draußen stieß sie fast mit Conny zusammen, die kalkweiß im Gesicht und den Tränen nahe war. „Hast du schon ...?", begann sie stockend.

„Ja, hab ich!", fiel Julia ihr schroff ins Wort. „Mein Gott, wie konnte das bloß passieren? Und wieso hast du so ein schwülstiges Zeug hingeschrieben? Da muss man ja auf blöde Gedanken kommen, wenn man den Kram liest!"

Conny zuckte zusammen, als hätte Julia sie geohrfeigt, dann schoss ihr das Blut heiß ins Gesicht.

„Aber das war doch mein *Tagebuch*! Da brauche ich

mich doch nicht zu verstellen oder so“, verteidigte sie sich, bestürzt über Julias Schroffheit.

„Okay, okay, aber kannst du mir mal erklären, wie jemand an diese Seite hat kommen können?“

„Es ist mir gestohlen worden.“

„Und wo?“

„Hier ... aus meiner Sporttasche“, sagte Conny kleinlaut.

Julia verdrehte die Augen. „Mein Gott, wie kann man nur so blöd sein!“, entfuhr es ihr in ihrem Ärger. „Ein Tagebuch hier herumliegen zu lassen! Himmelherrgott!“

„Es tut mir Leid, Julia“, flüsterte Conny.

„Es tut dir Leid! Es tut dir Leid! Was nützt uns das jetzt, he? Überall wird man über uns herziehen. Und irgendwas wird immer hängen bleiben! Ich wünschte, du hättest das ... das damals für dich behalten!“

Conny sah sie zutiefst verletzt an. Ihre Augen schimmerten feucht. Doch bevor ihr die Tränen kamen, drehte sie sich um und rannte weg.

Julia bereute sofort, dass sie sich in ihrem Zorn zu solchen Äußerungen hatte hinreißen lassen. „Conny! Warte! Ich hab es nicht so gemeint!“, rief sie ihr nach. Doch bevor sie ihre Freundin noch einholen konnte, hatte diese sich schon auf ihr Mofa geschwungen und fuhr davon.

Niedergeschlagen und mit hängenden Schultern sah Julia ihr nach. Sie hatte Conny verletzt, und sie würde sich dafür bei ihr entschuldigen müssen.

„Na, war das schon das Ende der großen Liebe?“, fragte eine spöttische Stimme hinter ihr.

Julia fuhr erschrocken herum. Dirk stand vor ihr. „Findest du das witzig?“, zischte sie.

„Witzig finde ich in letzter Zeit kaum noch was. Schon gar nicht deine Sprüche hinsichtlich Conny, die ich noch sehr gut im Ohr habe. Von wegen Conny liebt mich wirklich“, sagte er vorwurfsvoll. „Du hast mir da ganz schönen Mist vorgelabert.“

„Das habe ich nicht! Es stimmt. Sag bloß, du glaubst, was Typen wie Kiki und Sabine in Umlauf bringen?“, fuhr Julia ihn an.

„Da ist nicht viel zu glauben, wenn man nur Augen im Kopf hat und lesen kann!“, blaffte er zurück.

Julia schüttelte den Kopf. „Weißt du, dich habe ich mal für einen vernünftigen, sympathischen Burschen gehalten. Doch da hab ich mich wohl getäuscht. Du bist offenbar so unterbelichtet, dass du nicht zwei und zwei zusammenzählen kannst und nicht siehst, dass man mich und Conny in die Pfanne hauen, aus der Staffel werfen will!“

Er runzelte die Stirn. „Na, das ist schon ’ne ganz schön gewagte Theorie. Außerdem erklärt sie nicht diese ... merkwürdige Textstelle aus Connys Tagebuch.“

„Es ist eine Stelle, die völlig aus dem Zusammenhang gerissen ist!“, erregte sich Julia und ließ auch den letzten Rest von Zurückhaltung fahren. „Conny hat sich damals bei mir ausgeheult und sich von mir trösten lassen ... und zwar wegen *dir*!“

„Wie bitte?“ Verdutzt sah er sie an. „Wegen mir?“

„Ja, und wegen einer scheußlichen Sache, die schon einige Jahre zurückliegt. Da hat sich nämlich ein dreckiger Schweinehund an sie rangemacht und sie ... na ja, begrabscht und so", sprudelte es aus Julia hervor. „Und seitdem hat sie dieses Trauma weg. Dabei liebt sie dich wirklich, das hat sie mir selbst gesagt. Aber sie braucht eben viel mehr Zeit und Verständnis, was das anbetrifft ... na, du weißt schon, was ich meine." Sie wurde rot.

„Ist das dein Ernst? Hat sie wirklich so etwas mitgemacht?", fragte er, sichtlich betroffen.

„Damit ist es mir so ernst, wie du ein Schwachkopf bist!", bekräftigte Julia.

„Ach, du Schande!", kam es verstört von seinen Lippen. „Wenn ich das gewusst hätte ... ich meine ... Himmel, das ist natürlich was anderes. Mensch, was mach ich denn jetzt bloß?"

„Lass dir was einfallen ... oder frag doch Kiki und Sabine, denen du doch sonst jedes Wort glaubst", sagte Julia barsch und ließ ihn einfach stehen. Sie musste jetzt unbedingt mit Frank reden, brauchte Trost und Beistand.

Er würde diesem hässlichen Gerede bestimmt keinen Glauben schenken – nicht nach dem, was sie gestern zusammen erlebt hatten. Frank würde ihr beistehen. Und doch hatte sie ein Flimmern in der Bauchgegend, als sie Frank über den Rasen auf sich zukommen sah.

Doch als er sie zärtlich anlächelte, war jeder Zweifel verflogen.

13

Julia stellte ihren Motorroller vor dem Reihenhaus der Webers ab, ging die drei Stufen hoch und drückte nach kurzem Zögern auf den Klingelknopf. Dieser Gang fiel ihr alles andere als leicht, doch sie hatte keine andere Wahl: Sie musste sich einfach bei Conny für ihr unmögliches Verhalten auf dem Sportplatz entschuldigen, sonst würde ihre Freundschaft zerbrechen.

Sie atmete einmal tief durch, als sie Schritte jenseits der Haustür vernahm. Doch es war nicht Conny, die ihr öffnete, sondern ihre Mutter. „Tag, Julia“, grüßte sie freundlich.

„Tag, Frau Weber. Ist Conny zu Hause?“

„Ja, komm rein.“ Sie trat zur Seite und fragte dann mit gedämpfter Stimme: „Sag mal, kannst du mir sagen, was da heute Nachmittag vorgefallen ist? Conny sah ganz verheult aus, als sie nach Hause kam. Da ist doch irgendetwas vorgefallen, auch wenn Conny das Gegenteil behauptet. Mir kann sie doch nichts vormachen. Und ohne Grund schließt man sich auch nicht in sein Zimmer ein, oder?“ Sie sah Julia eindringlich an und wartete auf eine Erklärung.

„Ach, so schlimm war es gar nicht“, druckste Julia herum und wich dem Blick von Connys Mutter aus. Lügen war ihr noch nie leicht gefallen.

„Mir kam es aber schon so vor“, sagte Frau Weber vorwurfsvoll. „Aber wenn du es mir nicht sagen willst ...“

„Es hat einen blöden Streit in der Staffel gegeben“,

sagte Julia ausweichend und kam trotzdem damit der Wahrheit noch nahe genug, um nicht das Gefühl haben zu müssen, Frau Weber angelogen zu haben.

Connys Mutter seufzte resigniert. „Na, offenbar müsst ihr eure Geheimnisse haben. Dann geh mal zu Conny hoch und muntere sie ein bisschen auf. Ich hoffe, du hast mehr Glück als ich."

„Ich werde es versuchen", versicherte Julia und stieg die Treppe hoch. Connys Zimmer lag am Ende des Flurs. Das Zimmer war verschlossen. Fast zaghaft klopfte sie dagegen. „Conny? ... Ich bin es, Julia. Lässt du mich rein?"

Einen bangen Moment lang fürchtete sie schon, ihre Freundin würde vielleicht gar nichts mehr von ihr wissen wollen. Doch dann wurde der Schlüssel im Schloss herumgedreht und Julia fiel ein Stein vom Herzen. Zögernd trat sie ein.

Conny stand mit rot geweinten Augen vor ihr.

„Ich ... ich bin ein richtiger Depp gewesen, Conny", sagte Julia verlegen. „Es tut mir Leid, dass ich so bescheuert reagiert habe. Wirklich. Du kannst bestimmt nichts dafür. Ich ... ich wollte dich nicht verletzen. Ich war einfach nur so stinksauer auf alles und jeden. Entschuldige bitte ... Wenn die uns schon durch den Dreck ziehen, müssen wir uns nicht auch noch gegenseitig in die Haare geraten, was meinst du?"

Conny sah sie nur an, die Augen voller Tränen. „Ich ... ich bin so froh, dass du gekommen bist", brachte sie dann mit erstickter Stimme hervor. „Ich dachte schon, jetzt würdest du mich auch noch schneiden."

„Das ist doch Unsinn. Bei mir ist vorhin nur was

ausgerastet, das ist alles. Wir sind Freundinnen, und das bleiben wir auch, egal, was andere tun oder sagen, okay?"

Sie besiegelten ihre Versöhnung mit einer herzlichen Umarmung, die ganz spontan erfolgte. Dieser kurze Moment war wie ein reinigendes Gewitter. Weggewischt waren Verlegenheit, Schuldgefühl und Ängste um den Fortbestand ihrer Freundschaft. Es war wieder alles klar zwischen ihnen.

Sie machten es sich auf Connys Bettcouch bequem und überlegten, was sie gegen diese gemeine Verleumdungskampagne unternehmen konnten. Doch sie kamen schnell zu der deprimierenden Einsicht, dass sie gegen eine solche anonyme Hetze nichts ausrichten konnten. Es gab keinen, den sie zur Verantwortung ziehen konnten. Und ohne Beweise waren sie auch gegen Kiki und Sabine machtlos.

„Du hast ganz Recht, irgendetwas wird von diesem gemeinen Gerede schon an uns hängen bleiben", seufzte Conny.

Julia winkte ab. „Lange wird das sowieso keiner glauben. Die machen sich doch lächerlich, wenn sie uns beiden was andichten, während ich mit Frank ein Herz und eine Seele bin."

„Weiß er es schon?", fragte Conny.

„Klar. Sabine hat ihm das sofort gesteckt und ihm sogar eine von diesen Fotokopien zugesteckt. Angeblich, um ihm die Augen zu öffnen. In Wirklichkeit ist sie doch nur scharf auf ihn. Das hab ich schon längst gemerkt. Aber wenn sie meint, sich so an ihn ranmachen zu können, dann hat sie sich getäuscht."

„Und? Wie hat er reagiert?"

„Er findet das genauso gemein wie wir, und natürlich glaubt er kein Wort davon und hält zu mir", berichtete Julia stolz.

„Mit deinem Frank hast du wirklich das große Los gezogen."

„Und ob!", versicherte Julia, doch für einen Augenblick legte sich ein Schatten über ihr Gesicht, während sie auf Connys kleines Aquarium starrte. Es stimmte, was sie gesagt hatte: Frank hatte sich über diese Fotokopien empört, und er war ganz lieb zu ihr gewesen und hatte sie zärtlich geküsst, als er sie nach Hause gefahren hatte. Doch keine halbe Stunde später, als sie sich gerade auf den Weg zu Conny machen wollte, hatte er angerufen und ihr gesagt, dass er ihre Verabredung für den Abend nicht einhalten könne. Er müsse leider etwas für seinen Bruder erledigen, und da er von ihm immer den BMW leihe, könne er schlecht Nein sagen. Sie hatte mehr erfahren wollen, doch Frank war ihr mit vagen Antworten ausgewichen und hatte das Gespräch sehr schnell beendet – und ein komisches Gefühl in ihr hinterlassen. Ob er womöglich auch Zweifel bekommen hatte?

Nein, das traute sie ihm nicht zu. Und sie wollte auch nicht länger darüber nachdenken. „Frank gibt nichts auf dieses dumme Geschwätz!", versicherte sie noch einmal, doch diese Bekräftigung war weniger für Conny als für sie selbst gedacht.

„Sei froh", seufzte Conny. „Aber gewonnen haben Kiki und Sabine nun doch, denn dass wir damit aus der Staffel rausgeflogen sind, ist ja wohl logo. Wir haben uns noch nicht einmal bei Harry entschuldigt."

„Stimmt. Der Zug ist abgefahren.“

„Und dafür haben wir also monatelang trainiert“, sagte Conny deprimiert. „Und durch so eine Gemeinheit ist nun alles vorbei.“

„Mein Gott, es gibt Wichtigeres als so eine blöde Staffel!“, versuchte Julia sie aufzumuntern.

„So?“

„Ja, unsere Freundschaft zum Beispiel.“

„Das stimmt schon ...“

„Sollen sie sich doch die Zunge aus dem Leib rennen. Ohne uns gewinnen sie die Staffel ja doch nicht. Ich komm jedenfalls nicht angekrochen und bettle, in der Staffel weitermachen zu dürfen. Mir reicht es“, erklärte Julia nachdrücklich. „Wo Typen wie Kiki und Sabine mitmischen, haben wir doch nichts zu suchen, oder?“

„Eigentlich hast du Recht.“

„Natürlich habe ich Recht! So, und jetzt ist Feierabend mit der Trauerstimmung! Komm, wir düsen in die Stadt und feiern das Ende unserer provinziellen Sportlerkarrieren“, sagte Julia und zwinkerte fröhlich mit den Augen.

Conny sah sie halb begeistert, halb zweifelnd an. „Meinst du, das sollten wir tun ... wir beide allein?“

„Na klar! Jetzt erst recht. Am besten fahren wir in die Flipperkneipe. Da gibt es doch die tolle Chilisuppe. Los, beweg dich! Ich lad dich auch ein, oder hast du was dagegen?“

„Mensch, da sag ich natürlich nicht Nein ... wo ich doch so gut wie bankrott bin, seit ich mir das Mofa angeschafft habe.“

„Dann nichts wie ab die Post!“

Zwanzig Minuten später hielten die beiden Freundinnen vor der urigen Flipperkneipe an und stellten Mofa und Motorroller auf dem Parkplatz ab. Die Pinte, die gegenüber der Disco lag, war ein beliebter Jugendtreff und deshalb immer gerammelt voll.

„Hoffentlich kriegen wir noch einen Platz“, sagte Conny skeptisch, als sie die drei Stufen zum Eingang hochgingen. Rockmusik und lautes Stimmengewirr drangen ihnen entgegen.

„Ich denke schon“, meinte Julia zuversichtlich.

Sie hatten Glück. Gerade als sie die Pinte betraten, wurde gleich links von der Tür vor der bemalten Fensterscheibe ein Zweiertisch frei.

Sie bestellten zwei Cola und zwei Chilisuppen. Beide waren sie froh, kein bekanntes Gesicht aus dem Sportverein zu sehen.

„Ziehen wir am Flipper gleich ein paar Bälle durch?“, fragte Julia, nachdem sie ihren Chilitopf restlos ausgelöffelt hatte und den Blick des Kellners suchte, um eine zweite Cola zu bestellen.

„Klar doch!“

„Okay, aber erst ...“

Julia brach mitten im Satz ab. Sie hatte beim Sprechen auf die Straße hinausgeschaut – und drüben vor der Disco Frank entdeckt. Zusammen mit Dirk und Kiki und Sabine! Und er hatte seinen Arm um Sabines Schultern gelegt!

Im ersten Augenblick glaubte sie, ihre Augen spielten ihr einen Streich. Doch sie träumte nicht. Es war wirklich Frank, der da mit Sabine flirtete und sie anlachte. Sie wurde kreidebleich im Gesicht, und ihr war, als hätte jemand ein Messer in ihrem Innern umgedreht.

„Das ist doch nicht möglich!“, stieß Conny hervor. Sie hatte Julias fassungslosen Gesichtsausdruck bemerkt und auch hinausgeblickt. „Mein Gott, wie können sich Dirk und ... Frank ausgerechnet mit denen einlassen.“

Julia sprang auf, als sie sah, wie Frank auf den BMW zuging, der oben an der Ecke geparkt stand.

„Julia! Wo willst du hin?“

„Ich werde ihn zur Rede stellen!“, stieß Julia hervor und wollte auf die Straße hinausstürmen. Doch sie rannte geradewegs in die Arme des schnurrbärtigen Kellners, der ihr mit seinem breiten Rücken den Ausgang versperrte.

„Nur nicht so hastig, Kleine. Zuerst bezahlen!“

Julia presste die Lippen zusammen und kramte schnell in ihrer Jeans nach Geld. Dann dauerte es noch, bis er ihr auf ihren Zwanziger herausgegeben hatte. Als sie dann mit Conny auf der Straße stand, waren Frank und die anderen schon eingestiegen.

„Los, hinterher!“, rief Julia ihrer Freundin zu, stülpte sich ihren Helm über und schwang sich auf den Motorroller.

„Bist du verrückt geworden? Wir holen die doch nie ein!“, protestierte Conny, folgte ihr aber dennoch.

„Ich weiß schon, wohin sie wollen“, stieß Julia bitter hervor, als sie sah, wie der BMW die Hauptstraße hochfuhr und dann in die Straße vor der Ampel rechts abbog. „Die Straße führt zur Sanderhöhe. Sie wollen zu Kiki!“

So war es auch. Der rote BMW entschwand zwar

augenblicklich ihrer Sicht. Doch als sie auf die Sanderhöhe fuhren und in die Straße einbogen, in der Kiki wohnte, sahen sie vor der Villa Franks Wagen stehen.

„Was hast du vor?“, fragte Conny besorgt, als Julia vom Mofa sprang, es auf die Gabel zog und die Tür des Vorgartens aufstieß.

„Ich werde dafür sorgen, dass sie auf ihrer privaten Fete was zu reden haben!“, rief Julia wütend und lief auf die Eingangstür zu. Sie hob den Daumen an den Klingelknopf – berührte ihn jedoch nicht. Ihr war auf einmal so, als wäre alle Kraft aus ihrem Körper gewichen. Einen Augenblick stand sie so da, dann drehte sie sich um und kehrte mit gesenktem Kopf zu Conny zurück.

„Ich kann es nicht ... ich kann es einfach nicht“, murmelte sie und sackte auf die hüfthohe Gartenmauer.

„Und was hast du jetzt vor?“

Julia blickte zur Villa hinüber. Von schweren, zugezogenen Gardinen gedämpftes Licht schimmerte zu ihnen hinaus in die sommerliche Dunkelheit. Irgendwo hinter dem Haus stand eine Tür offen, vermutlich die zur Terrasse, und sie konnten die Stimme von Madonna hören.

„Ich weiß es nicht“, sagte Julia zutiefst erschüttert und ratlos. Sie kämpfte mit den Tränen. Sie war sich Franks Liebe und Treue so sicher gewesen. Doch jetzt wusste sie, dass er sie am Telefon angelogen hatte. Das mit dem Bruder war eine Lüge gewesen. In Wirklichkeit war er mit Sabine und Kiki in der Disco gewesen und jetzt zu Kiki nach Hause gefahren, deren Eltern wohl mal wieder nicht da waren.

Alles in ihr krampfte sich zusammen, als sie sich vorzustellen versuchte, was sich dort drinnen in diesem Augenblick zwischen Frank und Sabine abspielte. Ob er sie gerade jetzt küsste? Und sie hatte gedacht, er könnte nur so lieb und zärtlich zu ihr sein, weil sie sich wirklich liebten.

Julia schüttelte den Kopf. „Ich weiß es wirklich nicht. Warten vermutlich ..."

„Warten auf was?"

„Dass er da ... da herauskommt", sagte Julia stockend.

„Und dann?"

Darauf erhielt Conny keine Antwort.

14 Unruhig rutschte Conny auf der Mauer hin und her.

Sie hockten schon über eine halbe Stunde in der Dunkelheit. Und Julia hatte während dieser Zeit kaum mehr als ein Dutzend Worte gesprochen. Die ganze Sache wurde ihrer Meinung nach reichlich ungemütlich.

„He, Julia!" Sie stieß ihre Freundin an.

„Mhm?"

„Meinst du nicht auch, dass wir besser gehen sollten?", fragte Conny.

Julia schüttelte den Kopf. „Geh nur. Ich nehm's dir bestimmt nicht übel. Aber ich bleibe ... Ich muss einfach warten, bis er da rauskommt."

„Aber es bringt doch nichts ... und ändern tut es auch nichts, wenn du Frank eine Szene machst", redete Conny auf sie ein.

„Kann sein", räumte Julia ein. „Aber dann habe ich es wenigstens hinter mir ... und ich weiß, dass es vorbei ist."

„Das weißt du doch jetzt schon."

„Möglich. Ich bleib aber trotzdem", beharrte sie eigensinnig.

Conny seufzte. „Also gut, dann bleib ich eben auch noch. Dann brauchst du mir hinterher wenigstens nicht zu beschreiben, wie du ihn herunterge..."

Conny kam nicht mehr dazu, ihren Satz zu beenden, denn in diesem Moment drangen erregte Stimmen aus dem Haus. Die Tür wurde aufgerissen.

Dirk und Frank stürmten heraus, lachend, gefolgt von Kiki und Sabine, die ihnen gemeine Schimpfworte hinterherschrien und dann die Tür zuknallten.

„Regt euch ab. Nützen wird es euch sowieso nicht! Wir haben, was wir haben wollten!", rief Frank zurück.

„Ihr braucht euch auch gar nicht mehr im Verein blicken zu lassen!", fügte Dirk hinzu – und blieb dann wie angewurzelt stehen, als er die beiden Gestalten am Tor sah.

Frank prallte gegen Dirk. „He, was ist?" Dann erblickte auch er Julia und Conny, die von der Mauer aufgesprungen waren. „Ach, du heiliger Schwan! Was macht ihr denn hier?"

Julia schluckte. „Genau das wollte ich dich fragen. Wir haben gesehen, wie du und Dirk mit Sabine und Kiki aus der Disco gekommen und hierher gefahren seid und ..."

Frank trat auf sie zu. „O mein Gott, und da hast du bestimmt gedacht, ich hätte mit Sabine angebändelt, nicht wahr?", sagte er betroffen.

Julia biss sich auf die Lippen. Nur jetzt nicht losheulen!, sagte sie sich.

„Das habe ich aber nicht", versicherte Frank und berührte sie an der Schulter. „Du ... du weißt doch, was ich für dich empfinde. Dieser Abend hier mit Sabine und Kiki war eine ganz kühl berechnete Sache."

„So?", fragte Julia zweifelnd.

Dirk schob sich neben Frank. „Reiß ihm jetzt bloß nicht den Kopf ab, Julia. Wir haben den Abend nur mit Kiki und Sabine verbracht, um ihnen den Beweis zu entlocken, dass sie es waren, die diese Lügen über euch in Umlauf gebracht haben."

Julia war unendlich erleichtert. „Ist ... ist das wahr?" Ihre Stimme zitterte. Es war also doch nicht aus zwischen ihr und Frank. Ganz im Gegenteil.

Frank sah sie nur an und nickte.

„Klaro!", versicherte Dirk freudestrahlend. „Es war Franks Idee. Okay, erst war ich skeptisch, als er mich anrief und mir seinen Plan vorschlug. Wir haben uns ja zuvor nicht gerade besonders gut verstanden. Aber er hat mich überzeugt, und es hat geklappt. Kiki und Sabine haben unsere Einladung sofort angenommen und dachten schon, uns euch ausgespannt zu haben. Wir haben uns ganz schön verstellen und über euch herziehen müssen ..."

„Und das soll dir schwer gefallen sein?", unterbrach Conny ihn spitz.

Dirk errötete. „Ja, ob du es mir glaubst oder nicht. Auf jeden Fall haben wir so getan, als fänden wir das toll, dass man euch abgesägt hat. Und nach ein bisschen Schmeicheln und Zureden haben sie dann auch zugegeben, dass sie das Ganze inszeniert haben."

„Und das haben wir alles auf Diktaphon aufgenommen", sagte Frank stolz. „Erstklassiges Beweismaterial!"

„Nicht nur das. Hier, ich hab was für dich, Conny." Dirk zog ein kleines Buch heraus.

„Mein Tagebuch!", rief Conny und nahm es dankbar an sich.

„Komm, gehen wir", schlug Frank vor und nahm Julias Hand. „Jetzt können wir diese unerfreuliche

Geschichte vergessen. Mit Kiki und Sabine werdet ihr euch nicht mehr herumschlagen müssen. Die sind jetzt endgültig out ... nicht nur im Verein." Dann beugte er sich zu Julia hinunter, küsste sie leicht hinter das Ohr und flüsterte ihr zu: „Ich glaube, ich habe dir schon lange nicht mehr gesagt, wie sehr ich dich liebe. Verzeihst du mir, dass ich dir nichts von unserem Plan erzählt habe?"

Julia drückte fest seine Hand, und ein glückliches Lächeln trat auf ihr Gesicht, als sie mithörte, wie Dirk Conny mit gedämpfter, verlegener Stimme fragte: „Sag mal, wollen wir es nicht noch einmal miteinander versuchen, Conny? Ich ... ich hab eigentlich nie aufgehört, dich zu mögen."

„Ja, gern, Dirk."

Ein Fall von Liebe

1 Ein eisiger Wind fegte über den Vorplatz, als Michael Meller zusammen mit den anderen Kfz-Lehrlingen aus der großen Werkstatthalle ins Freie trat. Er war ein dunkelhaariger, kräftiger Junge mit einem offenen, sympathischen Gesicht, das sich nun in der Kälte rötete. Der Wind riss ihm seinen dampfenden Atem von den Lippen.

Es war Freitagnachmittag. Wochenende. Vergessen war die nicht enden wollende Arbeit in den zugigen Reparaturhallen, der Lärm, die großen Anpfiffe des Meisters und die oftmals beißenden Bemerkungen der Gesellen, die offenbar vergessen hatten, dass auch sie ihren Beruf einmal hatten erlernen müssen. All das zählte jetzt nicht mehr – bis Montagmorgen.

Michael blickte zu einem seiner jungen Kollegen hinüber, der von seiner Freundin abgeholt wurde. Ralf legte seine Hände um die Hüften des Mädchens und küsste sie zärtlich.

Ein bisschen Neid regte sich in Michael, als er die beiden Hand in Hand weggehen sah, während er selbst mal wieder nichts am Wochenende vorhatte. Wenn er doch bloß auch eine Freundin hätte, mit der er zusammen sein konnte. Eine zärtliche, anschmiegsame Freundin. Für kurze Zeit war es ja ganz okay, solo zu sein, aber auf Dauer bedeutete es doch Einsamkeit und Frust.

„He, Mike! Warte mal!“

Michael blieb stehen und drehte sich um. Claus Höfken, der ebenfalls im zweiten Lehrjahr war, kam über den Platz auf ihn zugelaufen. Trotz der Kälte hatte er unter der abgeschabten Lederjacke, die mit Nieten und knalligen Stickern versehen war, nur ein dünnes T-Shirt mit Leopardenmuster an.

„Na, was hat der Chef gesagt?“, fragte Michael erwartungsvoll, als Claus ihn eingeholt hatte. Kurz vor Feierabend war sein Kumpel zum Personalchef gerufen worden, und das war nie ein gutes Zeichen, wenn man Lehrling war.

Claus verzog das Gesicht. „Kannst dir ja denken, was der zu labern hatte!“, sagte er grimmig. „Ist doch immer dasselbe. Allmählich kann ich den Sermon des Alten schon locker mitsingen.“

„Deine Haare?“, fragte Michael. Sein Freund hatte sich die Haare an den Seiten abrasiert und den Rest hellblond gefärbt. Die kahlen Stellen an den Seiten waren nicht extrem, trotzdem sah er ziemlich ausgeflippt und auffallend aus – besonders hier in Kirchbach, wo der Hauch der Großstadt immer erst mit zehnjähriger Verspätung Einzug hielt.

Claus nickte. „Ihm passt es nicht, dass ich so flippig herumlaufe. Meine Frisur wäre eine üble Geschmacksverirrung und nicht nur Zeichen mangelnder Reife, sondern auch eine Beleidigung für jeden anständigen Kunden.“

Michael sah ihn halb mitfühlend, halb spöttisch an. „Es steht eben nicht jeder auf deinen Sonnenblumenkamm. Hast du ihm denn gesagt, dass du keinen Heiratsantrag von ihm erwartest?“

Claus lachte. „Von wegen adrettes Aussehen, das von Kunden verlangt wird! Der Bankmensch, der letzte

Woche wegen Unterschlagung und Betrug verhaftet wurde und nun im Knast sitzt, hat in der Zeitung wie aus dem Ei gepellt ausgesehen. Aber sein feiner Maßanzug hat nicht viel über seinen miesen Charakter ausgesagt, oder?"

Michael pflichtete ihm bei.

„Als ob ich mit gefärbten Haaren die Zündung schlechter einstellen würde!", stieß Claus erbost hervor und steckte sich eine Zigarette an.

Michael zuckte die Achseln und suchte den Schlüssel für seine Zweisitzer-Honda. „Lass ihn doch reden."

„Das geht mir aber allmählich schwer auf den Geist."

„Solange du deine Arbeit ordentlich machst, kann er dir nichts anhaben", beruhigte Michael ihn und wich dem Zigarettenqualm aus. „Beim Meister hast du doch 'nen Stein im Brett, seit dir dieser Murks an dem Opel aufgefallen ist. Der hält dir doch den Rücken frei."

„Sag mal, fährst du gleich nach Hause, oder hast du noch was vor?", wechselte Claus das Thema.

„Nee, ich hab nix vor."

„Was hältst du davon, wenn wir noch auf ein Bier und eine Runde Flippern in die *Villa* gehen?"

„Wollte eigentlich in die Stadt fahren und mir ein paar CDs anhören. Willst du mitkommen?", fragte Michael, der wusste, dass sein Freund zur Zeit ohne Fahrzeug war. Er hatte mit seinem Motorrad Bruch gemacht und würde mindestens noch ein Wochenende Arbeit investieren müssen, um es wieder fahrtüchtig zu machen.

„Klar!", sagte Claus ohne zu zögern. „Ich war schon lange nicht mehr bei *Mario's*."

„Dann mach endlich deinen Glimmstengel aus und lass uns fahren."

„Nun kehr man nicht den penetranten Nichtraucher raus!", protestierte Claus, schnippte aber seine Zigarette in den nächsten Gully. „Ich weiß auch so, dass du was gegen das Qualmen hast."

„Wenn du schon nicht an deine Lungen denkst, denk doch wenigstens an das Mädchen, das dich küssen soll! Ich jedenfalls finde einen Nikotinkuss alles andere als antörnend", sagte Michael lachend.

„Habe ich gesagt, dass du mich küssen sollst?"

Michael grinste und warf ihm den Ersatzhelm zu, den er immer auf den Gepäckträger geschnallt hatte. Er stülpte den seinen über das volle schwarze Haar, das im Kontrast zu seinen hellblauen Augen stand.

2 *Mario's Music Shop* war ein riesiger Laden, der sich über zwei weitläufige Etagen erstreckte und ein wahres Paradies für Musikliebhaber aller Richtungen war. Im ersten Stock befand sich die Abteilung mit Pop und Rock, wo sich kurz nach Schulschluss, oder wenn es draußen kalt und ungemütlich war, die Jugend von Kirchbach drängte.

„Sag mal, hast du schon mit Alex und den anderen gesprochen, ob ich bei euch mitmachen kann?", fragte Michael, als sie die Treppe ins Obergeschoss hochgingen und ihnen schon der Sound von Prince entgegendröhnte.

„Hat sich noch nicht ergeben, aber dieses Wochenende treffen wir uns. Du willst also wirklich bei uns einsteigen?"

„Klar doch, das habe ich dir doch gesagt", versicherte Michael und wich einem Pärchen aus, das sich auf der Treppe umarmte.

Claus gehörte einer Clique von fünfzehn Jugendlichen an, die wie er auf Hardrock und Motorräder standen, mit Nieten bestückte Lederkluft trugen oder sich auf andere ausgeflippte Art von der Menge absetzten. Sie waren in Kirchbach als die *Bike Rocker* bekannt, zumeist nur *Biker* genannt, obwohl echte Rocker wie die *Hell's Angels* in Köln, München oder Hamburg über sie nur geringschätzig die Nase gerümpft hätten.

Michael war schwer beeindruckt von ihnen. Die Typen um Alex waren richtig cool und hatten den Mut, wie er fand, zu dem zu stehen, was ihnen gefiel. Einige von ihnen hatten schon richtig schwere Maschinen, und Alex fuhr sogar eine alte Harley Davidson. Sie machten das, was sie wollten und für richtig fanden. Was andere über sie sagten und dachten, kümmerte sie nicht.

Gerne würde er zu ihnen gehören.

Nicht nur, weil er eine Schwäche für Motorräder hatte und es ihn nervte, dass er nur eine alte Honda fuhr. Er wollte auch endlich einmal ein paar nette Leute kennen lernen und zu einer Clique gehören. Denn außer Claus hatte er sonst keinen Freund. Obwohl er jetzt schon ein gutes halbes Jahr mit seinen Eltern in Kirchbach wohnte, hatte er kaum Kontakt zu den anderen Jugendlichen. Er war nicht der Typ, der auf andere zuging und dem es leicht fiel, in Gegenwart von Fremden locker und witzig zu sein. Wenn man es ihm auch nicht ansah, so hatte er doch eine Menge Hemmungen, die er dadurch zu verbergen versuchte, dass er sich zurückhaltend gab. Doch in Wirklichkeit war er kein Einzelgänger. Er war gern unter Leuten, und er stellte es sich wunderschön vor, zu einer Gruppe von Gleichgesinnten zu gehören und gemeinsam etwas zu unternehmen.

„Ich werde sehen, was sich machen lässt, Mike. Aber wie ich das so sehe, wird das schon in Ordnung gehen. Und du hast ja auch schon ein paar von uns kurz kennen gelernt“, meinte Claus und blickte bewundernd ein auffallend schickes Mädchen an, das ihnen auf der Treppe entgegenkam.

Michael schenkte ihr keine Beachtung. Mädchen, die ihre Selbstverliebtheit offen zur Schau trugen, interessierten ihn nicht.

Claus dagegen drehte sich nach ihr um und pfiff leise durch die Zähne. „Alex hätte die jetzt garantiert angemacht. Der kennt da absolut keine Hemmungen!"

„Tu dir keinen Zwang an", meinte Michael belustigt und blieb oben auf dem Treppenabsatz stehen. „Ich warte hier und schau mir gerne an, wie sie dich in deine Einzelteile zerlegt, bevor sie davonrauscht."

„Ach, war doch nur ein Witz. Ist nicht so ganz meine Kragenweite", erklärte Claus wenig überzeugend und ging schnell weiter.

Michael hob skeptisch die Augenbrauen, sagte jedoch nichts. Claus hatte einfach nicht den Mumm gehabt, das Mädchen anzuquatschen. Aber was Muffe war, kannte er ja selbst zur Genüge. Ein Mädchen anzusprechen, das ihm gefiel und seinen Puls schneller schlagen ließ, stellte für ihn noch immer die größte Selbstüberwindung dar.

An der hufeisenförmigen Audiotheke, wo man per Kopfhörer in die neuen CDs reinhören konnte, herrschte ein ziemliches Gedränge.

„Nicht ein Platz frei!", maulte Claus.

„Keine Hektik. Wird schon noch", meinte Michael und ging die Kästen mit den Neuerscheinungen durch. Er zog die neue Scheibe von Van Halen und von den Scorpions raus und ergatterte wenig später einen freiwerdenden Platz an der CD-Theke.

„Mensch, geht das wieder tierisch bei den Scorpions ab!", schwärmte er, als der Angestellte die neue CD aufgelegt hatte. „Hör dir das mal an! Das ist der totale Wahnsinn! *Wind of Change* war ja schon eine Wucht, aber diese neuen Songs sind die reinsten Hämmer."

„Lass hören. Her mit den Ohrwärmern!“, verlangte Claus grinsend, stülpte sie sich über und verdrehte die Augen. „Einer von uns muss die CD kaufen, ich überspiel sie mir dann auf Kassette.“

„Und der eine bin natürlich wieder ich, und du kommst dann mit der Kassette an. Nee, diesmal bist du es, der in den Beutel greifen muss.“

„Mal sehen“, meinte Claus.

Während Michael darauf wartete, dass Claus ihm die Kopfhörer wieder zurückgab, drehte er sich ein wenig zur Seite und ließ seinen Blick über die CD-Theke schweifen. Gerade wollte er sich wieder seinem Freund zuwenden, als er das Mädchen bemerkte, das am anderen Ende des Hufeisens stand.

Sie hatte den Kopf ein wenig in den Nacken gelegt und die Augen geschlossen, während ihre Hände die Kopfhörer an die Ohren pressten. Dabei bewegte sie sich sanft im Rhythmus der Musik, die außer ihr niemand hören konnte. Ein verträumtes Lächeln lag auf ihrem hübschen Gesicht.

Michael konnte den Blick nicht von ihr wenden und rätselte, welche Art von Musik sie so in Verzückung versetzte.

Als spürte sie, dass sie beobachtet wurde, öffnete sie plötzlich die Augen, lächelte noch ganz abwesend – und blickte Michael dabei direkt in die Augen.

Einen kurzen Moment schauten sie einander an, dann senkte sie den Blick, neigte sich zur Seite und sagte etwas zu dem Mädchen, das neben ihr stand und eine CD in der Hand hielt.

Michael musterte sie nun eingehender. Am meisten

faszinierten ihn ihre Augen und ihr Lächeln, das sein Herz auch gleich schneller schlagen ließ. Ihr Haar war halblang und kastanienbraun, und sie hatte eine tolle Figur, die sich deutlich unter dem rostbraunen Pullover abzeichnete.

Die beiden Mädchen flüsterten miteinander, und dann schauten sie zu ihm herüber – mit einem Lächeln, das alles bedeuten konnte. Michael schoss das Blut ins Gesicht, und er blickte hastig weg, um gleich darauf aus den Augenwinkeln wieder zu ihnen hinüberzuspähen.

Als er wieder einmal zu dem Mädchen hinüberschaute, wich sie seinem Blick nicht aus, sondern lächelte ihn an.

Es war ein freundliches, offenes Lächeln.

Es durchfuhr ihn heiß und kalt, und er glaubte, sein Herz schlagen zu hören.

Dass Claus etwas zu ihm gesagt hatte, merkte er erst, als dieser ihm einen Rippenstoß versetzte und fragte: „He, was ist denn mit dir los? Träumst du schon im Stehen?“

„Was?“

„Hast du abgeschaltet, Mann?“

„Nein ... das heißt ...“

Claus folgte seiner Blickrichtung und begriff sofort, was es mit Michaels Begriffsstutzigkeit auf sich hatte. „Ach nee, du hast dich wohl in Sandy verguckt, ja?“

„Ist das die mit dem rotbraunen Haar?“

„Ja.“

„Du kennst sie?“, fragte Michael erfreut.

„Ja und nein. Kennen ist wohl zu viel gesagt, und

wenn überhaupt, dann mehr vom Sehen her. Die beiden haben bei uns mal Zeitschriften ausgetragen", antwortete Claus. „Ich glaube jedenfalls, dass sie Sandy heißt, und die Blonde ist ihre Freundin Katrin. Ich habe sie auch schon mal mit den Yuppies aus dem Golfclub gesehen, diesen geschniegelten Typen, die immer die neuesten Designer-Klamotten anhaben und sich auf Kosten von Papis dicker Brieftasche jeden modischen Firlefanz leisten können."

„Na und?"

Claus zuckte die Achseln. „Du hast mich nach ihr gefragt, Mann, und ich habe dir gesagt, was ich weiß."

„Weißt du auch, wo diese Sandy wohnt?", fragte Michael aufgeregt.

„Irgendwo in der Neubausiedlung im Westen, wo sie die schicken Einfamilienhäuser gebaut haben. Warum gehst du nicht rüber und sprichst sie an, wenn du interessiert bist?"

„Blödsinn!", erwiderte Michael mehr aus Verlegenheit. „War nur mal so eine Frage."

„He, hast du das gesehen?" Claus stieß ihn unter der Theke an. „Sie hat dir richtig zugelächelt. Komm, gib dir 'nen Ruck und düse zu ihr rüber. Vielleicht wartet sie schon darauf."

„Vielleicht aber auch nicht", sagte Michael, zwischen freudiger Erregung und starken Selbstzweifeln hin und her gerissen.

„Vielleicht, vielleicht!", äffte Claus ihn nach. „Also, was steht jetzt an?"

„Gar nichts steht jetzt an!" Michaels Stimme klang ärgerlich, und das war er auch, aber auf sich selbst.

Kleinlaut gab er im nächsten Moment zu: „Ich weiß einfach nicht, wie ich sie ansprechen soll."

„Versuch's doch mit einem witzigen Spruch", schlug Claus vor.

„Tolle Idee. Brauche jetzt bloß noch den witzigen Spruch", sagte Michael sarkastisch. „Hast du einen Vorschlag?"

Sein Freund nagte an der Unterlippe. „Nein", gestand er dann. „Nicht so auf Kommando ..."

Die beiden Mädchen blieben noch zehn Minuten, und die ganze Zeit über ließ Michael Sandy nicht aus den Augen.

Verdammt, irgendetwas muss ich tun, sagte er sich immer wieder. Doch es blieb bei dem Vorsatz, denn er getraute sich einfach nicht, sie anzusprechen.

Schließlich ging Sandy mit zwei CDs zur Kasse, zahlte und verließ mit ihrer Freundin das Geschäft – jedoch nicht ohne sich noch einmal lächelnd nach ihm umzublicken.

Claus nickte zustimmend. „Warum können nicht mal die Mädchen den ersten Schritt tun und einen anquatschen? Dann weiß man wenigstens, woran man ist. Immer müssen wir Jungs uns was einfallen lassen. Sonst wollen sie doch auch überall dieselben Rechte. Nur wenn es um die Anmache geht, dann sollen wir uns zuerst zum Affen machen."

„Du meinst, wir sollen warten, dass sie uns anbaggern?"

„Klar!"

„Und was ist, wenn sie es nicht tun, Claus?"

„Keine Ahnung, aber dann sind wir quitt."

Michael verzog das Gesicht. „So nach der Devise: Operation gelungen, Patient tot, ja? Nee, ich glaube nicht, dass irgendeinem damit geholfen ist." Er stellte die *Scorpions*-CD wieder in den Ständer zurück, obwohl er sie sich gern gekauft hätte. Aber er war im Augenblick knapp bei Kasse, und Claus machte keine Anstalten, diesmal in den Beutel zu greifen und ihm das Überspielen auf Kassette zu überlassen. Er seufzte.

„Vermutlich haben sie genauso viel Muffe wie wir."

Claus nickte zustimmend.

3 Michael musste immer wieder an das Mädchen mit dem Kastanienhaar denken, das er in *Mario's Music Shop* gesehen hatte. Als er nach Hause kam und sich an den Küchentisch zum Essen setzte, hörte er seiner Mutter nur mit halbem Ohr zu.

Sein Vater, der für ein halbes Jahr als Maschinenschlosser in Tunesien auf Montage war, hatte mal wieder angerufen. Es war eher eine Seltenheit, dass er zum Telefonhörer griff und sich meldete. Manchmal hatte Michael das Gefühl, eigentlich gar keinen Vater zu haben. Soweit er sich zurückerinnern konnte, war sein Vater immer irgendwo auf Montage und bei ihnen stets nur kurz auf Besuch gewesen. Deshalb interessierte es ihn auch nicht, was seine Mutter ihm da von ihm erzählte. Er gab ihr nur einsilbige Antworten und ließ sie reden.

Später, als sie sich den Krimi im Fernsehen anschauten, schweiften seine Gedanken noch immer zu Sandy ab.

Vor dem Einschlafen starrte er in die Dunkelheit und hatte ihr Bild noch deutlich vor Augen. Sandy! Der Name passte zu ihr.

Warum habe ich sie nicht angesprochen?, warf er sich vor. Vielleicht hat sie wirklich darauf gewartet, dass ich sie unter irgendeinem Vorwand anrede. Das hat ja auch Claus gesagt. Allein schon ihr Lächeln ...

Er hätte sich ohrfeigen können für seine Schüchternheit. Dieser Alex Stemm hätte sich über ihn bestimmt lustig gemacht, wenn er dabei gewesen wäre. Dem wäre garantiert ein flotter Spruch oder irgendein Aufhänger eingefallen, um mit ihr ins Gespräch zu kommen.

Sandy war das erste Mädchen, das ihn ernsthaft interessierte, seit seine Freundschaft mit Vera vor acht Monaten in die Brüche gegangen war. Vielleicht gab es doch so etwas wie Liebe auf den ersten Blick, was er nie für möglich gehalten hatte.

Er schloss die Augen, und ein Gefühl der Verlassenheit und Einsamkeit überkam ihn. Die Freundschaft mit Vera war eine bittere Enttäuschung gewesen. Nie hätte er gedacht, dass sie ihm die ganze Zeit nur was vorgemacht hatte und sich gleichzeitig hinter seinem Rücken noch mit einem anderen Jungen traf. Im Grunde hatte sie immer nur einen draufmachen und in der Pinte an den Flipperautomaten und am Tischfußball stehen wollen. Nach Vera hatte er keine Freundin mehr gehabt. Schon wegen des Umzugs nach Kirchbach. So erschienen ihm diese zurückliegenden Monate wie eine halbe Ewigkeit.

Und jetzt war ihm diese Sandy begegnet. Nur, er hatte seine Chance vertan.

Ob sie mit ihrer Freundin über ihn gesprochen hatte? Wie mochte wohl ihre Stimme klingen oder ihr Lachen?

Michael wälzte sich im Bett hin und her. Bevor er endlich in einen unruhigen Schlaf fiel, dachte er noch: Ich muss sie unbedingt wieder sehen!

4 Als er an die CD-Theke trat und das Mädchen mit dem Kastanienhaar erblickte, verblassten die Gestalten um ihn herum. Alle Geräusche wurden zu einem kaum noch wahrnehmbaren Gemurmel.

Michael sah sie lächeln. Ja, sie lächelte ihn an. Er erwiderte ihr Lächeln und ging auf sie zu, ganz cool und selbstbewusst. „Hallo, kann ich dir beim Tragen helfen?", fragte er und wies auf die Plastiktüte mit den CDs in ihrer Hand.

Sie lachte. „Klar", antwortete sie und reichte ihm die Tragetüte. Ihre Hände berührten sich, und sie zog ihre Hand nicht zurück, als er sie festhielt und ihr dabei in die Augen schaute.

Hand in Hand spazierten sie durch die winterlichen Straßen, die wie ausgestorben waren. Im Lichtkegel der Straßenlaternen tanzten Schneeflocken. Er legte seinen Arm um ihre Schultern, und sie schmiegte sich an ihn.

Stundenlang streiften sie so durch die Stadt. Dann gingen sie in die Disco tanzen. Wie nahe sie bei ihm war! Er atmete die Frische ihres Haares ein und den ganzen Duft eines Parfüms, das nach Maiglöckchen roch.

Dann fuhren sie zu ihm nach Hause. In seinem Zimmer zündete er nur eine Kerze an und legte eine CD auf.

„Glaubst du an Liebe auf den ersten Blick?", fragte er.

Sie sah ihm tief in die Augen und hauchte: „Ja!"

Ihre Lippen berührten sich.

Eine heiße, wunderbare Welle der Erregung durchflutete seinen Körper ...

Plötzlich wurde die Zimmertür aufgerissen.

„Mike ... Mike!", rief eine energische Stimme mit ungeduldigem Beiklang.

Michael fuhr hoch und richtete sich verschlafen im Bett auf. Er brauchte eine Weile, um aus der Welt des Traumes in die Wirklichkeit zurückzufinden. Benommen blickte er zur Tür, wo seine Mutter stand.

„Verdammt noch mal, was ist?", stieß er gereizt hervor und enttäuscht darüber, dass sie ihn aus seinem Traum gerissen hatte.

„Telefon für dich."

„Wer denn?"

„Claus."

Er verzog das Gesicht und fiel mit einem Gefühl der Ernüchterung und Leere in die Kissen zurück. „Sag ihm, ich schlafe noch und er soll später noch mal anrufen."

„Kommt gar nicht in Frage!", erklärte seine Mutter ungehalten. „Es ist gleich elf Uhr, und du liegst noch immer im Bett!"

„Mein Gott, es ist doch Samstag!", stöhnte Michael. „Es ist Wochenende!"

„Ja, und es ist höchste Zeit, dass du endlich aus dem Bett kommst", fuhr seine Mutter ungerührt fort und sagte im Weggehen: „Ich jedenfalls sage deinem Claus gar nichts. Das wirst du schon selbst tun müssen."

Fluchend schlug Michael die Decke zurück, quälte sich aus dem Bett und ging in die Diele, um den Hörer aufzunehmen. „Sag mal, sind dir alle Sicherungen durchgebrannt, dass du mich in aller Herrgottsfrühe aus dem Bett holst?"

Claus lachte. „Du wirst es überleben."

„Ich hoffe, du hast wenigstens einen guten Grund für deinen bescheuerten Anruf!"

„Und ob ich den habe. Ich brauche deine Hilfe."

„Nicht um diese Zeit."

„Na komm, stell dich nicht so an. Mittlerweile bist du doch putzmunter."

„Also, wo brennt es denn?"

„Ich schaffe es einfach nicht, den Motor von meiner Kiste wieder einzubauen. Du musst mir dabei helfen. Ich zähle auf dich!"

„Seit wann hast du zwei linke Hände?", erwiderte Michael, dem die Vorstellung, an einem Samstagvormittag bei Claus in der Garage zu hocken und am Motor rumzufummeln, absolut nicht behagte.

„Nein, aber mit zwei Händen ist es eben nicht getan", sagte Claus verdrossen. „Kann ja schlecht das Mistding festhalten und gleichzeitig schrauben. Komm, lass mich nicht hängen."

Michael zögerte. Lust hatte er wirklich keine, doch andererseits war Claus sein einziger Freund hier in Kirchbach, und ohne seine Fürsprache hatte er keine Chance, in die tolle Clique von Alex Stemm aufgenommen zu werden. Und obendrein hatte er ohnedies nichts Besonderes vor.

Er gab sich einen Ruck. „Okay, du hast gewonnen. Ich ess schnell was und schmeiß mich dann auf meine Honda. In einer knappen Stunde bin ich bei dir."

„Du bist echt in Ordnung, Mike!"

„Vergiss nicht, dir das auf deinen Spiegel zu schreiben, damit du auch immer daran erinnert wirst", brummte Michael und legte auf.

5 Zwei Stunden ging Michael seinem Freund in der Garage seines Vaters zur Hand. Zum Glück hatte Claus einen Hitzestrahler aufgestellt, sonst wären ihnen die Finger abgefroren. Es war nämlich ein sonniger, aber eiskalter Tag.

„So, das hätten wir. Jetzt kommt der Augenblick der Wahrheit!“, rief Claus, als sie den Motor wieder eingebaut hatten.

„Lass die Kiste schon an!“

Claus schaltete die Zündung ein und trat das Startpedal durch. Beim sechsten Versuch sprang die Maschine an und lief nach kurzem Stottern und Spucken rund.

„Saubere Arbeit, Mike!“, lobte Claus seinen Freund, der so etwas wie einen siebten Sinn besaß, wenn es darum ging festzustellen, wo das Problem lag.

Michael grinste. „Tja, Genialität hat man eben oder nicht.“

„Sag das doch beim nächsten Mal dem Meister“, schlug Claus lachend vor.

„Du ...“ Michael zögerte.

„Ja, was ist?“

„Du hast doch gestern gesagt, dass du dieses Mädchen, diese Sandy, kennst.“

Claus schaute ihn mit einem spöttischen Lächeln an. „Hat es dich erwischt, Kumpel? Denkst du noch immer an die Kleine?“

Michael versuchte die Sache herunterzuspielen, indem er die Achseln zuckte und eine gleichgültige Miene aufsetzte. „Na ja, ich fand sie irgendwie nett, und ich dachte, du könntest vielleicht herausfinden, wo sie wohnt und wie sie mit Nachnamen heißt!“

Doch Claus ließ sich nicht täuschen. „Dann muss es dich ja ganz schön erwischt haben, Junge!“

„Komm, red doch keinen Quatsch!“, sagte Michael und ärgerte sich im nächsten Moment über sich selbst. Warum musste er immer so verlegen werden, wenn es um Mädchen ging? Warum konnte er nicht einmal Claus gegenüber ehrlich sein? „Ich weiß doch gar nicht, wie sie ist, aber trotzdem interessiere ich mich für sie“, fügte er abschwächend hinzu.

„Wusste ich es doch! Mann, du hättest sie gestern gleich in *Mario's Music Shop* anquatschen sollen.“

Michael machte eine unwillige Geste. „Hab ich aber nicht. Also, was ist? Tust du mir den Gefallen oder nicht?“

„Klar höre ich mich um.“

„Aber leg das nicht in die geistige Ablage unter der Rubrik ‚Hat noch Zeit‘, okay?“, bat Michael.

„Kannst dich darauf verlassen.“

„Okay, dann düse ich jetzt mal nach Hause, sonst gibt es Stunk, dass ich mich nicht zum Mittagessen habe sehen lassen.“

Die Fahrt von Claus zurück nach Hause führte ihn am Eisstadion vorbei. Als er bei Rot vor der Ampel hielt, glaubte er seinen Augen nicht zu trauen. Sandy!

Sie ging keine fünf Schritte von ihm entfernt über den Zebrastreifen, begleitet von ihrer Freundin Katrin. Beide trugen rote, enge Steghosen und dicke Pullover.

Über ihren Schultern hingen Schlittschuhe. Sie unterhielten sich und lachten, und deutlich konnte er Sandys Stimme hören, als sie direkt an ihm vorbeikam.

„... schon so lange darauf gefreut ...“

Es war das erste Mal, dass er ihre Stimme hörte. Sie blickte sogar in seine Richtung, doch da er den Helm mit dem Plastikvisier trug, konnte sie ihn natürlich nicht wieder erkennen.

Wenn dieses scheinbar zufällige Zusammentreffen nicht ein Zeichen war! Er war überzeugt davon, dass es so etwas wie ein Wink des Schicksals war.

Er beobachtete, wie die beiden Freundinnen im Eingang des Eisstadions verschwanden, und mit einem Mal war ihm klar, was er zu tun hatte.

So schnell er konnte, fuhr er nach Hause, stürmte in den Keller und kramte seine alten Schlittschuhe hervor, die er schon mindestens zwei Jahre nicht mehr benutzt hatte. Die Kufen waren stumpf und rostig, aber dafür gab es ja den Schleif-Service im Eisstadion.

„Was ist denn bloß in dich gefahren? Was hast du vor? Und willst du nicht wenigstens was essen?“, fragte seine Mutter, als er sich hastig umzog.

„Keinen Hunger!“, wehrte er ab, während er in den warmen Parka schlüpfte.

„Aber du musst doch was essen, Junge!“

„Kein Mensch muss müssen – hat schon der alte Dichterfürst Goethe gesagt“, erwiderte Michael beschwingt, klemmte sich die Schlittschuhe unter den Arm und gab seiner Mutter einen flüchtigen Kuss auf die Wange, weil er wusste, dass sie ihm dann nicht mehr böse sein konnte.

Diesmal würde er seine Chance ganz sicher nicht vorübergehen lassen! Diesmal würde er so handeln wie in seinem Traum. Er würde sie ansprechen, so wahr er Michael Meller hieß. Immerhin war er schon achtzehn. Da würde er doch wohl den Mut aufbringen, den ersten Schritt zu tun.

6 Als Michael ins Eisstadion kam und das Kellergeschäft des Schleifers aufsuchte, fluchte er unterdrückt. Da warteten noch gut zehn andere darauf, an die Reihe zu kommen. Bis er scharfe Kufen unter den Schuhen hatte, würde noch einige Zeit vergehen. Und dabei hatte er das quälende Gefühl, als wäre jetzt jede Minute kostbar.

Mit wachsender Ungeduld wartete er in der Schlange. Langsam rückte er vor.

„Na, die haben schon mal bessere Zeiten gesehen, was?“, spottete der glatzköpfige Mann hinter dem Schleifstein, als Michael endlich an der Reihe war.

„Ich will ja nicht zur Eisrevue!“, erwiderte er grinsend.

Minuten später saß er auf einer Tribünenbank nahe der Holzbalustrade und hielt fieberhaft Ausschau nach Sandy.

Es war ziemlich viel los auf dem Eis. Einige Dutzend Schlittschuhläufer standen in Gruppen zusammen, redeten, lachten, beobachteten einander, brachen manchmal zu wilden Verfolgungsjagden auf oder fädelten sich, wenn sie weniger standfest waren, eher zögernd in den Strom ein. Es war ein buntes, fröhliches Treiben. Aus der Lautsprecheranlage des Stadions drang flotte Rockmusik.

Nach kurzem Suchen hatte er Sandy entdeckt. Sie stand bei einer Gruppe Jugendlicher, die auffallend schick gekleidet waren.

Das muss die Yuppie-Clique mit dem Designerfimmel sein, von der Claus gesprochen hat, dachte Michael und zwängte sich schnell in seine Schlittschuhe. Sie waren ihm zwar ein wenig eng, aber es würde schon gehen. Hauptsache, er konnte da auf dem Eis mitmischen, Sandys Aufmerksamkeit erregen und irgendwie mit ihr ins Gespräch kommen.

Hoffentlich falle ich nicht hin und blamiere mich vor ihr!, dachte er, als er sich vorsichtig aufs Eis wagte. Früher war er ein recht guter Läufer gewesen, aber das lag nun schon zwei Jahre zurück.

Er atmete erleichtert auf, als er nach ersten zaghaften Gehversuchen feststellte, dass er sich relativ sicher auf dem Eis bewegte.

Er drehte ein paar Runden, hielt sich dabei im äußeren rechten Kreis, wo das Tempo nicht so hoch war, und lief sich allmählich warm. Ein zufriedenes Lächeln trat auf sein Gesicht, als er ein paar schnittige Kurven hinlegte und ihm schließlich auch das Rückwärtsfahren gelang. Er wurde zunehmend schneller und sicherer, und es machte ihm Spaß.

Dabei versuchte er, Sandy nicht aus den Augen zu verlieren. Sie war, wie er feststellte, eine ausgezeichnete Schlittschuhläuferin. Mit ihrer Freundin Katrin und zwei Typen, die ihm auf Anhieb unsympathisch waren, fegte sie in einem rasanten Tempo über das Eis.

Es war ein Vergnügen, ihr zuzusehen. Kein Zweifel, sie beherrschte das Schlittschuhlaufen, war sportlich und hatte einen bemerkenswerten Drive. Im Zickzack sauste sie um die Bahn und legte abrupte Richtungsänderungen ein. Rückwärts lief sie fast genauso schnell wie vorwärts, und sie machte ganz lässige Sprünge, von denen er nur träumen konnte.

Sandy hatte ihn längst gesehen, das stand fest. Mehrmals war sie schon an ihm vorbeigezischt, und ein paar Mal hatte er ihren Blick aufgefangen.

Doch ob sie ihn auch erkannt hatte?

Er lehnte in der oberen Kurve an der Balustrade und überlegte gerade, wie er vorgehen sollte, als Sandy sich aus der Mitte löste, eine Runde fuhr, auf rückwärts wechselte – und plötzlich rechts ranfuhr.

Sie bremste ein paar Meter vor ihm ab. Scharf und gekonnt. Ihre Kufen rasierten über das Eis, dass der Schnee wie Gischt aufstäubte.

Michael spürte, wie ihm das Herz im Halse schlug, als sie die Hand nach der Balustrade ausstreckte und direkt neben ihm stehen blieb.

Sie drehte sich zu ihm um. Ihr Gesicht war gerötet und ihr Haar vom Fahrtwind zerzaust. Ihr Atem kam in weißen Wolken, und als sie ihn anlächelte, blitzten ihre Zähne so weiß wie das Eis unter ihren Kufen.

„Hallo!“, sagte sie.

„Hallo!“, erwiderte er und war wie gelähmt. Aber das wäre noch nicht einmal so schlimm gewesen, wenn nicht auch sein Kopf urplötzlich wie leer gefegt schien. Er wusste nicht, was er sagen sollte.

Sandy bückte sich und machte sich eine Weile an ihren Schnürsenkeln zu schaffen, die gar nicht so aussahen, als säßen sie locker.

Verdammt noch mal, sag was! Das ist deine Chance, Mann!, forderte er sich insgeheim auf.

Eine Ewigkeit schien zu vergehen.

Ihm fiel einfach nichts ein. Jedenfalls nichts Passendes.

Sandy richtete sich wieder auf, hauchte ihre Fingerspitzen an, blickte ihn noch einmal kurz an, als hoffte sie, dass er etwas sagen würde, schaute dann schnell wieder weg – und erblickte ihre Freundin, die ihr entgegenkam.

„Katrin!“, rief Sandy, hob den Arm, winkte, stieß sich ab und nahm mit kurzen, kraftvoll schnellen Schritten Geschwindigkeit auf.

„So ein Mist!“, fauchte Michael leise und stieß sich ebenfalls von der Balustrade ab. Dann lief er den beiden Mädchen, so schnell es ging, hinterher.

Er war stinkwütend auf sich selbst. Warum hatte er den Mund nicht aufbekommen? Ob sie zufällig bei ihm angehalten hatte? Kaum. Das hatte ganz und gar nicht nach einem Zufall ausgesehen. Und dann die Sache mit ihren Schnürsenkeln. Sie hatte auf Zeit gespielt. Gewartet. Und er, Idiot, hatte stumm wie ein Fisch dagestanden. Bestimmt hatte sie gehofft, dass er sie ansprechen würde. Aber wenn es kein Zufall gewesen war, warum hatte dann nicht sie den Anfang gemacht?

Michael war so wütend und verwirrt, dass er sich nicht mehr auf das Eislaufen konzentrierte. Und als die beiden Mädchen abrupt abbremsten, passierte es.

Er war zu nahe und nicht geübt genug, um genauso plötzlich zum Stehen zu kommen. Doch ein Ausweichen war auch nicht möglich. Links von ihnen stand eine Gruppe Kinder, und rechts von ihnen blockierte eine Vierergruppe, die sich eingehakt hatte, die Durchfahrt.

„Achtung!“, schrie er instinktiv, bremste ab, so gut es ging – und sauste dann den beiden Mädchen entgegen, die sich bei seinem Warnruf erschrocken umgedreht hatten.

Ich schaffe es nicht mehr! Verdammt!, schoss es ihm durch den Kopf, während er geradewegs auf Sandy und Katrin zuraste. Dabei stemmte er sich derart gegen das Eis, dass er das Gleichgewicht verlor. Sekundenbruchteile später stieß er mit Sandy und Katrin zusammen – zumindest glaubte er das.

Doch die beiden hatten unglaublich schnell reagiert und waren seitlich ausgewichen.

Michael streifte Sandy nur kurz am Bein und knallte dann mit einem Jungen zusammen, der offensichtlich zu der Designer-Clique gehörte, denn er trug eine sündteure, pelzgefütterte Lederjacke.

Wütend schrie er auf, als Michael ihn zu Boden riss. Er rappelte sich jedoch sofort wieder auf. Seine ganze Sorge galt seiner teuren Jacke, von der er sogleich den Schnee abwischte.

„Mensch, kannst du denn nicht aufpassen?“, fuhr er Michael wütend an. „Wenn ich jetzt ’n Riss in der Jacke habe, wirst du dafür blechen! Ich hoffe, dein Alter hat eine gute Haftpflichtversicherung.“

„Reg dich nicht so auf, Stefan. Ist doch nichts passiert“, mischte sich Katrin nun besänftigend ein.

„Von wegen nichts passiert! Hast du denn nicht gesehen, wie er mich umgesäbelt hat?“

Michael kam ebenfalls wieder auf die Beine. Er hatte einen hochroten Kopf und wagte nicht, Sandy anzublicken, aus Angst, Spott oder gar Geringschätzung in ihrem Gesicht zu lesen. „Tut mir Leid“, murmelte er verlegen. „Das wollte ich nicht.“

„Was du nicht sagst!“

„Ich habe einen Moment nicht aufgepasst, und da ist mir beim Abstoppen ...“

Stefan fuhr ihm unwirsch ins Wort. „Wenn du nicht weißt, wie man richtig abstoppt, hast du hier nichts zu suchen!“

Michael verkniff sich die scharfe Erwiderung, denn er wollte vor Sandys Augen keinen Streit mit einem aus ihrer Clique anfangen. Deshalb schluckte er seinen Ärger hinunter, zuckte nur mit den Schultern und wandte sich ab.

„Stümper!“, rief Stefan ihm nach.

Michael stiegen Tränen der Wut in die Augen, als er sich in den Strom der Schlittschuhfahrer einfädelte, die Eisfläche überquerte und sie bei der überdachten Tribüne verließ. Er wagte nicht, sich umzublicken. Vermutlich sahen sie ihm nach und machten sich lustig über ihn. Ob auch Sandy ihn auslachte?

Ihm war der Spaß am Eislaufen vergangen. Mit finsterer Miene stapfte er hinunter in die Halle, wo die Imbissbude war und lange Bänke vor den schmalen Metallspinden standen.

Dort holte er sich eine heiße Schokolade und eine große Tüte Fritten, was überhaupt nicht zusammenpasste, aber er hatte Appetit auf beides.

Niedergeschlagen setzte er sich auf eine der Holzbänke, schlürfte die heiße Schokolade, stopfte die Fritten in sich hinein und ärgerte sich grün und blau, dass ihm dieses Missgeschick passiert war. Ausgerechnet dann, als er drauf und dran gewesen war, Sandy anzusprechen.

Was würde sie jetzt bloß von ihm halten?

Er starrte trübe vor sich hin. Vielleicht hat sie mich im Geist schon längst abgehakt, dachte er. Vielleicht bin ich ihr aber auch schon vorher keinen Gedanken wert gewesen. Mike, du bist nicht ein totaler Versager! Nur gut, dass Claus das Ganze nicht mitbekommen hat.

7

Sandy lag in der Badewanne und genoss die dampfende Hitze, die den bodenlangen Spiegel an der Tür beschlagen ließ.

Sie war mit dem Fichtennadelkonzentrat ihrer Mutter geradezu verschwenderisch umgegangen, das eine wohlriechende Schaumschicht auf dem heißen Wasser bildete.

Sandy ließ sich zurücksinken und schloss genießerisch die Augen. Sie spürte die Wärme in sich aufsteigen, die sie leicht einschläferte. Sie seufzte zufrieden und spielte mit dem Schaum, während sie an den Nachmittag im Eisstadion dachte.

Auf einmal sah sie wieder diesen Jungen vor sich. Schon in *Mario's Music Shop* war er ihr aufgefallen. Nicht nur ihr, sondern auch ihrer Freundin.

„Sieht toll aus, findest du nicht, Sandy?“, hatte Katrin gesagt.

Sie hatte sich ein wenig zurückhaltend gegeben. „Mhm, hat ein nettes Lächeln. Nur der Typ, mit dem er da zusammen ist, gefällt mir nicht.“

„Freizeit Rocker, einer von den *Bikers* vermutlich“, hatte Katrin auf ihre direkte Art gesagt. „Aber der andere ist ganz süß.“

„Süß! Süß sind Rübenkraut und Zuckerwatte!“

„Du, der hat es auf dich abgesehen, Sandy!“, hatte Katrin spontan gesagt.

Sie hatte gelacht. „Du träumst ja!“

„Mensch, du musst ja schon blind sein, wenn du das nicht siehst! Der schaut doch ständig zu dir rüber ..."

Sandy seufzte noch einmal und räkelte sich in der Wanne. Heute im Eisstadion war sie ihm wieder begegnet. Sie hatte das für einen Zufall gehalten, nicht jedoch Katrin.

Aber Katrin hatte ja immer so verrückte Ideen. Als ob dieser Junge mit dem vollen schwarzen Haar ihretwegen auf die Eisbahn gekommen wäre! Sie kannten sich doch gar nicht. Woher hätte er auch wissen sollen, dass sie ins Eisstadion gehen würde?

„Klar, dass er wegen dir hier ist!", hatte Katrin behauptet.

„Woher willst du das wissen?"

„Weil er immer zu uns herüberschaut."

„Vielleicht meint er dich."

„Warum starrt er dann dir nach, wenn ich mich hier ausruhe, he?"

„Was weiß ich ... Und wenn es so wäre, warum spricht er mich dann nicht an?"

„Vielleicht hat er Angst, du würdest ihm eine Abfuhr erteilen", hatte Katrin gesagt.

„Blödsinn!"

„Aha, du würdest also nicht, ja?"

Sandy war unwillkürlich errötet. „Na ja, nett scheint er ja zu sein."

„Worauf wartest du dann noch?"

„Was meinst du damit?"

„Mein Gott, wenn er die Kurve nicht kriegt, musst du eben den ersten Schritt tun."

„Und wenn er gar nichts mit mir zu tun haben will?“

„Spinn doch nicht! Der traut sich bloß nicht.“

„Warum sollte er sich nicht trauen? So schüchtern sieht er doch gar nicht aus.“

„Das tust du auch nicht, und trotzdem wirst du rot, wenn ich bloß sage, dass er sich vielleicht in dich verknallt hat.“

„Aber er ist doch ein Junge“, hatte sie reichlich lahm eingewandt.

„Na und? Mein Bruder ist genauso, wenn es darum geht, ein Mädchen, das ihm gefällt, anzusprechen. Dann benimmt er sich wie ein Vollidiot. Dabei ist er der beste Sportler und reißt sonst überall die Klappe auf. Aber wenn diese Sabine aus dem Nebenhaus auftaucht, kriegt er heiße Ohren und den Mund nicht mehr auf.“

„Und du? Du wirfst hier so großartig mit deinen Ratschlägen um dich, als wärst du Experte im Aufreißen. Dabei traust du dich auch nicht, einen Jungen in der Disko aufzufordern.“

„Aber theoretisch weiß ich, was man tun müsste, wenn man ein Auge auf jemanden geworfen hat. Gib doch endlich zu, dass er dir gut gefällt.“

„Na ja, schon ...“

„Also! Er ist aber offenbar so schüchtern wie mein Bruder. Deshalb musst du das irgendwie drehen. Am besten stoppst du scheinbar zufällig bei ihm ab und tust so, als wären deine Schnürsenkel locker. Wenn du dann direkt neben ihm stehst, wird er schon was sagen.“

„Meinst du wirklich?“

„Ich zahl dir heute Abend in der Disko eine Cola,

wenn er dich nicht anquatscht. Redet er dich an, musst du für mich in den Beutel greifen, okay?“

„Okay!“

Sandy öffnete ihre Augen. Kein Wort hatte der Junge gesagt. Und als er Stefan von den Füßen geholt hatte, hatte er sie noch nicht einmal angeblickt. Dabei war sie insgeheim genauso sicher wie ihre Freundin gewesen, dass er etwas von ihr wollte. Und im Stillen hatte sie sich schon darauf gefreut, ihn kennen zu lernen. Sie hatte häufig an ihn gedacht und sich so gewünscht, dass Katrin Recht hatte. Aber nicht ein Wort. Nun, ihre erste Cola in der Disko würde Katrin nachher für sie bezahlen. Doch wenn sie ehrlich war, war das noch nicht einmal ein schwacher Trost. Ihr wäre es andersherum lieber gewesen.

Sie zwang sich, nicht mehr daran zu denken. Es brachte ja doch nichts. Eine gute halbe Stunde blieb sie im heißen Wasser liegen, entspannte sich und sog den Fichtennadelduft ein.

Dann hielt sie es nicht länger in der Wanne aus. Es wurde auch Zeit, dass sie sich allmählich für die Disco fertig machte.

Mit den Zehen zog sie den Badewannenstöpsel heraus, und während das Wasser gurgelnd abfloss, spülte sie sich den Schaum vom Körper. Sie legte den Kopf in den Nacken und drehte sich unter der Dusche im Wasserstrahl, um auch den letzten Rest Shampoo aus ihrem Haar zu bekommen.

Sie frottierte kurz ihr Haar, ließ es halb feucht und trocknete sich dann schnell ab. Nackt, wie sie war, lief sie vom Bad durch die Diele in ihr Zimmer. Ihre Eltern waren mit dem Kegelverein unterwegs, sonst hätte sie sich den Bademantel übergezogen.

Sie holte weiße Unterwäsche aus der Kommode, legte sie dann aber wieder zurück. Ein weißer BH unter einer Bluse oder einem T-Shirt leuchtete bei dem Discolicht immer violett durch. Irgendwie störte sie das, aber ohne wollte sie auch nicht gehen. Dafür hatte sie einfach zu viel Busen. Wenn sie einen Pullover trug und darunter ohne ging, war das okay. Aber für einen Pulli war es in der Disko zu heiß.

Sie schlüpfte schnell in ein schwarzes Höschen und griff gerade zu dem dazu passenden BH, als die Wohnungsklingel schrillte.

Das musste Katrin sein! Diesmal war sie aber wirklich überpünktlich! Offensichtlich hatte ihr Vorwurf, sie trödele immer so herum und könne keinen Termin einhalten, nun doch seine Wirkung gezeigt.

Sandy lief in den Flur, drückte auf den Türöffner und machte die Tür einen Spaltbreit auf. Dann ging sie in ihr Zimmer zurück und zog den BH an.

Augenblicke später klopfte es an der Wohnungstür. „Komm rein!", rief Sandy aus ihrem Zimmer. „Stell dir vor, meine Eltern sind auf Kegeltrip. Ich kann heute also länger bleiben, toll, was?"

Sie hörte, wie die Tür ins Schloss fiel, und dann kamen Schritte über den Flur.

„Ich bin in meinem Zimmer!", rief Sandy, die vor dem geöffneten Kleiderschrank stand und nicht wusste, was sie anziehen sollte. „Kannst du mir mal sagen, was ich anziehen soll?"

„Von mir aus kannst du so bleiben, wie du bist. Du siehst einfach umwerfend aus, Sandy“, sagte da eine Stimme, die aber nicht ihrer Freundin gehörte, sondern einem Jungen.

Es war Stefan.

Erschrocken fuhr sie herum.

Im selben Augenblick legten sich seine Hände um ihre Hüften.

„Stefan ...! Was soll das ... ? Was tust du hier?“, stieß sie verwirrt hervor.

Er lachte sie an. „Wieso? Du hast doch gerufen, dass ich hereinkommen soll!“

„Ich ... ich dachte, es wäre Katrin.“

Seine Hände glitten über ihre nackte Haut, wanderten den Rücken hoch und zogen sie eng an seinen Körper.

„Lass das bitte, Stefan“, sagte sie und stieß ihn sanft von sich.

„Du bist doch sonst nicht so prüde“, erwiderte er mit belegter Stimme. „Letzte Woche in der Disko hast du auch ganz eng mit mir getanzt und geknutscht. Sogar mit Zungenkuss und so.“

„Das war was anderes.“

„Aber ich mag dich, das weißt du doch ... und du magst mich auch. Warum wehrst du dich dann?“

„Ja, ich mag dich schon“, räumte Sandy zögernd ein.

„Na also. Wir passen doch zusammen. Ich habe schon immer für dich geschwärmt“, sprudelte er hervor. „Dir kann keiner aus der Clique das Wasser reichen. Ehrlich! Ich finde dich einfach umwerfend. Und in diesen sexy Sachen noch viel mehr ...“

Sandy war einen Moment so verwirrt, dass sie sich gegen seinen erneuten Zugriff nicht zur Wehr setzte. Und als er sie küsste, ließ sie es geschehen.

Stefan war ihr ja nicht unsympathisch. Bis vor kurzem hatte sie ihn sogar noch richtig toll gefunden, und es hatte ihr Spaß gemacht, mit ihm zu tanzen und zu schmusen. Weiter war sie aber nie gegangen, denn für sie war es nicht mehr als ein heftiger Flirt.

Aber jetzt, da sie so gut wie nackt war, duldete sie es nicht, dass er sich irgendwelche Freiheiten herausnahm.

Als er seine Hand in ihren Slip schob, drückte sie ihn energisch von sich. Plötzlich schämte sie sich, so spärlich bekleidet vor ihm zu stehen. Hastig griff sie nach der Jacke, die sie vorhin über die Lehne ihres Schreibtischstuhls geworfen hatte, und hielt sie schützend vor sich. „Bitte geh aus dem Zimmer, damit ich mich anziehen kann!", sagte sie entschlossen.

Doch er trat auf sie zu und streckte die Hand nach ihr aus. „Komm, Sandy! Sei doch nicht so. Wir sind doch keine kleinen Kinder mehr ..."

Da klingelte es an der Haustür.

„Das wird Katrin sein!", sagte Sandy und hatte Mühe, ihre Erleichterung zu verbergen.

Stefan blickte grimmig zur Diele und wusste nicht, ob er auf das Klingeln reagieren sollte.

„Na los, geh schon hin und mach auf!", forderte Sandy ihn auf. „Oder willst du vielleicht, dass sie uns beide so zusammen sieht?"

Er grinste sie an. „Warum denn nicht? Ich hätte nichts dagegen." Er ging aber dann in die Diele, um Katrin aufzumachen und dann zu verschwinden.

Zitternd sank Sandy auf die Kante ihres Bettes, und unwillkürlich musste sie an den fremden schwarzhaarigen Jungen denken. Ob er sich in dieser Situation wohl genauso verhalten hätte wie Stefan?

Es klopfte an die Tür. „Sandy?"

„Komm herein, Katrin!"

Katrin trat ein und blickte Sandy überrascht an, als sie diese nur mit Slip und BH bekleidet auf der Bettkante sitzen sah. „He, habe ich euch vielleicht bei irgendetwas gestört?", fragte sie halb spöttisch, halb verwundert. Sie glaubte nun zu verstehen, warum Stefan ihr so unfreundlich die Wohnungstür geöffnet hatte. „Tut mir Leid, wenn ich da in was reingeplatzt bin. Aber ich wusste nicht, dass du mit Stefan verabredet warst."

Sandy verdrehte die Augen. „War ich auch nicht."

„Sag mal, hast du ihn etwa in dieser Aufmachung reingelassen?", wunderte sich Katrin.

„Ich dachte, du wärst es. Deshalb habe ich aufgemacht und die Tür nur angelehnt. Er hat mich echt überrumpelt. Du glaubst gar nicht, wie froh ich bin, dass du gekommen bist. Er ist richtig ausgeklinkt ..."

„Hat er ..."

„Nein, es ist nichts passiert, Gott sei Dank, bis auf ein bisschen Gegrabsche", sagte Sandy schnell. „Aber das hat mir gereicht."

„Tja, habe ja immer gewusst, dass Stefan scharf auf dich ist."

„Aber ich bin nicht scharf auf ihn!"

„Sondern auf wen? Auf den Schwarzhaarigen vielleicht?", fragte Katrin lächelnd.

Sandy errötete und wich ihrem Blick aus. „Ach,

Quatsch." Sie sprang vom Bett auf. „Sag mir lieber, was ich anziehen soll."

„Na was schon?", sagte Katrin, ohne lange zu überlegen. „Den roten Body mit dem V-Ausschnitt und die schwarze Jeans."

Sandy befolgte ihren Rat.

Als sie zwanzig Minuten später die Wohnung verließen, stießen sie auf Stefan, der im Treppenhaus auf Sandy gewartet hatte. Er hielt sie an der Hand fest und flüsterte ihr zu: „Du, es tut mir Leid, wenn ich vorhin etwas stürmisch war, Sandy. Das war nicht die feine englische Art. Kannst du mir noch einmal verzeihen? Aber als ich dich so sah, dachte ich erst, du hättest bewusst so ... na ... wie auch immer. Dein Anblick hat mich einfach vom Sockel gehauen ..."

„Ist schon Okay", sagte sie, ohne ihn anzublicken.

Er drückte ihre Hand. „Dann bist du mir auch nicht böse?"

„Nein, Stefan", schwindelte sie.

8 Nach seiner Blamage im Eisstadion hatte Michael keine Lust mehr, sich am Abend noch mit Claus und dessen *Biker*-Freunden zu treffen.

Doch Claus ließ am Telefon nicht locker. „Ich habe Alex schon gesagt, dass ich dich mitbringe. Du kannst doch jetzt nicht einfach eine Mücke machen. Ich denke, du würdest gern zu unserer Clique gehören?“

„Stimmt schon.“

„Okay, dann zieh dich an und halt dich bereit. Ich bin gleich bei dir.“

Das Stammlokal der *Biker* war das *Easy Rider*, eine Pinte, die für den kleinbürgerlichen Geschmack der Bewohner von Kirchbach reichlich ausgeflippt eingerichtet war: Die Wände waren wie eine Asphaltstraße ganz in Schwarz gehalten und durch weiße Streifen unterteilt und mit unzähligen Motorradteilen in Form von Blechen, Auspuffrohren, Radnaben, Antriebsketten und anderen Dingen behängt. Und einige von den Sitzgelegenheiten bestanden aus aufmontierten Zweirad-Sitzbänken und aus einigen breiten *Easy-Rider*-Sitzen. Die Theke und die Regale dahinter waren mit Motorradplaketten, alten Nummernschildern und Harley-Davidson-Accessoires geradezu bepflastert. Mehrere Flipperautomaten sowie zwei Billardtische vervollständigten die Einrichtung.

Michael war schon ein paar Mal im *Easy Rider* gewesen, doch Anschluss gefunden hatte er da keinen, weil er für die coolen Typen einfach noch ein Fremder, ein

Nobody war. Deshalb war er auch so scharf darauf, in Claus' Clique aufgenommen zu werden, obwohl er die Biker-Szene gar nicht so toll fand. So im Ansatz aber gefielen ihm die Klamotten, die Musik und das coole Auftreten.

Claus führte seinen Freund durch das Lokal nach hinten, wo die Billardtische standen. Er stieß ihn plötzlich versteckt an und raunte: „Das ist Alex!"

Er deutete mit einer knappen Kopfbewegung auf einen kräftigen Burschen in Nietenlederhosen und einer dazu passenden abgewetzten Jacke. Ein gutes Dutzend Jungen und vier Mädchen, die ähnliche Klamotten trugen, standen um den Billardtisch herum und sahen zu, wie Alex Stemm routiniert eine Kugel nach der anderen versenkte.

Claus lachte kurz auf. „Im Billard ist Alex absolute Spitze, darin schlägt ihn keiner. Komm."

Michael war ziemlich aufgeregt, versuchte jedoch, sich so cool und gelassen wie möglich zu geben, als Claus ihn nun seinen Freunden vorstellte.

„Das ist mein Kumpel Mike", sagte Claus und boxte ihm kameradschaftlich in die Seite. „Habe euch doch schon von ihm erzählt."

„Richtig, hast du", sagte Alex kaugummikauend, stützte sich auf den Billardstock und musterte ihn mit hochgezogenen Augenbrauen. „Du willst bei uns mitmischen, hat Claus gesagt."

„Ja."

„Warum?", fragte Alex knapp und fast aggressiv.

Michael spürte die neugierigen Blicke der anderen und hatte Mühe, seine Lässigkeit beizubehalten. „Na ja, schon um herauszufinden, ob Claus nicht bloß gesponnen hat, als er mir immer davon vorgeschwärmt hat, was ihr für eine tolle Clique seid", antwortete er betont gemächlich. „Außerdem ist die Auswahl in diesem Kaff ja nicht gerade berauschend."

Einige lachten zustimmend.

Alex nickte mit einem schwachen Grinsen. „Okay, aber du siehst nicht so aus, als würdest du echt auf *Biker* stehen", sagte er mit einem skeptischen Blick.

„Ach, kommt es bei euch nur aufs Äußere an?", fragte Michael spöttisch.

„Nee, nur darauf, ob du Mumm in den Knochen hast, Mike."

„Klar hat der Mumm", versicherte Claus. „Glaubst du, ich hätte ihn sonst mitgebracht?"

„Hat dir Claus schon davon erzählt?", fragte ein hagerer, blasser Bursche, der etwa so alt wie Michael war und sich gerade eine Zigarette drehte.

„Wovon?", fragte Michael zurück und warf Claus einen unsicheren Blick zu. Was hatte er ihm verschwiegen?

„Na, von der Mutprobe", sagte der Hagere.

„Nee, habe ich nicht, Tilli", sagte Claus und wandte sich seinem Freund zu. „Ich habe das glatt vergessen. Das mit der Mutprobe ist bei uns so üblich, wenn man aufgenommen werden will. Ein Spiel, nichts weiter. Nichts, was dich aus der Ruhe bringen könnte."

Michael fand das insgeheim schon etwas beunruhigend, wollte sich aber nichts anmerken lassen. Deshalb zuckte er die Achseln. „Und? Was soll ich tun?"

„Keine Ahnung, aber uns wird schon was einfallen",

meinte Alex. „Hat ja keine Eile. Jetzt ziehen wir erst mal rüber in die Disco und legen ’ne Runde Rock ein. Wenn du Bock hast, kannst du mitkommen, Mike.“

Michael blickte Claus fragend an.

„Okay, Kumpel, vorerst bist du drin!“, sagte dieser strahlend. „Das mit der Mutprobe findet sich später irgendwann. Na, was habe ich gesagt?“

Michael freute sich, dass er die erste Hürde schon mal überwunden hatte. Doch als die Clique das *Easy Rider* verließ, um geschlossen zur beliebtesten Disko von Kirchbach, dem *Catch Up*, zu ziehen, tönten einige aus der Gruppe ganz groß, was sie für tolle Mutproben bestanden hätten.

„Das mit der Mutprobe finde ich aber ein bisschen blöde“, sagte Michael leise zu Claus, als sie um die Straße bogen und die hell erleuchtete Disko vor ihnen lag.

„Wem sagst du das, aber wenn du dazugehören willst, wirst du nicht darum herumkommen“, antwortete Claus mit gedämpfter Stimme.

Michael verzog das Gesicht.

Der bullige Türsteher der Disko verstellte Alex und Tilli, die vorweggingen, den Weg. „Is’ nicht! *Biker* sind hier nicht angesagt!“, erklärte er kühl, sich seines Schwergewichtes im wahrsten Sinne des Wortes bewusst.

„Soll das ’n Witz sein, Mann?“, blaffte Alex.

„Bei Westentaschen-Fuzzis wie dir hol ich noch nicht mal ’nen abgedroschenen Kalauer aus der Kiste“, knurrte der Türsteher. „Und nun verpisst euch. Rein kommt ihr hier jedenfalls nicht!“

„He, schau mal, wer da kommt!“, zischte Claus in dem Moment und stieß Michael zur Seite. „Die Designer-Clique aus den Hochglanzbeilagen! Und deine heimliche Liebe ist auch dabei!“

Michael drehte sich um. Tatsächlich, da kam sie über die Straße. Sandy. Seine Sandy, vor der er sich bis auf die Knochen blamiert hatte. Jetzt schaute sie zu ihm herüber. Ihre Blicke kreuzten sich, hielten einander sekundenlang fest. Aber stahl sich da nicht ein Lächeln auf Sandys Gesicht?

Ich muss sie unbedingt ansprechen, nahm sich Michael vor.

„Schaut aber bei diesem neuen Türsteher gar nicht so aus, als würden wir heute Abend die Disko von innen zu sehen bekommen – ganz im Gegensatz zu deiner Sandy und ihren Freunden“, sagte Claus grimmig, die Hände in den Taschen seiner Lederjacke vergraben. „Mann, wie die sich alle in Schale geworfen haben. Das ist ja ’ne halbe Modenschau.“

Michael hörte kaum hin. Er hatte nur Augen für Sandy.

„Hallo, Mike, Probleme mit den *Bikern*?“, fragte Stefan den Türsteher leutselig und mit einem geringschätzigen Blick auf die Clique um Alex Stemm.

„Nichts, womit ich nicht fertig würde, Stefan“, erwiderte der Türsteher und rief der *Biker*-Clique zu: „Los, macht ’ne Mücke und haut ab. Rein kommt ihr ja doch nicht.“

„Gelackte, hirnlose Affen!“, rief Alex Stefan nach, als dieser und seine Clique durch die Tür der Disko verschwanden. „Glauben, sie wären was Besseres, nur weil sie Papis Geld abzocken und geschniegelt daherkommen!“

„Zischen wir ab“, sagte Tilli. „Hier kriegen wir heute ja doch keinen Stich mehr.“

„Eigentlich sollten wir diesen arroganten Kerlen mal zeigen, was Sache ist, und den Schuppen auseinander nehmen!“, fauchte Alex, wandte sich jedoch zum Gehen.

Sie kehrten ins *Easy Rider* zurück. Auf dem Weg dorthin ließen Alex und ein paar andere ihre Wut an einigen Mülltonnen aus.

Michael dachte ständig an Sandy, dass sie nur ein paar Straßen weiter in der Disko *Catch Up* war und mit irgendeinem anderen Jungen tanzte. Er wollte sie unbedingt wieder sehen. Er musste!

„Du, ich klink mich hier aus“, sagte er schließlich leise zu Claus, nachdem sie eine Runde Billard gespielt hatten. „Halt mir hier den Rücken frei, okay?“

Sein Freund begriff sofort. „Wegen Sandy, nicht wahr?“

Michael nickte nur.

„Hoffentlich kommst du rein.“

„Werd's ja sehen“, erwiderte er und verdrückte sich.

Schwierigkeiten, in die Disko reingelassen zu werden, hatte er nicht. Mike, der Türsteher, konnte sich offenbar nicht mehr daran erinnern, dass er zu der *Biker*-Clique gehörte. Und da seine Kleidung nicht mal halb so ausgeflippt war wie die von Alex, fiel er zwischen den anderen Jugendlichen gar nicht auf.

Im flackernden Licht der farbigen Spots bahnte er

sich einen Weg durch die Menge und hielt Ausschau nach Sandy.

Endlich entdeckte er sie auf der anderen Seite der Tanzfläche, die von einer erhöhten Galerie umgeben war, sodass man von oben auf die Tanzenden hinunterblicken konnte.

Sie war mit ihren Freunden und Freundinnen aus der Clique zusammen, und sie tanzte auch mit verschiedenen Jungen. Doch als einer sie beim Blues eng an sich zog, spielte sie nicht mit. Sie schob seine Hand zweimal energisch weg – und als er es ein drittes Mal versuchte, ließ sie ihn einfach auf der Tanzfläche stehen und setzte sich zu ihrer Freundin Katrin an den Tisch.

Michael ließ sie nicht aus den Augen. Er brachte aber nicht den Mut auf, die Treppe hinunterzugehen, auf ihren Tisch zuzusteuern und sie zu fragen, ob sie mit ihm tanzen wollte.

Er kam sich selbst bescheuert vor, wie er da oben am Geländer stand, an seiner Cola nippte, den Blick auf sie gerichtet. Jetzt war er schon volle achtzehn Jahre und traute sich dennoch nicht, dieses Mädchen da unten anzusprechen. Wenn das nicht zum Heulen war! Dabei war er doch sonst nicht auf den Mund gefallen. Warum musste man ausgerechnet dann, wenn es um Mädchen ging, feuchte Hände, Herzklopfen und einen geistigen Black-out bekommen. In den Filmen waren die Typen doch immer so cool und wussten genau, was sie zu sagen und wie sie sich zu bewegen hatten.

Er blieb, bis Sandy und die anderen aufbrachen. Als sie an der Garderobe ihre Mäntel und Jacken abholten, stand er ganz in der Nähe. Und so bekam er ganz deutlich mit, wie Sandy zu Katrin sagte: „Du, ich warne dich. Von Tennis habe ich nicht viel Ahnung. Ich habe nur ein paar Mal gespielt."

„Macht doch nichts", erwiderte ihre Freundin. „Mein Bruder hat den Hallenplatz schon bezahlt, und ein bisschen was kann ich dir bestimmt beibringen."

„Okay, ganz wie du meinst. Dann morgen um elf vor dem Tennis-Center."

„Du weißt doch, wo das ist?"

„Unten am alten Bahnhof, richtig?"

„Ja", antwortete Katrin und trat mit Sandy in die eisige Nacht hinaus. Was sie sonst noch zu ihrer Freundin sagte, konnte Michael nicht mehr verstehen. Doch er hatte schon genug gehört.

9 Es war ein ungemütlicher, nasskalter Sonntagmorgen. Michael fuhr auf seiner Honda schon um zwanzig vor elf zu den Tennishallen am stillgelegten Bahnhof hinunter und wartete im Schutz einer Imbissbude, die um diese Zeit noch nicht geöffnet hatte.

Minuten später tauchte Katrin auf, die von ihrem Vater mit dem Wagen gebracht wurde. Kurz darauf erschien Sandy auf ihrem Mofa. Die beiden Mädchen verschwanden in der Halle, und Michael hatte plötzlich einen Einfall, um endlich mit Sandy ins Gespräch zu kommen.

Es war ganz einfach. Er würde sich jetzt schnell an ihrem Mofa zu schaffen machen, die Zündung verstellen oder die Benzinzufuhr unterbrechen – und dann nachher scheinbar zufällig vorbeikommen, wenn sie sich vergeblich abmühte, ihr Mofa zum Laufen zu bringen. Er würde ihr seine fachmännische Hilfe anbieten, und der erste Kontakt wäre hergestellt.

Michael schob seine Honda hinter die Imbissstube, hängte den Helm über den Lenker und schlenderte zur Tennishalle hinüber. Sandy hatte ihr Mofa rechts vor der Längsfront abgestellt.

Er blickte sich verstohlen um. Auf der Straße und auf dem Vorplatz war niemand zu sehen. Hastig kniete er sich hin, zog die Handschuhe aus und machte sich am Motor des Mofas zu schaffen. Einen Augenblick war er unschlüssig. Wenn er bloß den Benzinschlauch vom Stutzen zog, war es möglich, dass Sandy den Defekt selbst bemerkte und behob. Es musste also schon ein bisschen mehr sein.

Am besten, er machte sich am Vergaser zu schaffen. Das war sicherer.

Mit klammen Fingern zog er die Kappe ab und ärgerte sich, dass er keinen kleinen Schraubenzieher eingesteckt hatte.

Er hörte nicht die Schritte hinter sich. Deshalb fuhr er erschrocken zusammen, als ihn plötzlich eine Hand ziemlich grob an der Schulter packte und ihn vom Mofa wegriss.

„Da sind wir ja wohl gerade noch rechtzeitig gekommen!", sagte eine scharfe Stimme.

Michael wäre fast gestürzt, fing sich aber und drehte sich um. Vor ihm standen Stefan und zwei andere aus der Designer-Clique.

„Wolltest wohl das Schloss knacken und mit dem Mofa verduften, was?", herrschte Stefan ihn an und wandte sich dann einem seiner Freunde zu: „Los, hol Sandy und sag ihr, dass wir hier einen Mofaklau geschnappt haben."

Vor Schreck wusste Michael einen Moment nicht, was er sagen sollte.

„Komm, wir nehmen ihn mit rein!", schlug Wolfgang vor. „Wozu sollen wir hier draußen in der Kälte warten."

Stefan nickte und packte Michael am Arm. „Also los, rein mit dir!" Er deutete mit dem Kopf zum Eingang der Tennishalle hinüber.

Michael schüttelte seine Hand ab. „Hört mal, ihr irrt euch!", sprudelte er aufgeregt hervor. „Ich habe nicht vorgehabt, das Mofa zu klauen. Ich habe meine eigene Kiste da drüben hinter dem Kiosk stehen."

„Ach nee", sagte Stefan gedehnt. „Und warum hast du dann am Mofa herumgefummelt?"

Michael überlegte fieberhaft. „Also, ich ... ich dachte, ich hätte da Benzin auslaufen sehen", log er und wusste selbst, wie wenig überzeugend er klang.

Stefan bedachte ihn mit einem geringschätzigen Blick. „Du hältst uns wohl für Idioten, was? Nee, damit kommst du nicht durch. Und jetzt beweg dich, sonst helfen wir ein bisschen nach, ist das klar, Freundchen?"

Michael blieb nichts anderes übrig, als zu tun, was die drei von ihm verlangten. Hermann und Wolfgang nahmen ihn in die Mitte, und Stefan ging hinter ihm. Sich abzusetzen war also unmöglich.

„Sag mal, bist du nicht einer von den *Bikern*?", fragte Wolfgang, als sie in den Vorraum der Tennishalle traten.

Michael ignorierte die Frage und wandte sich an Stefan, der in der Clique offensichtlich das Sagen hatte. „Hör mal, ich weiß überhaupt nicht,was das soll!", rief er empört. „Ich wollte das Mofa wirklich nicht klauen. Aber wenn ihr unbedingt euren Spaß haben wollt, okay, dann gebe ich einen aus, einverstanden?"

Stefan zögerte einen Augenblick, dann schüttelte er den Kopf. „Nein, so läuft das nicht. Sandy soll entscheiden, ob wir dich den Bullen übergeben oder nicht", erklärte er und freute sich insgeheim über diese einmalige Chance, bei Sandy ein paar dicke Pluspunkte zu sammeln. Bestimmt würde sie ihm dankbar sein, dass er den Diebstahl ihres Mofas verhindert hatte.

„Ich hole Sandy", sagte Hermann und verschwand durch die große Doppeltür zu den Tennisplätzen.

„Na klar, der Kerl gehört zu den *Bikern*", sagte Wolfgang und steckte sich eine Zigarette an. „Er war doch gestern bei denen, die Mike nicht in die Disco gelassen hat. Erinnerst du dich, Stefan?"

„Passt ja wie die Faust aufs Auge", erwiderte Stefan mit einem abfälligen Grinsen. „*Biker* sind ja sowieso von Natur aus schon halbe Kriminelle."

Michael hätte ihn am liebsten geohrfeigt, aber er spürte, dass die beiden nur darauf warteten. Und so beherrschte er sich und zischte nur: „Ihr könnt mich mal!"

Wolfgang blies ihm den Rauch ins Gesicht. „Du wirst noch ganz kleine Brötchen backen. Warte es ab!"

Die Doppeltür ging auf. Hermann tauchte auf, gefolgt von Katrin und Sandy.

Michael brach der Schweiß aus. Verzweifelt fragte er sich, was er Sandy bloß sagen sollte. Sie würde ihn bestimmt nie wieder ansehen, wenn es diesem Stefan gelang, sie von dem versuchten Diebstahl zu überzeugen.

Sandy trug einen hübschen blassblauen Trainingsanzug mit rosa Streifen und ein schmales Frotteeband um das gelockte Haar. Ihr Gesicht war vom Laufen gerötet. Als sie Michael erblickte, blieb sie verwirrt stehen und schaute ihn ungläubig an.

Michael wich ihrem Blick aus. Am liebsten wäre er vor Scham im Boden versunken.

„Das ist der Kerl, der mit deinem Mofa abhauen wollte, Sandy!", erklärte Stefan großspurig.

„Das stimmt nicht!", widersprach Michael heftig, als er Sandys enttäuschten Blick sah.

„Was stimmt nicht?“, fragte sie scharf zurück.

„Dass ich dein Mofa klauen wollte!“

„Red keinen Stuss!“, rief Stefan. „Wir haben doch genau gesehen, wie du dich am Motor zu schaffen gemacht hast!“

„Richtig“, stimmte Hermann zu. „Du hast eindeutig da rumgefummelt.“

„Von Technik habt ihr alle wohl null Ahnung, was!“, brauste nun Michael auf. „Wenn ich ein Mofa klauen wollte, würde ich sicherlich nicht am Motor rumfummeln, sondern doch wohl am Schloss, oder? Aber das ist vermutlich um einiges zu hoch für euch. Einen CD-Player ein- und auszuschalten gilt bei euch garantiert schon als höchste technische Meisterleistung.“

„Komm uns bloß nicht dumm, *Biker*-Bubi!“, drohte Stefan ihm. „Sonst kriegste gleich ein paar gewischt, dass du hier auf dem Trockenen eine Pirouette drehst, ist das klar?“

„Lass das!“, sagte Sandy ungehalten zu ihm und fragte Michael dann: „Aber am Motor rumgefummelt hast du? Das ist nicht gelogen, oder?“

Michael zuckte die Achseln. „Ja, okay ...“

„Warum?“, wollte Sandy wissen.

Michael antwortete nicht. Er konnte doch nicht mit der Wahrheit herausrücken! Schon gar nicht vor Stefan und seinen Freunden. Eher würde er sich die Zunge abbeißen, als sich vor ihnen zum Gespött zu machen.

„Du siehst, ihm fällt noch nicht einmal eine simple Ausrede ein“, höhnte Stefan.

Michael nahm all seinen Mut zusammen. „Also gut, ich sag es dir ... aber nur dir allein, Sandy.“

Stefan verzog das Gesicht. „Sag mal, hast du sie noch alle auf der Reihe? Glaubst du, auf den billigen Trick fallen wir ..."

„Warte mal, Stefan!", unterbrach Sandy ihn und wandte sich Michael zu. „Du willst es also nur mir sagen?"

„Ja, weil es die da nichts angeht", sagte Michael und deutete mit einer Kopfbewegung auf Stefan, Wolfgang und Hermann.

„Ich glaube, ich spinne! Der Kerl wird ja immer frecher!", empörte sich Wolfgang. „Wisst ihr was, wir sollten mit ihm kurzen Prozess machen und ihn anzeigen. Soll sich doch die Polizei mit seinen Storys herumschlagen. Die werden schon dafür sorgen, dass ihm der Arsch auf Grundeis geht."

Sandy warf ihm einen ungehaltenen Blick zu. „Die Polizei werden wir mal schön aus dem Spiel lassen, Wolfgang."

Und zu Michael sagte sie: „Ich bin einverstanden. Du kannst es mir unter vier Augen sagen."

„He, das kann doch nicht dein Ernst sein!", empörte sich Stefan, der seine Felle davonschwimmen sah. „Der seift dich doch nach Strich und Faden ein ..."

„Jetzt reicht es aber, Stefan!", rief Sandy ärgerlich. „Ich höre mir an, was er zu sagen hat – und zwar allein."

10 Michael war unendlich erleichtert, dass Sandy auf seinen Vorschlag eingegangen war. Gleichzeitig aber stieg in ihm fast panische Angst auf, als ihm bewusst wurde, dass er ihr jetzt gleich würde erklären müssen, warum er an ihrem Mofa herumhantiert hatte.

Sandy holte rasch ihren Mantel, und dann gingen sie zur nächsten Kneipe, die gleich um die Ecke lag. Sie gingen nebeneinander, ohne sich anzublicken und ohne auch nur einen Ton zu sagen. Die sonntägliche Stille um sie herum verstärkte noch die angespannte Atmosphäre zwischen ihnen. Michael blickte stur geradeaus und überlegte fieberhaft, wie er Sandy das gleich erklären sollte. Er konnte ihr schließlich nicht gestehen, dass er sich in sie verliebt hatte.

An der Kneipe angekommen, bemerkte Michael, dass Stefan, Wolfgang und Hermann ihnen mit etwas Abstand gefolgt waren. Sie blieben jedoch vor der Tür.

Es war nicht viel los in der Pinte, und in schweigendem Einvernehmen setzten sie sich ganz nach hinten an einen freien Ecktisch, wo sie ungestört waren.

Erst als der Wirt die beiden Cola gebracht hatte, brach Sandy das Schweigen. „Also, ich höre!“, sagte sie auffordernd.

Michael atmete tief durch. „Ich komme mir verdammt blöd vor, Sandy ...“

„Wie heißt du überhaupt?“

„Mike ...“

„Also, du wirst doch irgendeinen Grund gehabt

haben, warum du an meinem Motor rumgebastelt hast, Mike“, sagte sie, doch in ihrer Stimme schwang keine Spur von Vorwurf mit.

Michael grinste gequält, ohne sie anzusehen. „Ja, hatte ich auch ... Ich wollte bei dir die Zündung blockieren ... und dann nachher scheinbar rein zufällig vorbeikommen und den Schaden beheben.“

„Was?“

„Ja, ehrlich!“

„Aber warum?“, fragte sie leise.

Er zögerte einen Moment und zuckte verlegen die Achseln. Jetzt musste er mit der Wahrheit herausrücken.

„Weil mir einfach nichts Besseres eingefallen ist, um dich anzusprechen und dich kennen zu lernen“, gestand er ohne Umschweife.

„Warst du gestern zufällig im Eisstadion?“, fragte Sandy scheinbar zusammenhanglos.

Er zögerte. „Nein.“

„Du hättest mich doch da ansprechen können“, sagte sie und sah ihm direkt in die Augen.

„Hatte aber keinen Mumm“, rutschte es ihm heraus, und hastig fügte er noch hinzu: „Okay, es war beknackt von mir, so was zu machen ... Ich meine, das mit deinem Mofa. Es tut mir Leid, dass ich mich so blamiert habe ...“

„Wieso hast du dich blamiert?“ Sie lächelte ihn an. „Ich finde nicht, dass du dich blamiert hast“, versicherte sie. „Die Idee mit dem Mofa finde ich ausgesprochen originell, und es hätte bestimmt toll geklappt, wenn Stefan und die anderen dich nicht überrascht hätten.“

„Meinst du?“

„Absolut. Du, ich wäre dir bestimmt irre dankbar gewesen“, sagte sie lachend.

„Tja, diese Chance habe ich nun vermasselt“, bedauerte er und konnte nicht glauben, dass er endlich mit ihr allein war und einen ersten Anlauf machte, ihre Freundschaft zu erringen.

Sandy nippte an ihrer Cola und blickte ihn über den Rand des Glases hinweg an. Ein verschmitztes Lächeln breitete sich auf ihrem Gesicht aus. „Aber wenn ich es so bedenke, hast du mich ja eigentlich reinlegen und meine Dankbarkeit erschwindeln wollen, stimmt's?“

„Schon, aber aus edlen Motiven“, antwortete er, seine Verlegenheit durch ein breites Grinsen überspielend.

„Schwindel bleibt Schwindel!“, beharrte sie. „Und ich finde, das musst du irgendwie wieder gutmachen.“

„Und wie?“

Sie lächelte ihn an. „Indem du mich heute Abend in die Disko einlädst!“

11 Michael schwebte den ganzen Tag wie auf Wolken und konnte es nicht erwarten, dass der Nachmittag vorbeiging und er abends mit Sandy ausgehen würde. Sechs Richtige im Lotto hätten ihn nicht mehr aus dem Häuschen bringen können.

Um sieben begann er sich fertig zu machen. Er grinste sich im Badezimmerspiegel an. Junge, was hatten Stefan und seine Freunde bedeppert aus der Wäsche geguckt, als sie endlich aus der Pinte rausgekommen waren und Sandy ihnen ganz cool erklärt hatte, dass das alles nur ein Scherz gewesen sei. Und als Stefan sich dann aufgeregt hatte, hatte Sandy ihm klipp und klar gesagt, dass ihn das gar nichts anginge und er ja wohl nicht ihr Vormund sei. Damit hatte sie die drei einfach stehen lassen.

Sie waren für acht verabredet. Er hatte ihr angeboten, sie von zu Hause abzuholen. Doch sie hatte abgelehnt. Aber das war okay. Hauptsache, sie waren den Abend in der Disko zusammen.

Der Abend im *Catch Up* übertraf seine kühnsten Erwartungen. Er hatte vor freudiger Erregung regelrecht Magenschmerzen und gleichzeitig Angst gehabt, zu gehemmt oder verlegen zu sein, um einen guten Eindruck auf sie zu machen und ihre Zuneigung zu erringen.

Doch nach den ersten Minuten der Verlegenheit verloren sie beide ihre Unsicherheit und unterhielten sich erst einmal. Er erzählte ihr von seiner Kfz-Lehre, und zu seiner großen Überraschung erfuhr er, dass auch sie in der Lehre war – und zwar als Kosmetikerin. Sie brauchte diesen Abschluss, um leichter eine Ausbildungsstelle als Maskenbildnerin am Theater zu bekommen, was ihr eigentliches Berufsziel war. Sie unterhielten sich auch über Musik und eine Menge anderer Dinge und entdeckten dabei viele Gemeinsamkeiten.

Schließlich nahm er sich dann ein Herz und fragte: „Du, wollen wir nicht mal tanzen?"

„Ja, gern."

Sie standen auf, und er nahm ihre Hand, um sich mit ihr durch das Gedränge zur Tanzfläche durchzukämpfen. Am liebsten hätte er ihre Hand nicht mehr losgelassen. Schade, dass der DJ gerade jetzt einen fetzigen Song nach dem anderen spielte ...

Sandy sah umwerfend aus. Zu einem engen pinkfarbenen Lederrock trug sie einen schwarzen Spitzenbody, der die Schultern frei ließ. Dazu schwarze Strümpfe.

Endlich kündigte der Discjockey eine Schmuse-Runde an und legte den ersten von sechs langsamen Songs auf: *Yesterday*, einen Oldie von den Beatles.

Michael legte seine Arme um Sandy. Es war das erste Mal, dass sie sich so nahe waren. Er wagte nicht zu sprechen, aus Angst, diesen wunderbaren, fast magischen Bann zu brechen, der sie gefangen hielt. Seine Hände fühlten den kühlen Spitzenstoff auf ihrem Rücken. Er spürte den sanften Druck ihrer Brüste und ihre Hände auf seinen Schultern, während sie sich im langsamen Rhythmus der Musik wiegten.

Wie oft hatte er so von ihr geträumt! Nun waren seine Träume Wirklichkeit geworden, die noch wunderschöner und aufregender war.

Ganz zaghaft begann er ihre Schulter zu streicheln. Seine Fingerkuppen schienen ihre nackte Haut erkunden zu wollen.

Sie erwiderte seine Zärtlichkeiten, indem auch sie über seinen Rücken streichelte.

Seine Finger fuhren unter ihr Haar und liebkosten ihren Nacken, während sie sich an ihn kuschelte und ihm zu verstehen gab, wie sehr sie seine Zärtlichkeiten genoss. Er vergrub sein Gesicht in ihrem lockigen Kastanienhaar, das so herrlich frisch nach Blüten roch, und hauchte ihr einen Kuss darauf.

Er konnte kaum glauben, dass er am Morgen noch ganz verzweifelt gewesen war, weil er nicht wusste, wie er Sandy ansprechen sollte. Und nun hielt er sie in seinen Armen und war zärtlich zu ihr, wie er es sich erträumt hatte. Als einer der langsamen Songs ausklang, hob Sandy den Kopf und lächelte ihn an. Michael erwiderte ihr Lächeln, fuhr mit der Hand über ihre Wange und liebkoste mit dem Zeigefinger ihre Lippen.

Sandy blickte ihm zärtlich in die Augen und küsste seinen Finger.

Michaels Lippen berührten die ihren. Sein Herz hämmerte wie verrückt. Ihm war, als würde all seine Zärtlichkeit, all sein Sehnen in diesen ersten Kuss strömen.

Ihre Lippen waren so wunderbar warm und weich und erwiderten seinen anfangs zaghaften Kuss.

Erst als irgendein Junge, der sich für einen Witzbold hielt, Michael anstieß und spöttisch rief: „He, ihr seid auf dem besten Weg, den Weltrekord im Küssen zu brechen!", lösten sich Michael und Sandy voneinander.

Michael lächelte sie an. „Du küsst ganz wunderbar", sagte er und bereute im nächsten Moment, dass ihm so etwas Einfältiges, wie er meinte, über die Lippen gekommen war.

Aber Sandy fand seine Worte alles andere als einfältig. Verliebt strahlte sie ihn an. „Du auch, Mike."

Er nahm ihre Hand. „Sollen wir woanders hingehen, Sandy?", fragte er.

„Wohin?"

Er zuckte die Achseln. „Wo wir ein bisschen allein sein können. Spazieren gehen oder so. Oder ist es dir draußen zu kalt?"

„Nicht, wenn du mich festhältst."

„Keine Angst, ich lasse dich nicht mehr los", sagte er.

12 Stefan, Wolfgang und Hermann drängten sich im *Catch Up* zur Theke durch. Stefan hatte gerade drei Bier bestellt, als Hermann plötzlich stutzte. „Ich glaube, mein Nilpferd priemt!“, stieß er fassungslos hervor.

„Was hast du?“, fragte Wolfgang und ließ nur widerwillig ein rotblondes Mädchen aus den Augen, das einen hautengen schwarzen Disco-Dress trug.

„Sandy ist da drüben!“

„Was?“ Stefan, der gelangweilt an der Theke lehnte und Rauchringe zu blasen versucht hatte, fuhr wie elektrisiert herum.

„Da! Auf der Tanzfläche ... Und sie knutscht mit jemandem.“

Stefan blickte in die Richtung, in die sein Freund wies. Bei den zuckenden, vielfarbigen Lichtern war es gar nicht so einfach, jemanden in dem Gedränge auf der Tanzfläche zu erkennen. Doch dann sah er sie – und auch den Jungen, den sie da so innig küsste und umarmte. „Ich glaube, ich spinne!“, entfuhr es Stefan ungläubig. „Verdammt noch mal, das ist ja dieser *Biker*!“

Verdattert schauten Wolfgang und Hermann zu den beiden.

„Das kapiere ich nicht.“ Hermann schüttelte den Kopf. „Heute Morgen erst versucht dieser Bursche, ihr das Mofa zu klauen, und jetzt knutschen die da wie verrückt herum. Das ist doch sonst gar nicht Sandys Art.“

„Mensch, der Kerl muss Sandy aber ganz schön eingeseift haben", meinte Wolfgang.

„Aber irgendwie finde ich das von Sandy nicht ganz fair", entrüstete sich Hermann, „ich meine, sich mit so einem Schmalspur-Rocker einzulassen."

Stefan hatte die ganze Zeit kein Wort dazu gesagt. Er war sprachlos gewesen. Vor Eifersucht und Zorn. Wie konnte Sandy ihm so etwas antun? Was sie da tat, war doch ein Schlag ins Gesicht – nicht nur ihm gegenüber, sondern auch für alle anderen in ihrer Clique. Sich mit so einem *Biker* einzulassen war fast so etwas wie Verrat und Beleidigung. Ja, das war es: Verrat und Beleidigung! Ein Schlag ins Gesicht.

„Das ist eine verdammte Frechheit!", stieß Stefan aufgebracht hervor.

„Ich dachte immer, du hättest was mit ihr!", sagte Wolfgang halb fragend und bewies damit mal wieder, dass er so viel Fingerspitzengefühl besaß wie ein Elefant.

Stefan warf ihm einen zornigen Blick zu. „Red doch keinen Schmarren!", herrschte er ihn an. „Sandy ist in Ordnung, aber nicht mein Typ. Denkst du vielleicht, ich geh mit einem Mädchen, das eine Kosmetiklehre macht und möglicherweise meiner Mutter die Pickel ausdrückt?"

Hermann zog die Augenbrauen hoch. „Ach nee? Seit wann ist dir denn das eingefallen? Kann mich nicht erinnern, dich so über Sandy reden gehört zu haben. Außerdem will sie ja nicht Kosmetikerin bleiben, sondern ans Theater. Also, seit wann bist du denn so wählerisch?"

„Seit ich gemerkt habe, wie zickig sie ist!"

„Willst du damit sagen, dass dich das da nicht kratzt?", fragte Wolfgang spöttisch und deutete mit dem Kopf zur Tanzfläche. „Also mir schmeckt das gar nicht, dass sich so ein stinkiger *Biker* in unsere Clique reindrängt."

„Mir stinkt das auch gewaltig", stimmte Hermann ihm zu. „Wir sollten da was unternehmen. Was meinst du, Stefan?"

Stefan war froh, dass seine Freunde genauso sauer waren wie er – und dass der Vorschlag von ihnen kam. „Klar unternehmen wir was! Wo kommen wir hin, wenn sich jeder dahergelaufene *Biker* ungestraft an unsere Mädchen ranmacht?"

„Aber wir müssen uns was Gutes einfallen lassen. Als Gruppe sind die verdammten *Biker* ganz schön gefährlich", warnte Wolfgang. „Und ich habe nicht vor, mich auf ihr Niveau hinunterzubegeben und mich auf eine Prügelei einzulassen."

Hermann nickte. „Ganz deiner Meinung."

Stefan lachte geringschätzig auf. „Du glaubst doch wohl nicht, dass ich mich auf Handgreiflichkeiten einlasse. Nee, das ist was für Typen, die nur Muckis und keinen Grips haben. Uns wird schon was einfallen ..."

13

Als Michael am Montag zu Mittag vor dem Kosmetiksalon *Belle Fleur* vorfuhr, wartete Sandy schon draußen auf ihn. Ungeduldig und alle Augenblicke auf die Uhr schauend, war sie vor dem Geschäft auf und ab gegangen, den Kragen ihrer Windjacke hochgeschlagen. Es war ausgesprochen kalt, und der weißgraue Himmel versprach Schnee.

„Endlich!", rief sie. „Ich dachte schon, du würdest doch nicht kommen." Er war nur fünf Minuten zu spät. Doch es war ihr wie eine Ewigkeit vorgekommen.

„Keine zehn Pferde hätten mich davon abhalten können, dich zu sehen!", rief Michael lachend und stieg von seinem Motorrad.

„Wo gehen wir hin?", fragte Michael und gab Sandy einen flüchtigen Kuss.

„Am besten drüben ins *Café Steinbach*", schlug sie vor.

„Du, ich habe den ganzen Tag nur an dich gedacht", sagte er, als sie wenig später Hand in Hand in einer Nische des Cafés saßen und einander verliebt in die Augen schauten.

„Ich hab auch immer an dich denken müssen", flüsterte sie, obwohl sie keiner hören konnte. „Es war wunderschön gestern."

„Stell dir mal vor, deine Freunde hätten mich gestern Morgen nicht erwischt. Wahrscheinlich hätte ich dann immer noch nicht den Mut gefunden, dich anzusprechen."

„Ich hatte so gehofft, du würdest es im Eisstadion tun“, gestand sie. „Katrin, meine Freundin, hat sogar mit mir gewettet, dass du mich ansprechen würdest.“

Er lachte. „Und warum hast du dann nicht was gesagt?“

„Keine Traute ... genau wie du.“

„Ist das nicht bescheuert, sich nicht zu trauen jemanden anzusprechen?“, seufzte er. „Nur aus Angst, einen Korb zu bekommen?“

„In der Disko ist es doch nicht anders“, sagte Sandy. „Da stehen die Jungen hier und die Mädchen da drüben, und beide Gruppen reden darüber, mit wem man gerne tanzen möchte, aber kaum einer wagt es, den anderen anzuquatschen. Jeder hofft, dass der andere den ersten Schritt tut – und deshalb passiert letztlich gar nichts. Du, wir haben Glück gehabt, findest du nicht?“

Er drückte ihre Hand. „Ja, das haben wir.“ Er wünschte, er könnte sie jetzt an sich ziehen und küssen. Aber so in der Öffentlichkeit wollte er das nicht. Könnte er doch mit Sandra allein zu Hause sein! Seine Mutter war morgen eingeladen, er wusste aber noch nicht, ob sie auch gehen würde.

„Woran denkst du?“, riss Sandy ihn aus seinen Gedanken.

„Kannst du es mir nicht vom Gesicht ablesen?“

„Sag es mir.“

„Ich dachte daran, wie glücklich es mich macht, mit dir zusammen zu sein ... Ja, und dass ich dich unheimlich lieb habe, Sandy.“

„Ich dich auch“, raunte sie zurück und formte die Lippen zum Kuss.

Die Mittagspause verging wie im Flug, und viel zu bald mussten sie sich wieder trennen.

Michael knallte die Motorhaube zu. Er blickte zur großen Werkstattuhr hoch, die über der Tür zum Ersatzteillager hing. In zehn Minuten war Feierabend und endlich wieder eine harte Arbeitswoche vorbei.

„Zählst schon wieder die Minuten, was?“, sagte eine gutmütig-spöttische Stimme hinter ihm. Es war Claus.

Michael grinste. „Na klar. Schon seit heute Morgen!“

„Bist du mit Sandy verabredet?“

„Hat ein Auto vier Räder?“

„Dich hat’s ganz schön erwischt, was?“

Michael lachte. „Erwischt ist nicht das richtige Wort. Ich habe so etwas noch nie erlebt.“

Claus wechselte das Thema. „Sag mal, hast du immer noch Interesse, bei unserer Clique mitzumachen?“

„Sicher.“

„Na, so sicher ist das ja wohl nicht mehr“, widersprach Claus. „Du hast dich seit dem letzten Samstag nicht ein einziges Mal mehr im *Easy Rider* blicken lassen.“

„Mensch, ich war mit Sandy unterwegs!“

„Das ist es ja. Nichts gegen deine Sandy. Ich finde sie ja auch nett und so, aber wenn du bei uns mitmachen willst, musst du dich auch mal blicken lassen. Warum bringst du sie nicht einfach mit?“

Michael verzog das Gesicht. „Du weißt doch, dass sie nicht so viel für uns *Biker* übrig hat. Das kann sich ja noch ändern. Aber ich werde schon mal wieder in eurer Stammkneipe auftauchen.“

„Ich glaube, wenn du heute nicht kommst, brauchst du es nie mehr zu tun. Alex hat gestern so was anklingen lassen."

Michael sah ihn betroffen an. Er wollte schon noch ganz gern zu der Clique gehören, aber im Augenblick war ihm die Zeit einfach zu kostbar, um sie mit Claus' Freunden im *Easy Rider* zu verbringen.

„Also überleg es dir", sagte Claus. „Aber wenn du wirklich zu uns gehören möchtest, musst du Sandy heute mal absagen und kommen."

14 Das einzige Licht in Sandys gemütlichem Dachzimmer kam von der dicken, rosafarbenen Kerze. Sie stand auf ihrem Kiefernholzschreibtisch. Ihr Schein erhellte das kleine Bild im Holzrahmen daneben. Das Foto zeigte Michael mit verschränkten Armen an seiner Honda lehnend.

Sandy betrachtete sehnsüchtig das Bild. Wie hatte sie sich darauf gefreut, mit Michael heute ins Kino zu gehen. Der Film, den er vorgeschlagen hatte, war ihr eigentlich gleichgültig gewesen. Hauptsache, sie waren zusammen.

Und nun hatte er angerufen und gesagt, dass er nicht kommen konnte. Seine Absage hatte sie schwer getroffen. Doch sie hatte sich Mühe gegeben, sich ihre Enttäuschung nicht anmerken zu lassen. Er hatte seinen Freunden von der Werkstatt versprochen, einen auszugeben.

Sie war ihm auch nicht wirklich böse, denn sie hatten sich ja wirklich jeden Tag getroffen. Zweimal sogar, mittags und abends. Und er hatte sie damit getröstet, dass er das ganze Wochenende mit ihr verbringen würde.

Dennoch war sie traurig, und während sie in die Dunkelheit hinausblickte, fragte sie sich, ob er überhaupt wusste, wie sehr sie ihn liebte.

„Hallo, dich gibt's ja auch noch!", rief Alex Stemm, als Michael und Claus das *Easy Rider* betraten und sich zu der *Biker*-Gruppe an der Theke gesellten. „Wäre jede

Wette eingegangen, dass du es dir anders überlegt hast“, fügte er grinsend hinzu.

„War beschäftigt“, erklärte Michael.

„Hast wohl ’n ganzen Wald Süßholz geraspelt, was?“, frotzelte der hagere Tilli.

„Und wenn?“, fragte Michael gereizt zurück.

„Ist ja okay, Mann“, sagte Alex beschwichtigend. „Du bist hier, und das zählt. Wir haben uns inzwischen auch ’ne Mutprobe für dich einfallen lassen.“

„So?“ Michael zeigte sich wenig begeistert. Aber offenbar führte kein Weg um diese Mutprobe herum.

Tilli grinste. „Du wirst gleich ’ne Flasche Whisky organisieren. Wir fahren dann zu Alex und heben bei ihm einen in seiner Bude.“

„Ich soll was klauen?“, fragte Michael, und sein Gesichtsausdruck ließ keinen Zweifel, wie wenig er von solch einer Art von Mutprobe hielt. Doch er verkniff sich die Frage, was das mit Mut zu tun haben sollte, aus einem Geschäft eine Flasche Whisky mitgehen zu lassen.

„Organisieren!“, korrigierte Alex ihn.

„Ist doch dasselbe“, meinte Michael.

Tilli verdrehte die Augen. „Mensch, zier dich doch nicht so. Ist harmlos wie Kuchenbacken im Sandkasten.“

„Und wieso ist das dann eine Mutprobe?“, wollte Michael wissen.

Alex schnippte Asche von seiner Zigarette und bedachte ihn mit einem gelangweilten Blick. „Hör mal, hier will dich keiner überreden, irgendwas zu machen, worauf du keinen Bock hast, Mike. Eine Mutprobe ist bei uns nun mal üblich, und ’ne Pulle aus ’nem Geschäft mitgehen zu lassen ist nicht weiter schwierig, wenn man ’n bisschen cool ist. Aber wenn du nicht willst, ist das auch okay.“

„Klar, wenn du Muffe hast, lässt du es eben“, meinte Tilli und gab ihm zu verstehen, dass er damit aber auch bei ihnen unten durch war. „Ist ja nicht so, als ob wir dich angehauen hätten, bei uns mitzumachen. Lass es bleiben, wenn du nicht willst.“

Michael sah zu Claus hinüber, der stumm die Achseln zuckte, als wollte er sagen: Kumpel, das musst du schon selbst entscheiden.

„Und wo soll ich denn jetzt eine Flasche Whisky herbekommen?“, fragte Michael schließlich. „Es sind doch alle Läden zu.“

Alex grinste breit. „Nicht alle. Der Shop am neuen Bahnhof ist durchgehend geöffnet. Also, wie sieht es aus? Wir sorgen auch für ein bisschen Ablenkung.“

Michael zögerte einen Moment und gab sich dann einen Ruck. „Okay, bringen wir es hinter uns“, brummte er.

„Na, dann auf zum Bahnhof!“, rief Tilli.

15 Es waren über ein Dutzend Mofas, Mopeds und Motorräder, die unter lautem Röhren und Knattern im Pulk auf den Bahnhofsvorplatz einbogen und vor einem Bauzaun anhielten. Die farbigen Leuchtreklamen flackerten in der Dunkelheit über dem Bahnhofsportal und am kantigen Uhrturm auf. Ein leichter Schneefall hatte eingesetzt, doch die Flocken waren so feucht, dass sie sofort schmolzen und nichts als Wasserlachen hinterließen.

Michael fröstelte, als er seine Honda etwas abseits von dem Pulk um Alex zum Halten brachte und die Zündung ausstellte.

Er stieg ab und öffnete den Kinngurt seines Schutzhelms. Neben ihm hob Claus, der an seiner Seite geblieben war, seine Yamaha auf den Ständer und klappte das Visier seines Helms hoch.

„Was Beknackteres als so eine Mutprobe gibt es ja wohl nicht", murmelte Michael. „Und ausgerechnet eine Pulle Whisky klauen! Was für ein Geistesblitz. Ihr habt wirklich saublöde Regeln in eurem Verein."

Claus zuckte die Achseln. „Also, meine Idee war das ganz bestimmt nicht, Mike. Aber die andern stehen nun mal darauf. Und ich habe eben nicht so viel zu sagen wie Alex und Tilli."

„Verdammter Kinderkram", knurrte Michael und blickte über den beleuchteten Bahnhofsvorplatz. Aus den Bussen strömten jede Menge Menschen, die umsteigen mussten oder zum Zug wollten. Zumindest würde drinnen im Bahnhof genügend los sein, sodass er nicht allzusehr auffiel. „Am liebsten würde ich Alex, Tilli und den anderen sagen, sie sollen sich ihre bescheuerte Mutprobe an den Hut stecken.“ Es ärgerte ihn, dass er deshalb seine Verabredung mit Sandy abgesagt hatte.

Claus grinste. „Tu dir keinen Zwang an, Mike. Ich stehe auf deiner Seite. Aber ob das was nützt, wage ich zu bezweifeln.“

Michael nahm den Helm ab und fuhr sich mit der gespreizten Hand durch das Haar. Gewissensbisse plagten ihn, weil er Sandy angelogen hatte. Ihre Stimme hatte am Telefon so traurig geklungen, dass er drauf und dran gewesen war, nicht zum Treffen der *Biker*-Clique zu gehen. Jetzt ärgerte es ihn gewaltig, dass er sich zu etwas hatte drängen lassen, was ihm eigentlich widerstrebte.

Aber hatte er denn eine Wahl? Zu irgendeiner Clique musste man doch gehören. Sogar Sandy hatte ihren festen Freundeskreis. Sie zog ja noch mit ihren Designer-Fritzen los, die von Hause aus die nötigen Mittel hatten, sich die teuersten Klamotten zu kaufen und abends in der Disco schon mal einen Hunderter springen zu lassen. Er hatte doch auch nichts dagegen, dass sie zu dieser Gruppe gehörte.

Claus warf einen schnellen Blick zu den anderen *Bikern* hinüber, die sich um Alex geschart hatten und über irgendetwas lachten, und sah dann seinen Freund ernst an. „Hör mal, Mike, vielleicht solltest du es wirklich nicht tun. Ich meine, das mit der Mutprobe. Vielleicht solltest du es darauf ankommen lassen und ...“

Er brach mitten im Satz ab, weil Alex mit den anderen auf sie zukam. „Also, du weißt, was Sache ist,

Mike?", fragte er auf seine schnoddrige, coole Art und deutete mit dem Kopf zum Bahnhofsportal.

Michael machte eine grimmige Miene. „Leide noch nicht unter Gedächtnisschwund", brummte er.

„Okay, dann geh schon mal vor. Den Helm lässt du besser hier, damit du die Hände frei hast. Wir kommen langsam nach und machen vor dem Geschäft ein bisschen Radau, damit der Typ an der Kasse abgelenkt wird", sagte Alex. „Du wirst sehen, das Ganze ist ein Kinderspiel ... und ein bisschen Nervenkitzel muss nun mal sein."

Michael blickte in die Gesichter der Jungen und Mädchen, die ihn im Halbkreis umstanden und mit einer Mischung aus Schadenfreude und Neugier, wie er denn die Mutprobe bestehen würde, musterten. Für sie war das offensichtlich eine aufregende, spannende Sache, die für Ablenkung in ihrem Alltagstrott sorgte. Er fand diese Mutprobe dagegen einfach lästig und bescheuert. Aber er wollte in die Clique aufgenommen werden – und das gab den entscheidenden Ausschlag.

„In Ordnung, bringen wir es hinter uns", murmelte Michael, gab Claus seinen Schutzhelm, wandte sich abrupt um und ging zum Nebeneingang hinüber.

„Viel Glück, Alter!", rief Tilli ihm mit spöttischer Stimme nach. „Und greif nicht unbedingt zur billigsten Marke, okay?"

Michael trug seinen alten Parka, der ihm fast eine Nummer zu groß war. Er war froh, dass er nicht seine enge Jacke angezogen hatte. Unter dem Parka konnte er eher eine Flasche verschwinden lassen.

Er zog den Reißverschluss auf, während er die große,

hohe Bahnhofshalle durchquerte. Hier herrschte lebhaftes Treiben. Durchsagen schallten aus der Lautsprecheranlage. Ein paar Penner lungerten herum. Reisende eilten zu den Zügen. Es war ein ständiges Kommen und Gehen.

Michael tat so, als studiere er den Plan mit den abfahrenden Zügen, und ging dann gemächlich auf den Lebensmittel-Shop zu, der zwischen der Bahnhofsbuchhandlung und dem Tabakladen lag.

Der Lebensmittel-Shop war gar nicht so klein. Es gab drei Längsgänge mit Regalen sowie eine Ecke mit Kühltruhen. Nur ein Angestellter hielt sich zur Zeit im Geschäft auf, und er saß vorn am Ausgang an der Kasse. Doch mit Hilfe der an der Decke angebrachten Rundspiegel konnte er jeden Kunden im Auge behalten.

Michael betrat das Geschäft, in dem sich glücklicherweise noch vier weitere Kunden aufhielten. Doch er hatte das entsetzliche Gefühl, als folgte ihm der Blick des Mannes vorn an der Kasse.

Himmelherrgott, was hatte er hier bloß zu suchen?, fuhr es ihm durch den Kopf, als er an den Regalen vorbeischlenderte und aus den Augenwinkeln zum Kassierer schielte.

Er näherte sich dem Spirituosenregal. Eine ältere Dame stand vor den Weinen und wusste nicht, für welchen sie sich entscheiden sollte. Solange sie dort stand, konnte er keine Whiskyflasche verschwinden lassen.

Ihm brach der Schweiß aus. Noch konnte er zurück. Er brauchte bloß weiterzugehen und aus dem Lebensmittel-Shop zu schlendern – und damit wäre die Sache erledigt.

Als die Frau vor ihm sich endlich entschieden hatte und mit zwei Flaschen Burgunder zur Kasse schritt, zögerte er noch immer.

Im selben Augenblick wurden Stimmen vor dem Geschäft laut. Grölen, Gelächter und wütende Rufe vermischten sich. Alex hatte irgendein Spektakel inszeniert, um den Kassierer abzulenken.

Wie erwartet blickte dieser zur Clique hinaus. Michael biss sich auf die Unterlippe. Die Gelegenheit war günstig.

Entweder jetzt oder nie!

Schnell griff er nach einer Flasche, schob sie unter seinen Parka und presste sie unter die linke Achsel.

Jetzt nichts wie raus! Aber bloß nicht rennen!

Er musste sich zwingen, ganz ruhig weiterzugehen. Doch sein Herz raste wie wahnsinnig, und ein mächtiger Kloß schien in seiner Kehle zu sitzen. Nur noch ein paar Schritte bis zum Ausgang, dann hatte er es geschafft.

Noch drei, vier Sekunden Angst.

Die Frau bezahlte ihren Burgunder, als er an der Kasse vorbeiging. Der Mann blickte nur kurz auf und steckte die beiden Rotweinflaschen in eine Tüte.

Gleich war er draußen.

Ich habe es geschafft!, dachte er unendlich erleichtert. Er hatte eine Flasche Whisky „organisiert“ und damit die verlangte Mutprobe bestanden.

Da legte sich eine schwere, kräftige Hand von hinten auf seine Schulter und hielt ihn fest. Erschrocken fuhr er herum. Vor ihm stand ein etwa fünfunddreißigjähriger, breitschultriger Mann in einem grauen Regenmantel.

Michael hatte ihn flüchtig im Geschäft bemerkt und ihn für einen Kunden gehalten. Doch das war ein Irrtum gewesen.

„Ja ... was ist?“, stieß er mit belegter Stimme hervor, und eine schreckliche Ahnung stieg in ihm auf.

„Entschuldigen Sie, junger Mann, aber ich muss Sie bitten, mit mir mitzukommen!“, sagte der Mann und zog ein kleines, abgegriffenes Lederetui aus der Manteltasche. Ein Polizeiabzeichen kam zum Vorschein. „Zivilstreife!“

Michael starrte ihn ungläubig an. Man hatte ihn beim Diebstahl erwischt! Die Flasche entglitt ihm unter der Achsel und zersplitterte auf dem Steinboden der Bahnhofshalle.

16 Michael starrte auf die Kinoleinwand, ohne jedoch wirklich den Film zu verfolgen. Aber er war mit Sandy ja auch nicht in die Samstagnachmittagsvorstellung gegangen, weil ihn der Action-Streifen interessierte, sondern weil er ungestört mit ihr schmusen wollte.

Sandy hatte ebenso wenig Interesse an dem amerikanischen Spielfilm wie er. Sie hatten sich die halbe Zeit geküsst, und nun hatte sie sich mit dem Kopf an seine rechte Schulter gelehnt.

Seine Hand schob sich unter ihre Bluse und streichelte ihre Brust. Er beugte sich vor und küsste sie auf den Mund.

„Oh, Sandy“, flüsterte er und verfluchte insgeheim die Armlehnen zwischen den Sitzen. Man musste sich regelrecht verrenken, um einander ein bisschen nahe zu sein. Aber immer noch besser so, als in einem kalten Hausflur zu stehen oder sich in der Disco in eine schummrige Ecke zu verdrücken.

Sie schaute ihn verliebt an.

„Du fühlst dich so wunderbar an“, hauchte er.

„Weißt du, dass ich das noch keinem erlaubt habe ... und auch zu keinem so zärtlich gewesen bin?“, flüsterte sie.

Er antwortete mit einem weiteren Kuss.

Etwas später ruhte seine Hand auf ihrem Knie. Ganz vorsichtig ließ er sie dann aufwärts wandern. Er wünschte, sie hätte keine warme Strumpfhose an, damit er ihre Haut spüren konnte.

Doch da legte Sandy plötzlich ihre Hand auf die seine und drehte sich zu ihm. „Bitte nicht!“, flüsterte sie.

„Magst du es nicht?“, fragte er leise zurück.

„Doch, schon ... aber nicht hier“, sagte sie und blickte schnell zu dem Mann hinüber, der schräg vor ihnen saß und schon mehrfach zu ihnen herübergeschaut hatte, als sie sich küssten. „Ich ... ich fühle mich beobachtet.“

„Ssssscht!“, machte jemand vor ihnen ärgerlich.

Aber wo sollen wir bei dem Wetter sonst hingehen?, fragte sich Michael und dachte an den Krach, den er mit seiner Mutter – und telefonisch mit seinem Vater – wegen des Ladendiebstahls gehabt hatte.

Nach dem Verhör und der Protokollaufnahme war seine Mutter auf das Polizeirevier gekommen und hatte ihn abgeholt. Was hatte er sich da alles anhören müssen! Ihre Tränen und Selbstvorwürfe waren noch schlimmer gewesen als jedes Schimpfen.

Und das Idiotische an der ganzen Angelegenheit war, dass er den Vorwürfen seiner Eltern nichts entgegensetzen konnte. Es gab nichts, was er zu seiner Verteidigung hätte anführen können. Im Nachhinein war ihm diese Mutprobe so hirnrissig erschienen, dass er es nicht gewagt hatte, sie zu erwähnen. Diebstahl als Mutprobe! Das nahm ihm doch keiner ab!

Dass es eine Verhandlung vor dem Jugendgericht geben würde, hatte aber auch ihn ganz schön geschockt.

Zu Hause herrschte seitdem dicke Luft. Sandy mit auf sein Zimmer zu nehmen war vorerst überhaupt nicht drin. Dass es Stunk mit seinen Eltern gegeben hatte, wusste sie. Den wahren Grund kannte sie jedoch nicht, denn noch hatte er sich nicht getraut, ihr von seiner so genannten Mutprobe zu erzählen.

„Zu mir können wir leider nicht", sagte er gedämpft. „Vielleicht nächste Woche ..."

„Wir können aber zu mir fahren, wenn du möchtest", sagte sie nach kurzem Zögern. „Wir sind da ganz allein." Sie hatte noch nie einen Freund mit auf ihr Zimmer genommen, wenn ihre Eltern nicht zu Hause waren.

„Mensch, das wäre toll!" Michael war begeistert. „Warum hast du das nicht eher gesagt? Dann hätten wir uns diesen Schrottfilm doch sparen können."

Sandy war froh, dass es dunkel war und er nicht ihr gerötetes Gesicht sehen konnte. „Ich ... ich hab mich nicht getraut. Ich hab das nämlich noch nie gemacht."

„Hast du denn noch nie jemanden so lieb gehabt wie mich?"

„Nein", flüsterte sie, nahm seine Hand und stand auf.

17 Der Tag, an dem Michael sich vor dem Jugendrichter verantworten musste, war ein herrlicher, sonniger Wintertag. Es hatte die ganze Woche über geschneit, und Kirchbach und seine Umgebung waren wie mit einem weichen, weißen Tuch bedeckt, das im Sonnenlicht nur so funkelte. Doch für Michael war es der düsterste Tag seines Lebens. Die Verhandlung im Gerichtssaal fand unter Ausschluss der Öffentlichkeit statt. Nur sein Verteidiger und seine Eltern durften ihm beistehen. Sein Vater war extra wegen der Verhandlung eher von Tunesien zurückgekommen. Michael wäre es lieber gewesen, er wäre auf seiner Baustelle geblieben.

„Wird schon nicht so schlimm werden", versuchte ihn seine Mutter zu trösten, als „sein Fall" an die Reihe kam und sie zusammen mit seinem Verteidiger den Gerichtssaal betraten.

Michael hatte ein entsetzlich flaues Gefühl im Magen, als er den Richter in der Robe erblickte. Und er wünschte, Sandy hätte ihn begleiten können. Doch Sandy wusste von alldem nichts. Er hatte es ihr sagen wollen, es jedoch von einem Tag auf den anderen aufgeschoben. Bis dann eine Woche vergangen war. Und dann war es zu spät gewesen.

Die Verhandlung war ganz anders, als Michael sie sich vorgestellt hatte. Es ging alles so rasend schnell und erschreckend geschäftsmäßig über die Bühne.

Die Einwände des Verteidigers berührten den Richter wenig. Als Michael dann in der Befragung mit Ausflüchten kam, die ihm selbst wenig überzeugend erschienen, fuhr ihm der Richter scharf in die Rede.

„Diebstahl bleibt Diebstahl! Da ist es erst einmal völlig egal, ob es sich dabei nur um eine Flasche Whisky für achtundneunzig Mark handelt oder um eine Sache für zweihundert Mark! Du hast gestohlen!"

„Ja, es tut mir auch Leid", sagte Michael zerknirscht. „Es war auch nur ein Ausrutscher."

„So? War das Schwarzfahren im Bus vor drei Monaten auch nur ein Ausrutscher?", hielt ihm der Richter mit bissiger Schärfe vor.

Michael schwieg betreten. Dass er damals erwischt worden war, hatte er völlig vergessen.

„Nein", fuhr der Richter kopfschüttelnd fort. „Das war bestimmt keine Ausnahme. Und was ist mit dieser Sache im letzten Jahr ..." Er blätterte in einerAkte. „Da hat man doch dich und einen anderen Halbwüchsigen angezeigt – wegen Verdachts auf versuchten Autodiebstahl."

Michaels Verteidiger erhob sofort Einspruch und wies darauf hin, dass die Anzeige zu keinem Strafverfahren geführt hatte.

Michael war ganz blass geworden. „Daniel war betrunken gewesen", erklärte er hastig dem Richter. „Er wusste überhaupt nicht, was er da tat. Und ich habe ihn davon abgehalten, eine Riesendummheit zu begehen. Ich wollte wirklich keinen Wagen stehlen!" Das entsprach der Wahrheit – wie es auch der Wahrheit entsprach, dass Daniel sich den Wagen des Nachbarn für eine Spritztour hatte „ausleihen" wollen.

Der Richter fixierte ihn scharf. „Da kommt mir doch

zu viel in zu kurzer Zeit zusammen, um dich nur mit einer Ermahnung davonkommen zu lassen. Ich glaube, du bist dir nicht ganz im Klaren darüber, welch schiefen Weg du eingeschlagen hast, wenn du in deinem Alter schon der Meinung bist, kein Fahrgeld bezahlen und keinen Respekt vor dem Eigentum anderer haben zu müssen. Und offenbar gehörst du zu jenen, die der Meinung sind, das seien alles Lappalien", sagte der Richter mehr mit seufzendem Bedauern. „Aber Eigentumsdelikte sind alles andere als lächerliche, entschuldbare Ausrutscher. Sie sind der gerade Weg in die Kriminalität, und es ist Zeit, dass du erkennst, was dir droht, wenn du dich nicht besinnst."

Michael stand mit hochrotem, gesenktem Kopf da und starrte auf seine Schuhspitzen.

„Wer auf seine Freiheit und Rechte pocht, muss auch die der anderen respektieren", fuhr der Richter fort. „Wer das nicht im Guten begreift, dem muss das mit anderen Mitteln nachdrücklich bewusst gemacht werden."

Als der Richter dann das Urteil verkündete, glaubte Michael, der Boden würde unter ihm weggezogen: „Der Angeklagte wird zu zwei Wochenenden Freiheitsentzug verurteilt."

Knast! Er musste tatsächlich zwei Wochenenden im Knast verbringen!

18

Sandy schminkte Katrins Gesicht in dezenten Farben, wie sie es gelernt hatte. Es war Freitagabend, und ihre Freundin war zu ihr nach Hause gekommen, um sich von ihr hübsch machen zu lassen.

„Ich wünschte, ich sähe so toll aus wie du", seufzte Katrin. „Du siehst immer spitze aus, schon deshalb, weil du Naturlocken hast. Ich dagegen habe Haare wie Stroh."

„Spinn doch nicht", widersprach Sandy lachend. „Rolf hat mir gesagt, dass er dein Haar ganz dufte findet ... und nicht nur dein Haar."

Die Augen ihrer Freundin leuchteten auf. „Wirklich?" Rolf war ihr neuester Schwarm, und sie hoffte, dass er sie heute Abend zum ersten Mal küssen würde. „Hat er das echt gesagt, oder willst du mir bloß Mut machen?"

„Er hat's gesagt!", versicherte Sandy.

Katrin seufzte. „Wenn du wüsstest, wie aufgeregt ich bin. Rolf ist so super! Wenn er bloß nicht so verdammt schüchtern wäre. Du, vielleicht können wir mal zu viert ausgehen. Wie wär's mit morgen?"

Sandy verzog das Gesicht. „Geht leider nicht. Michael muss das Wochenende zu irgendwelchen Verwandten."

Katrin biss sich auf die Unterlippe, zögerte und fragte dann: „Bist du dir dessen sicher?"

„Wie meinst du das?", fragte Sandy, verdutzt über ihren merkwürdigen Tonfall.

„Hat dir Michael nichts davon erzählt?"
„Wovon erzählt?"
„Er hat also nicht!", stellte Katrin fest. „Na ja, in der Clique ist da so eine Geschichte im Umlauf: Angeblich hat Mike irgendwo was geklaut und muss dafür zwei Wochenenden in den Knast. Das liegt schon fünf, sechs Wochen zurück. Und morgen muss er angeblich seine erste Strafe absitzen. Vielleicht ist er deshalb verhindert."
Sandy starrte ihre Freundin geschockt an. „Das ... das kann nicht wahr sein."
„Ich befürchte, doch", erwiderte Katrin bedauernd. „Du weißt doch, dass Manfreds Vater beim Gericht tätig ist. Von ihm kommt die Geschichte, und du weißt, dass Manfred eigentlich keine Lügen verbreitet."
Sandy war bleich geworden. Michael ein Dieb? Sie konnte es einfach nicht glauben, wenngleich Manfred nicht der Typ war, der Verleumdungen in die Welt setzte. Wenn es von ihm kam, dann stimmte es auch.
„Warum fragst du ihn nicht selbst?", schlug Katrin vor, die sich nun Vorwürfe machte, nicht lieber den Mund gehalten zu haben. Aber irgendwann hätte Sandy es ja wohl doch erfahren. Dann schon besser von ihr. „Bist du nachher nicht mit ihm verabredet?"
Sandy nickte. Sie fühlte sich irgendwie betrogen und hintergangen.
Eine knappe Stunde später – Katrin war schon gegangen – klingelte es an der Haustür. „Das ist bestimmt für mich! Ich mache auf", rief Sandy und lief zur Tür.
Michael stand vor ihr und strahlte sie an. „Fertig?", fragte er.
„Stimmt es, dass du geklaut hast ... und morgen nicht

zu deinen Verwandten musst, sondern ins Gefängnis?", stellte sie ihn sogleich zur Rede.

Sein Lächeln erlosch augenblicklich. Seine Augen weiteten sich vor Schreck. Sie wusste von seiner Verurteilung! Michael sah sie hilflos an. Was sollte er auf ihre Frage antworten? Womit sollte er beginnen? Sie kannte die Vorgeschichte mit der Mutprobe noch nicht.

„Sandy, das ist eine lange Geschichte", begann er schließlich. „Aber die kann ich dir hier nicht zwischen Tür und Angel erzählen ..."

Sandy dachte jedoch nicht daran, ihn hereinzulassen. „Du hast mir immer noch keine Antwort gegeben", sagte sie mit zitternder Stimme. „Fährst du morgen nun zu deinen Verwandten, oder sitzt du in Wirklichkeit den ersten Teil deiner Strafe ab?"

Er ließ die Schultern hängen und wich ihrem Blick aus. Leugnen hatte jetzt keinen Zweck mehr. „Es stimmt, ich bin das Wochenende über im Jugendarrest", gestand er kleinlaut.

„Und du warst all die Wochen zu feige, mir davon zu erzählen!", warf sie ihm aufgebracht und zutiefst verletzt vor. „Das ist also deine Art von Vertrauen und Liebe, ja?"

Michael streckte die Hand nach ihr aus. „Sandy, bitte! Ich weiß, dass ich einen verdammt dummen Fehler gemacht habe."

„O ja, das hast du!"

„... aber gib mir doch eine Chance, dir alles zu erzählen!", bat er eindringlich und trat einen Schritt auf sie zu.

„Danke, nein! Für heute habe ich genug von dir

gehört!“, beschied sie ihm kühl und knallte ihm die Tür vor der Nase zu. Schnell lief sie in ihr Zimmer und schloss sich ein, damit niemand ihre Tränen sah.

19 Etwa vier mal zwei Meter war die Zelle in der Jugendstrafanstalt, die Michael am nächsten Morgen bezog. Die Einrichtung war spartanisch: eine harte Liege mit karierten Decken, ein Waschbecken, Toilette, eine Tischplatte an der Wand und davor ein Brett als Sitz. Kein Bild, keine Gardinen. Das hohe Fenster war vergittert. Und in der massiven Tür befand sich ein Spion, durch den ihn der Wärter jederzeit beobachten konnte.

Als die schwere Tür hinter ihm zukrachte, hatte Michael das Gefühl, als würde das Geräusch noch ewig in den Gängen der Strafanstalt nachhallen.

Achtundvierzig Stunden sollte er in dieser Zelle verbringen. Achtundvierzig Stunden ohne Möglichkeit, mit Sandy zu reden und wieder ins Lot zu bringen, was er durch seine Dummheit und sein Zögern vermasselt hatte. Gestern hatte er noch dreimal versucht, mit ihr am Telefon zu sprechen, doch ohne Erfolg.

Ach was, die zwei Tage werde ich auch durchstehen, versuchte er sich selber Mut zu machen. Doch die Stille und Einsamkeit begannen jetzt schon an seinen Nerven zu zehren. Er wusste auch nicht, womit er sich ablenken sollte. Das Einzige, was ihm die Beamten gelassen hatten, waren zwei Kfz-Lehrbücher. Den Kassettenrekorder und die vier Schmöker, die er zur Unterhaltung mitgebracht hatte, hatten sie ihm sogleich abgenommen.

„Nicht erlaubt, mein Junge. Du bist hier, um dir Gedanken zu machen, weshalb du Jugendarrest bekommen hast ... und nicht, um dir mit Rockmusik und Krimis ein nettes Wochenende zu machen", hatte der Beamte freundlich, aber energisch gesagt.

Schon nach einer halben Stunde knallte Michael das Fachbuch in die Ecke, sprang von der Liege auf und trat ans Fenster. Er blickte auf einen verschneiten Hof mit einer hohen, rotbraunen Mauer hinaus.

Achtundvierzig Stunden.

Die Zeit kroch dahin, Kontakt mit anderen jugendlichen Insassen war nicht erlaubt. Das Essen wurde durch die Klappe in der Tür geschoben. Dann war wieder Stille. Beklemmende Stille. Und viel Zeit zum Nachdenken. Zeit, um sich zu fragen, warum es so weit gekommen war. Warum er so bescheuert gewesen war, sich eine kriminelle Handlung als Mutprobe verkaufen zu lassen. Was hatte Diebstahl überhaupt mit Mut zu tun? Es wäre in der Situation doch viel mutiger gewesen, wenn er sich dem Zwang der Clique widersetzt und diese beknackte Mutprobe von sich gewiesen hätte. Ja, das hätte Rückgrat und Charakter erfordert. Dass er nicht eher darauf gekommen war!

Warum hatte er nicht mehr Vertrauen zu Sandy gehabt? Er hätte ihr gleich alles gestehen müssen, dann würde sie sich jetzt nicht hintergangen fühlen. Lügen konnten manchmal verdammt kurze Beine haben.

All das wurde ihm jetzt mit erschreckender Klarheit bewusst, während die Stille ihn vom Rest der Welt mehr und mehr zu trennen schien.

Nachts kreisten seine Gedanken ständig nur um zwei Dinge: um seine Lehrstelle, die er vielleicht verlieren würde, wenn das mit dem Diebstahl und dem Jugendarrest herauskam – und um Sandy. War er jetzt bei ihr für immer unten durch? Oder gab es noch eine Chance, dass sie ihm verzieh?

Er lag mit offenen Augen auf der harten Liege, starrte in die Dunkelheit und sah Sandy vor sich. Erinnerte sich mit schmerzlicher Intensität, wie zärtlich sie zu ihm gewesen war, als sie das Kino verlassen hatten und zu ihr nach Hause gefahren waren. Wie sie sich geküsst und gestreichelt hatten und wie glücklich sie gewesen waren.

Und das sollte er nun verspielt haben?

Er merkte erst gar nicht, dass er weinte. Erst als er seine Tränen auf den Lippen schmeckte, wurde es ihm bewusst.

Er presste sein Gesicht ins Kissen und ließ seinen Tränen freien Lauf. Die winzige Zelle schien ihn zu erdrücken, und die unheimliche Stille lastete wie ein zentnerschweres Gewicht auf seiner Seele.

20

Stefan, Wolfgang und Hermann hatten sich am Sonntagnachmittag in der neuen Videothek, die zusätzlich zur Filmausleihe in einem angrenzenden Raum Videospielgeräte sowie einen kleinen Barbetrieb anbot, getroffen und die neuesten Videoautomaten ausprobiert. Doch so berauschend fanden sie die neuen Dinger gar nicht, und bald standen sie plaudernd an der Theke.

Es war Hermann, der das Thema auf Sandy und ihren Freund brachte. „Ich habe doch gleich gewusst, dass dieser Mike ein fauler Bruder ist! Jetzt sitzt er im Knast.“

„Da gehören solche *Biker*-Typen auch hin“, sagte Wolfgang verächtlich. „Dass Sandy sich mit so einem abgibt, kapiere ich einfach nicht. Ich wette, ihr *Biker*-Bursche hat sie schon längst rumgekriegt. Also, bei mir ist die unten durch, das sage ich euch.“

„Sag mal, was ist denn nun aus unserem Plan geworden, ihr mal eine saftige Abreibung zu verschaffen?“, sagte Hermann und wandte sich Stefan zu. „Hast du es dir inzwischen wieder anders überlegt?“

„Ganz im Gegenteil! Sandy hat bei uns nichts mehr zu suchen!“, stieß er hervor. „Wer sich mit Knastbrüdern abgibt, hat bei mir alle Sympathie verspielt!“

„Also, wann ziehen wir die Sache dann nun durch?“, fragte Hermann mit glänzenden Augen.

„Am besten, solange ihr *Biker* noch im Knast sitzt!“, meinte Wolfgang. „Also heute.“

Stefan nickte. „Ja, finde ich auch. Aber dann müssen wir uns ganz schnell irgendetwas einfallen lassen, wie wir die Sache deichseln."

Wolfgang grinste verschlagen. „Das ist das geringste Problem. Ich habe nämlich schon eine Idee, wie wir das anpacken können ..."

Michael hatte Glück. Er brauchte nicht die Nacht von Sonntag auf Montag in der Anstalt zu verbringen, sondern wurde schon am Sonntagabend um halb sieben entlassen.

Er sah bleich und übernächtigt aus, als er in die nächste Telefonzelle stürzte, um Sandy anzurufen.

Ihre Mutter kam an den Apparat. „Tut mir Leid, aber Sandy ist nicht zu Hause. Sie ist vor einer Stunde weggegangen ... Wohin, das weiß ich nicht."

Michael versuchte es bei Katrin. Doch ihr Telefon war ständig besetzt.

„Vielleicht ist sie bei Katrin", sagte er sich und nahm den nächsten Bus, der zu der kleinen Neubausiedlung am Stadtrand fuhr. Katrin und Sandy wohnten nur ein paar Straßenzüge voneinander entfernt.

Katrin hatte Besuch von Rolf, und beide starrten ihn wie ein Gespenst an. „Himmel, wie siehst du denn aus, Mike?", stieß Katrin betroffen hervor. „Richtig krank."

„Ein Knast ist kein Sanatorium", erwiderte Michael und fragte sie dann nach Sandy.

„Du hast sie vielleicht um fünf Minuten verpasst!", bedauerte Katrin. „Sie ist auf dem Weg zu Stefan."

Michael zog die Augenbrauen zusammen. „Stefan?", stieß er hervor.

„Ja, er hat angerufen, weil er an ihrem Mofa interessiert ist. Du weißt doch, dass Sandy sich ein neues kaufen möchte. Sie ist natürlich sofort losgefahren."

Michael hatte es jetzt sehr eilig. Vielleicht schaffte er es noch, Sandy vor Stefans Haus abzufangen. Geld für ein Taxi hatte er zum Glück bei sich.

Er war schon auf der Straße, als er merkte, dass Rolf ihm gefolgt war. „He, Mike, warte mal!"

„Was ist? Ich hab's eilig!"

„Ich muss dir was sagen ... was vielleicht ganz wichtig für dich und Sandy ist."

Michael blieb stehen und sah ihn angespannt an. „Hat sie dir was gesagt? Dass sie mit mir Schluss gemacht hat?"

„Nein, sie hat gar nichts gesagt", antwortete Rolf und druckste ein wenig herum. „Mir ist da nur so ein blöder Verdacht gekommen, als ich über Stefans Anruf nachgedacht habe."

„Was für ein Verdacht?", fragte Michael verständnislos.

„Dass Stefan, Wolfgang und Hermann mit Sandy möglicherweise eine ganz große Schweinerei vorhaben!"

„Eine Schweinerei? Wie ... wie meinst du das?", fragte Michael verwirrt.

Rolf machte eine vage Geste, aus der Verlegenheit und Unsicherheit sprachen. „Also, das ist so ... Stefan tauchte heute Nachmittag ganz überraschend bei mir auf und bat mich um den Schlüssel für das alte Bauernhaus ..."

Michael verstand überhaupt nicht, was das mit Sandy zu tun haben sollte, und unterbrach ihn unwirsch. „Mann, was für ein Bauernhaus?“

„Na, die alte Bruchbude oben im Wald in Stillinghausen“, erklärte Rolf. „Ein heruntergekommenes Gehöft. Mein Vater hat es vor Jahren gekauft und will es eines Tages renovieren und ausbauen ...“

„Himmel, wen juckt denn das jetzt? Sag mir lieber, was das mit Sandy zu tun haben soll!“, drängte Michael, der wie auf heißen Kohlen saß.

„Na ja, Stefan war irgendwie so komisch“, erklärte Rolf. „Ich wollte natürlich wissen, was er denn da in der alten Bruchbude vorhabe. Ob er vielleicht eine besondere Fete steigen lassen wolle und ob ich da mit Katrin auch kommen könnte ...“

„Und?“

„Er sagte, er bräuchte das Bauernhaus für eine Sache, die nicht an die große Glocke gehängt werden darf. Und ich sollte unbedingt den Mund halten und keinem was davon erzählen, dass er sich den Schlüssel ausgeliehen hätte ... denn er wollte zusammen mit Wolfgang und Hermann jemandem eine Lektion erteilen ...“

„Und du glaubst, damit hat er Sandy gemeint?“, fragte Michael.

Rolf zuckte die Achseln. „Wieso will Stefan ausgerechnet jetzt mit Sandy über den Verkauf ihres Mofas reden, wo er doch bisher nichts von Mofas gehalten hat und eigentlich für so etwas gar keine Zeit haben dürfte, weil er doch mit seinen Freunden irgendein Ding steigen lassen wollte? Außerdem ist er doch auf Sandy nicht mehr gut zu sprechen, seit sie mit dir befreundet ist.“

„Dieser Dreckskerl!“, stieß Michael hervor, von Rolfs Geschichte aufs Höchste beunruhigt. „Du meinst also, er hat irgendetwas mit ihr vor?“

„Es ist ein Verdacht, weiter nichts“, sagte Rolf ausweichend. „Irgendwie passt einfach alles zusammen.“

„Ich muss sofort zum Bauernhaus! Sag mal, bist du mit deinem Moped hier?“

„Ja ...“

„Kann ich es mir ausleihen? Wenn ich erst zu mir nach Hause muss, schaffe ich es nicht mehr rechtzeitig.“

„Schon gut, du kannst es haben. Soll ich nicht besser mitkommen?“, bot sich Rolf an. „Wenn er nämlich wirklich eine Sauerei mit Sandy vorhat, dann ist er bei mir unten durch.“

Michael schüttelte den Kopf. „Mach dir keine Sorgen, Rolf, ich mach das schon. Aber erklär mir noch mal genau, wo das Bauernhaus liegt.“

Augenblicke später schwang er sich auf Rolfs Moped und brauste los. Angst um Sandy erfüllte ihn, und er hoffte inständig, dass Rolfs Verdacht sich nicht bestätigte. Doch leider hatte er nur allzu Recht. Es sprach wirklich alles dafür, dass sich Sandy in Gefahr befand.

Als er an einer Telefonzelle vorbeifuhr, kam ihm eine Idee. Er stieg voll in die Bremse, fing das ausbrechende Moped auf der rutschigen Fahrbahn ab, wendete und sprang von der Maschine.

Mit nervösen, zitternden Fingern blätterte er das Telefonbuch durch, fand endlich die Nummer, die er gesucht hatte, und wählte.

„*Easy Rider* hier!“, meldete sich eine heisere Männerstimme. Laute Rockmusik und das Klirren von Gläsern waren zu hören.

„Ist Claus da? Claus Höfken?“, stieß Michael heftig hervor. „Oder Alex St...“

„Sind alle beide da. Also, wen willst du haben?“

„Claus!“

„Okay.“

Michael hörte, wie der Hörer neben den Apparat gelegt wurde, und wartete mit wachsender Ungeduld, dass Claus sich endlich meldete. „Na, komm schon!“, murmelte er und trat von einem Bein aufs andere. „Beeil dich!“ Jede Minute konnte entscheidend sein. Himmel, wenn Stefan Sandy etwas antat ...

„Ja, hallo?“ Es war Claus.

„Mensch, endlich!“, stieß Michael erleichtert hervor.

„He, Mike, bist du raus aus dem Knast? Mann, du kannst dir gar nicht vorstellen, wie beschissen ...“

„Spar dir deine Opern!“, schnitt Michael ihm barsch das Wort ab. „Alex, Tilli und dein Kumpel haben mich mit dieser bescheuerten Mutprobe in die Scheiße geritten. Dafür hab ich was gut. Sag ihnen, dass ich jetzt ihre Hilfe brauche. Und zwar dringend!“

„Was ist denn los?“, fragte Claus verdutzt.

„Ich glaube, Sandy ist in Gefahr“, sagte Michael und informierte ihn ganz knapp.

„Ist doch klar, dass wir helfen. Wir fahren sofort los! Ich kenn das alte Bauernhaus. In zehn Minuten sind wir da!“

„Okay, ich erwarte euch!“ Michael knallte den Hörer auf die Gabel und stürzte aus der Telefonzelle. Hoffentlich war es noch nicht zu spät ...

21

Sandy sah Stefan verwundert an. „Wieso soll ich denn mitfahren? Du brauchst mich doch nicht, um eine Probefahrt zu machen."

„Na klar musst du mit", widersprach er scheinbar lässig. „Will doch sehen, ob die Kiste auch nicht stehen bleibt, wenn zwei draufsitzen. Aber wenn dir das nicht passt, können wir die ganze Sache ja vergessen ..."

Sandy überlegte kurz. Dass ausgerechnet Stefan an ihrem Mofa interessiert war, überraschte sie schon. Doch eigentlich sollte es ihr egal sein, wer ihr Mofa kaufte – Hauptsache, sie fand endlich einen Käufer. Und wenn er so wild darauf war, dass sie die Probefahrt mit ihm machte, warum nicht.

„Okay, wie du willst", sagte sie deshalb und setzte sich hinter ihn.

„Kannst dich ruhig an mir festhalten!", rief er ihr zu, während er den Motor aufheulen ließ.

Nur widerstrebend legte sie die Hände auf seine Hüften, denn festhalten musste sie sich ja nun doch.

Sandy dachte sich nichts dabei, als Stefan nicht Richtung Innenstadt, sondern stadtauswärts fuhr. Auf der Landstraße konnte man eben besser aufdrehen. Doch dann bog er links ab und folgte einer recht schmalen Straße, die durch Felder und Wiesen führte.

„Komm, fahr zurück. Allmählich wird es mir zu kalt!", rief sie ihm zu. „Außerdem ist es schon dunkel. Wo willst du überhaupt hin? Dreh mal besser um!"

„Nicht nötig!", rief er zurück. „Ich fahr einen Bogen,

eine Abkürzung. Wir sind schneller am Ziel, als du glaubst."

Erst dann keimte Misstrauen in ihr auf, als Stefan noch einmal abbog und mit unverminderter Geschwindigkeit über eine wellige Schotterpiste raste.

„Das soll eine Abkürzung sein? Du spinnst ja!", rief sie. „Und ras doch nicht so wie ein Verrückter!"

Er lachte nur.

Am Ende der Piste zeichneten sich die Umrisse eines Hauses ab. Doch hinter keinem der Fenster brannte ein Licht. Und zum ersten Mal regte sich in ihr ein Gefühl der Angst.

„Halt sofort an!"

„Aber gern doch! Wir sind ja auch gleich da!" Er fuhr direkt auf das verlassene, baufällige Bauernhaus zu, riss das Mofa kurz vor dem Gebäude scharf herum und bremste jäh ab, sodass Sandy gegen ihn gedrückt wurde.

Sandy sprang vom Mofa. Sie wusste plötzlich, dass irgendetwas faul war. Stefan hatte sie angelogen. Er war gar nicht an ihrem Mofa interessiert. Diese Probefahrt in der Dunkelheit war offensichtlich nur ein Vorwand gewesen.

„Steig ab!", forderte sie ihn auf. Sie wollte so schnell wie möglich weg von hier. „Ich fahre jetzt weiter!"

„Hier geblieben, Mädchen!", rief er mit einem höhnischen Grinsen. „Es gibt da nämlich noch was zu regeln zwischen uns ..." Er ließ das Mofa achtlos in den Dreck fallen und kam auf sie zu.

Sandy wich zurück. „Hast du sie noch alle?" Sie hörte hinter sich plötzlich ein Geräusch. Sand knirschte unter Schuhsohlen! Erschrocken drehte sie sich um – und sah zwei Gestalten hinter der Hausecke auftauchen. Starke Stabtaschenlampen leuchteten in ihren Händen auf und blendeten sie.

Stefan hat mich in eine Falle gelockt!, schoss es ihr mit Entsetzen durch den Kopf – und sie wollte weglaufen.

Doch da waren Wolfgang und Hermann schon bei ihr, packten sie an den Armen und hielten sie fest. Sie zerrten sie zum Haus, und erst jetzt erkannte sie ihre Gesichter.

„Wolfgang ... Hermann ... Seid ihr noch zu retten? Lasst mich los ...! Ich schreie sonst!“, keuchte sie.

„Du kannst schreien, so viel du willst. Hier hört dich ja doch keiner!“, sagte Wolfgang verächtlich.

„Los, bringt sie rein!“, drängte Stefan, der die Tür aufgeschlossen hatte.

Sandy wehrte sich mit Händen und Füßen, als sie sie durch den dunklen, muffigen Flur zerrten und in ein Zimmer stießen, das früher wohl mal die Wohnstube gewesen sein musste. In einer Ecke stand noch eine alte, verschlissene Couch.

„Was ... was wollt ihr von mir?“, stieß Sandy mit zitternder Stimme hervor, als sie ihre Taschenlampen auf sie richteten. Sie beschattete ihre Augen mit der flachen Hand. Sie konnte die drei nur als vage Schemen erkennen. Sie standen im Halbkreis um sie herum.

„Weniger, als du vermutlich mit diesem Knastbruder getrieben hast!“, antwortete Stefan verächtlich.

Sandy schluckte und wich zurück, doch hinter ihr war die Wand. Sie war in diesem modrig stinkenden Bauernhaus gefangen – und ihnen wehrlos ausgeliefert.

„Wenn ihr mir etwas tut, werde ich euch bei der Polizei anzeigen!“

Hermann lachte verächtlich. „Wer glaubt denn einem Flittchen wie dir? Nee, das kannst du dir abschminken.“

„Wir werden dir zeigen, was wir von dir halten, und dir ein hübsches Souvenir zur Erinnerung mitgeben“, sagte Stefan.

„Wenn wir mit dir fertig sind, wirst du wie eine richtige *Biker*-Braut aussehen“, höhnte Wolfgang und nahm die Plastiktüte vom Sofa, in der sie Schere, Rasierapparat und mehrere Spraydosen Farbe mitgebracht hatten.

„Okay, fangen wir mit dem Spaß an!“, forderte Stefan seine Freunde auf und befahl Sandy, sich auszuziehen.

„Nein ... Nie!“

Stefan verzog den Mund. „Spiel jetzt bloß nicht die Zimperliche! Entweder du ziehst dich freiwillig aus, oder aber wir übernehmen das. So oder so, die Klamotten kommen runter. Also, du hast die Wahl.“

„Bitte, lasst mich gehen!“, flehte Sandy.

„Fang an!“, befahl Stefan.

Sie zog ihren Anorak aus.

„Jetzt den Pullover! Na los!“

Sandy war klar, dass sie ihnen ausgeliefert war. Mit Tränen in den Augen zog sie den Pullover über den Kopf, ließ ihn fallen und verschränkte schnell die Arme vor der Brust.

„Zier dich nicht! Runter mit der Jeans! Ist doch nicht das erste Mal, dass du vor ’nem Jungen aus den Klamotten steigst.“ Stefans Stimme hatte einen spöttischen Klang.

Tränen liefen Sandy über das Gesicht, als sie den Reißverschluss der Jeans aufzog. Warum taten sie das bloß mit ihr? Warum wollten sie sie so erniedrigen? Wie konnte jemand nur so gemein sein?

„Ich kann nicht ... Bitte, lasst mich ... Ich hab euch doch nichts getan“, wimmerte sie und ging in die Knie.

„Seht euch mal die Heul...“

Weiter kam Stefan nicht, denn in diesem Moment flog hinter ihm die Tür auf, und Michael stürzte in den Raum, gefolgt von Claus, Alex und acht weiteren Jungen.

Stefan und seine beiden Komplizen waren vor Schreck und ungläubiger Überraschung wie gelähmt. Michael hatte den *Ridern* draußen das Versprechen abgenommen, dass sie sich nicht in eine blutige Schlägerei verwickeln ließen. Es gab andere Möglichkeiten, mit ihnen abzurechnen, ohne sich dabei strafbar zu machen.

Doch als er Sandy nun wimmernd auf dem Boden kauern sah, konnte er seine Wut doch nicht ganz unter Kontrolle halten.

„Du dreckiger Schweinehund!“, schrie Michael und schlug Stefan, so hart er konnte, mit dem Handrücken ins Gesicht. Dieser schrie vor Schmerz auf, taumelte zurück.

„Mike ... Mike!“, stieß Sandy erleichtert hervor. Sie sprang auf, lief zu ihm, warf sich ihm an die Brust und ließ ihren Tränen freien Lauf.

„Es ist ja gut, Sandy ... Es ist ja alles gut“, tröstete er sie.

22 Eine Woche später saß Michael sein zweites Wochenende Jugendarrest in der Anstalt ab. Diesmal vergaß er nicht, ein Bild von Sandy mitzunehmen. Er schmuggelte es zwischen zwei zusammengeklebten Seiten eines Lehrbuchs in die Anstalt. Und obwohl die beiden Tage ihm ganz schön zusetzten und ihm erneut vor Augen hielten, wie schnell man wegen scheinbarer „Kleinigkeiten" in den Knast kommen konnte, ertrug er die Strafe viel besser. Denn er wusste, dass Sandy ihn noch genauso liebte wie vorher und dass sie ihm verziehen hatte.

Glücklicherweise hatte sie den Schock schnell überwunden – und Stefan, Wolfgang und Hermann hatten noch in jener Nacht ihre gerechte Strafe erhalten. Alex und Claus hatten ihnen die Köpfe kahl rasiert. Vor ihren Eltern und Freunden hatten sie behauptet, diese Totalrasur wäre ihre Idee gewesen. Den Zorn der Eltern und den beißenden Spott ihrer Freunde hatten sie hingenommen, denn die wahren Hintergründe zu nennen, das wagten sie natürlich nicht.

Mit Grimm, aber auch mit Erleichterung dachte Michael in der Zelle, dass es von nun an bei den *Bikern* keine Mutprobe mehr gab. Einstimmig war im *Easy Rider* beschlossen worden, darauf in Zukunft zu verzichten.

Aber das Beste war, dass zwischen ihm und Sandy alles wieder im Lot war. Als er dann am Sonntagabend endlich wieder in die Freiheit entlassen wurde, wartete sie draußen auf ihn, obwohl ein heftiges Schneetreiben die Stadt heimsuchte.

Sie fielen sich in die Arme und küssten sich so leidenschaftlich, als wären sie Ewigkeiten getrennt gewesen.

Als sie dann Hand in Hand zum Bus gingen, sagte Michael: „Weißt du, was mir in der Zelle zum ersten Mal richtig bewusst geworden ist?"

„Dass ich Sommersprossen habe?", scherzte sie, glücklich, wieder bei ihm zu sein.

„Nein, nicht ganz", sagte Michael.

„Also, was ist dir denn so richtig bewusst geworden?"

„Dass ganz schön viel Mut dazugehört, zu seinen Gefühlen zu stehen", sagte er nachdenklich. „Mut, ein Mädchen, das man gern hat, zum Tanzen aufzufordern oder zu fragen, ob man sich nicht mal treffen kann. Dagegen ist Schwarzfahren oder Klauen einfach lächerlich. Aber Gefühle zu zeigen, das kostet Mut. Zu sagen: Du, ich finde dich toll ... oder: Ich liebe dich."

Sandy war stehen geblieben und blickte ihn mit einem warmen Lächeln an. „Hast du denn den Mut, es zu sagen?"

„Ja", flüsterte er und nahm ihr Gesicht in beide Hände. „Ich liebe dich, Sandy."

Ihre Lippen berührten sich zärtlich, während sich die Schneeflocken in ihrem Haar verfingen.

STARKE MÄDCHEN

SERIE VON

Brigitte Blobel

Lea will es wissen
Lea ist fassungslos: Ihr Freund flirtet mit einer anderen.

Keine Panik, Jenny
Jenny will nicht nach Berlin umziehen. Ihr einziger Trost ist ihr Hase Momo.

Meike liebt Ken
Meikes Vater hat seinen Job verloren. Meike ist total überfordert.

Sofies Geheimnis
Sofies Bruder wird vom Leader einer Straßengang erpresst.

Immer wieder Marie
Marie bekommt seit dem Zwischenfall auf der Klassenfahrt nichts mehr auf die Reihe.

Alinas letzte Chance
Alina lebt auf der Straße. Eine Streetworkerin erkennt, dass sie hinter ihrer coolen Fassade ein dunkles Geheimnis verbirgt.

Saras riskanter Plan
Sara mag Hunter. Doch der will mehr als nur Freundschaft. Er setzt Sara unter Druck.

Romy auf der Suche
Per Zufall erfährt Romy, dass ihr Vater, den sie nie richtig kennen gelernt hat, in Italien lebt. Romy macht sich auf die Suche.